온라인 게임의 신부는
여자아이가 아니라고
생각한 거야?
Lv. 18
Kineko shibai
키네코 시바이 지음
ill: Hisasi

CONTENTS

And you thought there is Never a girl online?

DESIGNED BY AFTERGLOW

온라인 게임의 신부는 여자아이가 아니라고 생각한 거야?

키네코 시바이 지음
Hisasi 일러스트
이경인 옮김

Lv. 18

And you thought there is Never a girl online?

프롤로그

“예산 신청을 기각합니다!”

레전더리 에이지, 옛날이야기.

옛날옛날 어느 곳에 세 명의 루시안이 있었단다.

한 명은 아직 견습 실드 나이트인 루시안 삼남.

한 명은 나름대로 익숙해진 아머 나이트 루시안 차남.

그리고 베테랑을 자칭하는 임페리얼 나이트 루시안 장남이었지.

—아니, 나한테는 여동생만 있어. 루시안이 동시에 세 명이 있는 게 아니야.

분신술도 안 썼어. 질량이 있는 잔상도 아니야.

이건 비유 같은 거라고.

아무튼 세 명의 루시안에게는 각자 갖고 싶은 장비가 있었단다.

견습 실드 나이트 루시안 3남은 당시 막 업뎃되었던 해저 신전에 필요한 수내성 방패를 원했지.

◆루시안 : 한 번 가봤는데, 수내성을 올리지 않으면 진짜로 무리. 어차피 갈 기회가 있을 테니까 그냥 사려고 하는데.

◆이가스 : 그래도 해저 신전은 그렇게까지 좋은 맵도 아니

니까, 아마 가격 내려갈 텐데요?

◆루시안 : 그럴지도 모르지만, 가격 내려갈 때까지 기다릴 수가 없다고! 머맨 가드는 지금 이 순간 필요하니까!

◆이가스 : 그럼 상관없지만…….

◆루시안 : 기다려라 머맨 가드! 기다려라 해저 신전! 난 메인 탱커가 될 거야!

루시안 3남은 그렇게 말하며 의기양양하게 방어구를 구입했단다.

그러나 그 방어구가 쓰인 시간은, 극히 짧았지.

◆루시안 : 전혀 쓸 타이밍이 없어…… 게다가 가격도 내려갔어…….

◆이가스 : 그렇겠죠.

◆루시안 : 잘 생각해 보니, 우리 길드 멤버의 딜 방식은 미티어였어…… 해저 신전 같은 데는 굳이 일부러 가지 않아…….

◆이가스 : 다음부터는 정말로 필요한가 고민하고 사는 게 좋아요.

◆ 루시안 : 예입.

루시안 3남은 감정에 몸을 맡겨 충동 구매해서 용도가 적은 장비를 고가로 사버렸단다. 그러나 가격이 올라가기 시작하자마자 바로 샀기에 그렇게 비싸지는 않아서 큰 손해라고 할 것까지는 아니었지.

그리고 두 번째. 나름대로 익숙해진 아머 나이트 루시안 차남도 갖고 싶은 장비가 있었단다.

◆루시안 : 그 베스퍼드 헬름, 탱커를 한다면 꼭 필요하다고 생각하는데 말이죠.

◆너구리 사부 : 틀림없다구리. 대미지를 입을 때 카운터로 독 대미지를 부여하는 효과는 온리 원이다구리!

◆루시안 : 어그로 관리에도 쓸 수 있고, 정석 장비가 되겠죠…… 갖고 싶은데…….

◆너구리 사부 : 인권일 게 뻔한데 루시안은 안 살 거냐구리?

◆루시안 : 사고 싶기는 한데, 지금 가격이 2M까지 올라갔잖아요.

◆루시안 : 조금 더 기다리면 가격이 내려가지 않을까 해서~.

◆너구리 사부 : 내려갈까……구리……?

◆루시안 : 전에 비슷한 장비가 바로 내려간 적이 있으니까, 분명 내려갈 거예요!

루시안 차남은 저번의 경험을 살려서 꼭 참았단다.

그리고 얼마 후, 루시안 차남은 죽은 눈으로 베스퍼드 헬름을 장비하고 있었지.

◆너구리 사부 : 구리? 루시안, 결국 베스헬 샀냐구리?

◆루시안 : ……샀어요.

◆너구리 사부 : ……얼마였냐구리?

◆루시안 : ……3M……이었어요…….

◆너구리 사부 : 안정돼서 안 내려갔구나구리…….

◆루시안 : 2M 때 살 걸 그랬어……! 젠장!

루시안 차남은 쓸데없이 참은 결과, 가격도 올라가고 장비를 얻는 것도 늦어져서 설상가상이 되었단다.

그리고 마지막 세 번째.

이제는 베테랑을 뽐내게 된 임페리얼 나이트, 루시안 장남에게도 갖고 싶은 장비가 있었지.

◆루시안 : 좋아. 크루세이드 아머 일곱 개째 구입에 성공. 순조롭군…… 훗훗훗…….

◆바츠 : 응? 지금 산 거 너냐?

◆루시안 : 그런데…… 아, 이 노점은 바츠의 서브?

◆바츠 : 그래. 안 팔릴 것 같은 것만 내놓고 있지만.

◆루시안 : 아니아니. 크루세이드 아머는 지금부터 올라간다니까. 여유롭게 팔 수 있잖아.

◆바츠 : 올라갈 리가 없잖아ㅋ 왜 이 타이밍에 성(聖)속성 갑옷 같은 걸 사는데ㅋ

◆루시안 : 어라, 천하의 바츠 님이 모른다고? 으응~?

◆바츠 : 짜증나네. 뭔가 있으면 말하라고.

◆루시안 : 이제 자금 한계까지 사서 모았으니까 말하는 건데. 공중대륙 던전, 적의 성속성 공격이 무지 아파.

◆루시안 : 그래도 경험치 엄청 짭짤하니까, 분명 유행할 거야. 성내성 장비는 지금이 적기라고!

◆바츠 : 그야 성내성은 가격이 오르고 있지만 갑옷은…….

◆바츠 : ……그보다 너, 크루세이드 아머 사재기하냐?

◆루시안 : 물론! 성내성 중에서 현재 제일 우수하니까, 한 밑천 잡을 수 있겠지!

◆바츠 : ㅋㅋㅋ

◆바츠 : 엄청난 장사 재능이구만ㅋㅋㅋ 감동했어ㅋㅋㅋ

◆루시안 : 그렇지? 이걸로 아코에게 좋은 장비를 사줄 수 있겠어.

◆바츠 : 그만둬ㅋㅋㅋ 가슴 아프잖아ㅋㅋㅋ

◆루시안 : 응? 왜?

루시안 장님은 지금까지의 경험을 더욱 살려서 확실하게 값이 오를 장비를 사재기하기로 했단다.

불길한 예감이 든다고? 잘 알고 있구나.

그러나 당시의 나…… 루시안은 아무것도 눈치채지 못했단다.

새로운 맵, 새로운 몬스터가 있다는 건 새로운 장비도 있다……는 것을 말이지.

그로부터 며칠 뒤.

루시안 장님은 수도 길거리에서 우두커니 서 있었단다.

그 몸은 떨리고, 표정은 새파래지고, 이미 살아있는 시체와도 같았지.

이유는 간단했단다.

◆루시안 : 내 크루세이드 아머가 반값 이하로…… 어째서 이렇게…….

◆바츠 : 공중대륙에서 홀리 플레이트가 마구마구 떨어지는데 당연하잖냐ㅋㅋㅋ

◆루시안 : 크루세이더 아머보다 높은 방어…… 높은 내성…… 게다가 룩도 좋다니…….

◆루시안 : 이런, 이런 장비가 잡몹한테서 떨어지는 건 이상하잖아!

◆바츠 : 현재 최고 난관 던전에서 약한 장비가 떨어지겠냐ㅋ 안타깝게 됐구만ㅋ

◆루시안 : 젠자아아앙! 알고 있으면 말하라고오오오!

◆바츠 : 값이 올라간다면 내가 팔 리가 없잖냐. 바보냐ㅋ

욕망을 드러냈던 루시안 장남은 지금까지와는 레벨이 다른 엄청난 손해를 봤지.

이후에는 원하는 장비는 그냥 바로바로 사고, 쓸데없는 일은 하지 않기로 결심했단다.

잘됐군 잘됐어.

◆루시안 : 전혀 잘된 게 아니잖아!

◆아코 : 셀프 태클인가요?

◆루시안 : 이야기하는 내가 더 괴롭다고! 왜 나는 쓸데없는 도박에 나선 거야!

◆아코 : 비행선에 돈을 왕창 써버렸으니까, 겠죠…….

◆루시안 : 거기서 더 손해를 보면 의미가 없다고오오오.

원래는 라키온호의 장비를 더욱 향상시킬 수 있었을 텐데. 공중 신전에서 드롭되는 겉보기에도 귀여운 의상을 아코한테 입혀줄 수 있었는데.

◆루시안 : 뭐, 좋은 교훈은 됐어…….

◆아코 : 저는 장비를 성능으로 고르지 않는, 절약이 뛰어난 주부니까 딱히 상관없는데요.

◆루시안 : 성능으로 고르라고! 아코가 제일 필요하잖아!

에에잇, 이 외모 몰빵 같으니라고. 귀엽지만 비싼 장비는 은근히 사들이는 주제에.

◆아코 : 그래서, 요컨대 무슨 이야기였나요?

◆루시안 : 다시 말해서, 갖고 싶다면 쓸데없는 고민은 하지 말고 바로 사야 한다는 거야.

◆루시안 : 그런고로, 이 다크 윙 헬름을 갖고 싶어!

◆아코 : ……저기, 뭔가 달라지나요?

◆루시안 : 놀랍게도, 지금 장비보다 암내성이 2퍼센트 올라가! 가격도 4~5M이라니 싸잖아!

◆아코 : 예산 신청을 기각합니다!

조금도 고민하지 않고 즉답해버렸다!

◆루시안 : 어째서야! 좋은 장비라고?!

◆아코 : 고작 2퍼센트잖아요! 지금도 내성은 높지 않나요?!

◆루시안 : 높으니까 그렇지! 0에서 2퍼센트 오르는 것과 80퍼센트에서 2퍼센트 오르는 건 효과가 크게 차이 난단 말

이야! 2퍼센트만 올라도 실질적으로는 10퍼센트의 대미지 다운이라고!

◆아코 : 그런 궤변은 들어줄 수 없어요! 낭비는 안 돼요!

◆루시안 : 그렇게 말하지 말고! 생각을 좀 바꿔줘!

참고로.

내 지갑 끈을 아코가 휘어잡고 있다거나 딱히 그런 건 아니고.

그저 게임 안에서는 결혼한 사이니까 충동 구매하기 전에 조금은 상담하려고 한 건데…… 역시 안 되는 건가!

◆루시안 : 꼭 필요할 것 같다고. 쌀 때 사두면 가격도 오를 것 같고.

◆아코 : 저희에게 그런 장사 재능은 없으니까 착실하게 하지 않을래요?

◆루시안 : 찍소리도 나오지 않는 정론은 그만둬.

기본적으로 나와 아코는 착실하게 깨작깨작 살아가니까 지당한 이야기이기는 하다.

한 방에 성공해서 인생 역전 같은 건 우리와는 가장 머나먼 세상 이야기니까.

―그렇게 생각하던 시기가 저에게도 있었습니다.

우리 동료 중에도 있다니까. 그런 하이 리스크 도박을 견딜 수 없이 좋아하는 녀석이…….

1장

"평생 온라인 게임만 하면서 살고 싶어."

자신의 장래를 고민하는 시간보다도 캐릭터 육성을 고민하는 시간이 길다.

다음에 열리는 시험보다 다음에 올릴 스킬이 더 신경 쓰인다.

현실의 지갑보다 게임 머니의 잔량이 중요하다.

장래의 입시보다도 언제 캐릭터를 환생시킬지 고민한다.

부끄럽지만 나는 그렇게 살아왔다.

—아니, 솔직히 말해서 부끄럽다고 생각하지는 않는다. 후회도 하지 않는다.

그저 조금 곤란하지 않을까 정도로만 생각하고 있었다.

그래서 이런 종이를 받으면 어떻게 해야 좋을지 전혀 알 수가 없다.

“진로 희망 조사라니, 뭐냐고…….”

무심코 철학적인 말을 해버릴 정도로 영문을 모르겠다.

아니아니 선생님, 갑자기 진로라고 해도 말이죠.

LA에서조차도 직업 선택에 고민하는데, 무한한 직업이 있는 현실에서 직업을 고르라고 하면 곤란하다고…….

"어떻게 할까. 일단 진학? 그래도 뭐라고 적어야 하지?"

저녁해가 들어오는 방과 후 부실.

가을도 꽤 깊어져서 해가 짧아졌다.

나는 키보드 위에 놔둔 진로 희망표를 바라보며 끙끙 고민하고 있었다.

"어라? 루시안. 진로 조사 프린트, 아직 내지 않았나요?"

옆자리에서 아코가 하늘하늘 가벼운 모습으로 말했다.

이미 환복 시기가 지나서 오랜만에 보는 동복 차림. 왠지 조금 신선하다.

평소와 같은 긴장감 없는 얼굴로 내 프린트를 들여다보고 있었다.

"그치만, 느닷없이 진로를 어떻게 할지 말해! 라고 하면 곤란하다고."

"그러게요~. 갑작스러운데, 당연히 적어야 한다는 식이니까요."

우리가 이상하구려, 하고 고개를 끄덕이고 있는데—.

"느닷없이, 갑작스럽게, 인 건 아니라고 생각한다만……."

마스터가 6할은 쓴웃음, 3할은 곤란함, 남은 1할은 어이없다는 표정으로 말했다.

이미 은퇴해서 OG인데도 변함없는 참가율. 부장은 아니어도 길마인 건 변함이 없기에 여전히 우리의 마스터다.

"1학년부터 진로를 묻는 학교도 있다. 2학년 2학기에 아

무것도 정하지 않았다는 건, 역시 좀 문제가 있다고 생각하는데?"

윽, 확실히 그렇긴 하지만!

실제로 우리 반에서도 다들 크게 고민하지 않았던 것 같지만!

"크으, 진실은 때때로 사람을 상처입힌다고. 마스터."

"그 정도로 대미지를 입는 메인 탱커라니 어이없네."

내가 힘없이 말하자 세가와가 완전히 어이없다는 표정을 짓고 있었다.

마스터의 뒤를 이어 부장이 된 그녀는 원래 태도도 그릇도 큰 타입이다. 딱히 변한 점은 없었다.

세가와 부장이라고 부르면 조금 쑥스러워하는 게 귀여운 정도였다.

"아니아니, 잠깐만. 물리적인 대미지와 정신적인 대미지는 다르잖아."

"마법 방어를 올려."

"MDEF 올리면 멘탈이 강해져?!"

아니, 이런 말을 할 때가 아니잖아.

"그냥 진학이라고 써도 되면 편하겠지만. 어느 대학, 어느 학과, 거기다 졸업 후의 진로까지 고민하라니, 너무 구체적이잖아."

첫 진로 조사라고 해서 진학이니 취직이니 하는 단순한

질문이 아니라, 진학한다면 어디로 가고, 이후에는 어떤 일을 할 것인가. 그런 것까지 적는 칸이 있단 말이야.

거기까지는 전혀 생각하지 않았다니까.

"루시안. 뭔가 장래의 꿈이나 하고 싶은 일은 없는 거냐?"

마스터가 조금 걱정스레 물었다.

꿈, 꿈이라.

가능하면 게임 관련 직업이 좋을까? 싶기는 하다.

그래도 취미를 일로 하는 건 힘들어 보이니까 상관없는 직업이 나을 것 같기도 하고…….

결론을 말하자면—.

"평생 온라인 게임만 하면서 살고 싶어."

"크으, 이해해요!"

"그렇지!"

"그건 안 좋은 망상 같은 부류가 아닐까."

공감하는 나와 아코를 보며 마스터가 식은땀을 흘렸다.

에이, 이상적이잖아. 온라인 게임만 하며 살 수 있는 생활이라니.

"그런 직업도 있지 않아? 그거 있잖아. 프로? 게이머? 같은 거."

아키야마가 실은 잘 모른다는 목소리로 말했다.

부장 취임은 거절하고, 부부장도 나에게 떠넘겨서 변함없이 외부 참가자 같은 포지션으로 느긋하게 앉아있었다. 이

리얼충 씨는 이런 포지션이 마음 편한 것 같다.

최근에는 부활동에 너무 자주 참가해서 과연 리얼충인지 의심하고 싶어지지만…….

그나저나, 으~음. 프로게이머라.

"프로게이머라…… 그야 좋은 직업이긴 하지만……."

확실히 온라인 게임만 하면서 살고 싶으니까, 조금 동경하기는 한다.

문제는 내가 할 수 있느냐인데.

"니시무라가 프로게이머라니, 실력도 외모도 토크력도 부족하잖아."

"확실히 하나도 없긴 한데!"

실실 웃으며 말하기는! 그야 자각은 있긴 해도!

"실력도 외모도 토크도 안 되면, 오히려 나한테는 뭐가 있는데?"

"……운, 이라든가?"

"이해가 안 가는 건 아니네."

SSR 자칭 신부는 일단 뽑았으니까!

"으으음. 운만으로는 프로게이머가 될 수 없겠지."

아무리 마스터라도 니시무라 히데키 프로게이머 계획은 응원할 수 없는 모양이다.

"그야 그렇지. 프로게이머는 게임계의 슈퍼 엘리트니까, 나는 도저히 불가능해."

"프로게이머는 그렇게 굉장한 사람이야?"

몸을 확 내민 아키야마가 의외라는 듯이 물었다.

물론이죠. 뭐니 뭐니 해도 프로니까.

"게임 플레이어 수만, 수십만, 수백만 가운데서 톱을 달리는 극히 소수만이 될 수 있는 게 프로게이머라고. 그야 굉장한 사람뿐이지."

"다른 길을 고르더라도 활약할 수 있을 것 같아."

"저희랑 같은 게임을 하고 있다는 생각이 안 들더라고요."

뭐, 레전더리 에이지에 프로게이머는 없겠지만.

"그보다 니시무라, 아무리 꿈이라도 해도 조금은 현실적으로 생각하란 말이야."

"알고는 있어도, 현실적인 꿈은 어렵잖아."

그나저나 세가와는 아까부터 남 일처럼 말하는데 정작 본인은 대체 무슨 진로를 적었길래 그러는 거지?

"그러는 세가와는 뭐라고 적었어?"

내가 편하게 묻자 세가와도 태연히 대답했다.

"노벨상."

"터무니없는 말이 나왔는데."

"아아, 장래의 꿈은 케이크 가게 주인이 아니라 케이크라는 듯한……."

장래의 꿈이 개념이라니 아득한 꿈이구나, 세가와.

그런 우리의 따스한 시선을 받은 그녀는 곧장 고개를 내저었다.

“잠깐잠깐, 아니야 아니야. 그런 유치원생 같은 꿈은 안 적었거든. 노벨상을 받을 수 있는 연구자라는 뜻이야!”

세가와는 필사적으로 부정했지만 그건 그것대로 좀 그런데.

“꿈의 수준이 별로 변하지 않은 것 같아.”

“아득한 꿈이네요.”

“그렇게 이것도 저것도 다 무리다 무리다 그러니까 일본의 과학이 발전하지 않는 거야!”

“우리한테 일본의 과학을 짊어지게 하지 마!”

현실적인 꿈으로 하라고 한 건 세가와잖아!

“하지만 슈바인. 노벨상을 받는다! 과학자가 된다! 라고 적은 건 아닐 텐데? 구체적으로 어떤 장래 희망을 적은 거냐?”

“그게 말이지.”

세가와는 마스터에게 시선을 돌렸다.

트윈테일이 확 떠오르면서 등 뒤로 흘러갔다.

“나는 말이지. 뇌과학을 배우고 싶어.”

“농가학[#1]인가요.”

“왠지 아코의 머릿속에서 평화로운 시골 생활 같은 영상이 재생되고 있는 것 같은데, 그게 아니거든.”

콧김을 거칠게 킁킁 내뱉은 세가와가 컴퓨터 본체를 두드렸다.

#1 농가학 뇌과학과 농가학은 일본어 발음이 같다.

"농업이 아니라, 뇌를 연구하는 과학이야. 인간 뇌의 움직임을 완전히 해명해서, 생각하기만 해도 움직이는 장치, 브레인 머신 인터페이스를 만드는 게 일단 목표야."

"오오, SF 같네."

"일단이라는 건……."

"물론 최종 목표는, 오감까지 재현한 완전한 VR 게임— 풀 다이브형 MMORPG를 만드는 거야!"

"풀 다이브! 하고 싶어요!"

"그렇지! 역시 꿈이라니까!"

그쪽 방향이었냐!

뇌과학을 배우고 싶다는 건 온라인 게임에 응용하기 위해서였냐!

"언젠가 모든 사람에게 온라인 게임의 즐거움을, 다른 자신이 되는 쾌감을 가르쳐줄 거야! 그게 내 꿈이야!"

전인류 온라인 게이머화 계획……!

너무나도 커다란 꿈, 역시 세가와 부장. 하는 말이 거창하다.

"그래도 뇌과학을 전문으로 배울 수 있는 곳은 별로 없으니까, 진로 조사에는 이공학부라고 적긴 했어."

"꿈은 접어두더라도…… 진로는 확실히 정해놨구나."

"일단 대학에서 공부하다가, 나한테는 무리일지도~ 라고 생각하면 바로 그만둘 거지만."

"아카네, 거기는 단호하네."

"무리인 건 무리잖아."

아키야마에게 그렇게 대답하면서도 자신의 꿈 이야기를 한 게 조금 쑥스러운지, 세가와는 얼굴을 가리듯이 턱을 괴었다.

"그런 아키야마는 뭐라고 적었습니까?"

"가업을 잇겠습니다~, 라고 적었어. 물론 대학은 갈 거지만."

"친가라니, 그 도장 같은 거?"

"응응. 지금은 할머니가 애쓰고 계시지만, 언제까지 무리하시게 할 수는 없으니까."

아키야마는 미소를 지으며 말했다.

집의 도장은 훈육처럼 이런저런 것들을 가르치는 곳이었던가?

"힘들어 보이네……."

"그래도 억지로 시켜서 하는 건 아니거든? 내 꿈을 이루기 위해서는 필요하니까!"

"세테 씨의 꿈, 인가요?"

"엥? 나나코. 그런 커다란 꿈이 있었어?"

"응!"

아키야마는 갑자기 뒤에서 검은 불꽃을 피워올리며 웃는 얼굴로 말했다.

"숙녀 여러분을 확실히 지도해서 뜯어고치고, 여자아이는 속이 시커멓다거나 발목을 서로 잡아끄는 게 당연하다든가,

그런 세간의 편견을 고치고 싶어! 이게 내 꿈이야!"

아키야마는 친가의 일은 거기에 딱 좋다면서 밝게 말했다.

"그, 그건 뭐랄까……."

"슈하고 뒤지지 않는 아득한 꿈이네요……."

"그렇지 않아! 어떤 여자아이라도 사실은 다정하고 근사하니까!"

성선설(性善說) 같은 생각이라 좋은 것 같습니다, 네.

이런저런 배울 것들이나 신부 수업을 가르치는 사람이 그렇게 생각하고 있다는 건 무척 고마운 일이고…….

진짜 아코도 지도해줬으면 좋겠는데.

—응, 그 정도로는 안 고쳐지겠지. 알아, 안다고.

"모두 꿈은 확실하네……. 우리 집 같은 샐러리맨 부부는 이어받을 가업도 없고…… 나한테는 꿈도 목표도 하나도 없고……."

"말은 그래도, 부모님 때문에 장래가 정해진다는 것도 큰일이잖아. 마스터라든가."

"확실히, 친가라고 하면 마스터가 있네."

"음? 나 말이냐?"

성적이든, 장래의 전망이든 가장 커다란 게 마스터니까.

"3학년도 진로 조사를 했잖아? 마스터는 어떻게 적었어?"

마스터는 팔짱을 끼며 당당히 말했다.

"도 쿄 대 학 이 다!"

"노골적이네."

"엘리트에요……!"

"최고난도 굉장하네요."

"그 정도는 아니다."

감동하는 시선을 보내는 우리에게 마스터는 훗 하고 웃었다.

"……이렇게 말하고 싶었지만, 역시 조크다. 현실적으로는 조금 더 랭크를 내려야겠지."

"마스터라도 무리인가요?!"

"나를 어떻게 생각하는 거냐."

나도 마스터라면 할 수 있을 줄 알았는데.

"부모님의 뒤를 이으려면 모교에 진학한다는 선택도 있으니까. 이런 시기인데도 부끄러울 따름이지만, 아직 완전히 정해진 건 아니야."

흐음. 역시 여러 사정이 있구나.

"자기만으로는 정할 수 없다는 것도 큰일이네."

"마스터는 가업을 이을 거죠?"

"으음…… 그럴, 예정이지."

어라, 왜 그러지?

아주 약간 말을 흐린 느낌인데.

여느 때의 마스터라면 가문을 더욱 크게 키워서 나의 이름을 가계도에 크게 적어주마! 라는 말 정도는 하지 않을까.

"마스터? 무슨 일 있어?"

"신경 쓰지 마라. 문제없으니까."

힐끔 휴대전화를 바라본 마스터는 한숨을 내쉬고 고개를 내저었다.

입시도 멀지 않았으니 울적해진 게 아닌가 싶었지만…… 그런 분위기는 아니었다.

굳이 따지자면 기쁘긴 하지만 걱정되는, 뭔가를 기다리며 두근두근 콩닥콩닥한 느낌이다.

혹시 새로운 컴퓨터라도 산 건가?

"으음. 다들 제대로 고민하고 있구나. 나는 제1지망도 채우지 못했는데."

"어느 대학에 진학한다고 적으면 되잖아요."

"남 일이라고 엄청 대충 말하네, 아코……."

어느 대학이라니 뭐야. 먼저 거기부터가 문제라고.

내가 갈 수 있는 대학이 어디인지도 전혀 모른다니까.

그보다 나는 대학에 진학할 수 있을까? 괜찮나?

덤으로, 아코도 제대로 진학할 수 있을까?

……아코의, 진학……?

"야, 야. 아코."

문득 불안해져서 물어봤다.

"아까부터 자기 일은 전혀 말 안 하던데, 아코는 뭐라고 적었어?"

"네?"

아코는 어리둥절, 오히려 묻는 게 의아한 듯했다.

그녀는 전원을 끄면 컴퓨터는 꺼진다는 듯한 당연한 얼굴로 말했다.

"전업주부라고 적었는데요."

"……그러냐…… 적어버렸냐……."

진학이 아닌 거냐. 역시나 그랬었냐.

최근에는 성적도 조금 올라갔다고 생각했는데 말이지.

"……뭐, 그렇겠지."

"그렇겠군."

"그러게~."

"그 웃음은 대체 뭔가요?!"

다들 아코에게 따스한 쓴웃음을 보냈다.

"참고로 그 진로, OK 받았어?"

"받자마자 바로 제출했는데, 아무 말도 안 들었어요."

"진짜로? 고양이공주 씨가 그걸 통과시켰어?!"

선생님이라면 조금은 더 설득해줄 것 같았는데!

그러나 선생님이 OK했다면 나도 납득할 수밖에 없나…….

그렇게 생각할 때.

노크도 없이 부실 문이 열렸다.

"애들아…… 있지……?"

그렇게 말하며 들어온 것은, 고문 교사로서 애쓰거나 애쓰지 않기도 하는 사이토 선생님.

우리 중 누구보다도 체력이 좋은 예체능계 국어 교사다.

"선생님~ 야호호~."

"어, 왜 그래? 선생님."

"타마키한테 잠깐 용건이 있어서."

선생님이 방긋, 하고 무척 밝은 미소를 지었다.

우와, 대체 무슨 일이 생기면 이런 상태가 되는 거야.

그 말을 들은 아코의 반응은 이랬다.

"뭐, 뭔가요?! 추가 시험인가요 보충 수업인가요 리포트인가요 설교인가요?!"

"예상되는 건 안 좋은 것밖에 없는 거냐."

실제로 안 좋은 일이겠지만.

"어느 것도 아니야. 자, 이거."

무서워하는 아코에게 선생님은 클리어 파일에서 종이 한 장을 건네줬다.

이건, 바로 지금 고민하고 있던—.

"진로 프린트, 인가요? 벌써 냈는데요?"

굳어진 표정의 아코에게 선생님은 천천히 곱씹듯이 말했다.

"타마키…… 다시 제출해."

"에에에엑?!"

하긴 그렇겠죠~!

"어째서인가요! 전업주부가 왜 안 된다는 건가요!"

아코가 책상을 탕탕 두드리며 항의했다.

대체 뭘 보고 가능하리라 생각했는지 오히려 묻고 싶다.

"평범하게 생각하면 안 되지."

"안 된다…… 라고 단언하는 것도 여러모로 모가 날 것 같은데."

쓴웃음을 지으며 말한 아키야마에게 선생님도 수긍했다.

"그렇다니까. 안 되기는 하지만, 안 된다고 말하는 것도 문제라서……."

그러더니 아코의 어깨에 손을 올려놨다.

"등교 거부를 하고 있었지만, 연인이 생기고 나서는 매일 등교하게 되었습니다. 지금은 가족들도 인정한 관계를 유지하고 있다고 합니다. 그런 학생이 진로 조사표에 전업주부 희망이라고 적었습니다. 그럼 어떻게 할까요, 라는 화제로 대화를 나누는 직원회의의 분위기, 상상할 수 있니?"

"그건 심하네."

"부담스럽네."

네, 안 됩니다~, 라고 말했다가 다시 집에 틀어박히기라도 하면 어쩌나 고민하는 마음도 이해한다.

"그런 영문도 모르는 내용으로 세 번이나 회의를 했다고……."

"그래서 다시 제출하는 것으로 정해질 때까지 시간이 걸린 건가요……."

결코 무시한 것은 아닌 모양이다.

“그래서 말이지. 전업주부 희망은 좋지 않아. 좋지 않지만, 일단 문제는 없다는 결론이야.”

“문제가 없다는 결론이라고?!”

“아코 대승리잖아요!”

가능하구나, 전업주부 희망!

그러면 나도 전업주부 희망을 내놔도 OK 받을 수 있나?!

“단지, 그건 어디까지나 제1지망. 적어도 제2지망은 제대로 적으라는 결론이 나왔어.”

“어째서인가요! 이미 갈 곳도 정해졌잖아요. 다른 선택지를 생각할 필요는 없다고요!”

안 그래요? 루시안! 이라며 나를 돌아봤기에 대답해줬다.

“타마키 씨의 더 나은 활약을 기원하고 있겠습니다.”

“기원 메일이 온 건가요!”

“봐봐, 아직 안 정해졌잖아.”

“그런! 거짓말이죠, 루시안! 루시안~!”

흔들지 마 흔들지 마 달라붙지 마!

“제1지망으로 해도 되지만, 제2도 제대로 생각하자! 응!”

장래는 어떻게 될지 모르니까!

“우우…… 정말로 제1지망은 이대로 놔둬도 되는 거죠?”

“됐으니까 다른 걸 제대로 생각하자.”

아코는 우우, 하고 고개를 움츠렸다.

제1지망이 전업주부라도 상관없다면 일단 허용 범위인 모양이다.

아니, 하지만 그건 요컨대…….

"주부는 넘어가고, 제2지망을 위한 진로 지도를 하는 게 되지 않나요?"

"니시무라~? 감이 좋은 아이는 뭐라고 하더라~?"

"죄송합니다 죄송합니다!"

나도 입장은 선생님 쪽과 같으니까 태클을 걸 필요가 없었다!

"우우, 어쩌죠? 루시안."

"어쩌냐니…… 그럼 제2지망은 진학이잖아. 적당한 대학을 적으면 된다고."

"대학에 대한 건 아무것도 모른다고요."

너도냐.

"아까 똑같은 대화를 했던 것 같은데……."

"너희들. 정말로 닮은 부부네."

그만둬. 나와 아코를 뭉뚱그려서 엮지 말라고.

나는 제대로 진학할 생각이 있으니까.

"차라리 엉뚱한 목표를 적으면 인정해주지 않을까요? 도쿄대에 가서 행복해진다! 라든가!"

"정말로 도쿄대에 갈 수 있도록 지도할 건데?"

"우우우우우."

"마스터도 아니고, 목표로 해봤자 소용없잖아."

"……어?"

그 마스터는 어딨지? 아까부터 조용한데.

시선을 돌리자 또 뭔가 진지한 표정으로 휴대전화를 보고 있었다.

"마스터? 무슨 연락이라도 왔어?"

"……아니. 괜찮다. 아무것도 오지 않았어."

무슨 일이지? 이야기에 끼지 않을 때도 이쪽은 계속 바라보는 게 마스터다. 이렇게 다른 일에 정신이 팔려있는 건 정말로 드문 일이다.

"걱정하지 마라. 이야기는 들었으니까. 진로에 관한 건 능동적으로 조사하지 않으면 모르는 법이다. 어쩔 수 없는 부분도 있어."

"네. 주부가 될 생각밖에 없었으니까요."

"그럼 어쩔 수 없겠지."

마스터는 천천히 일어나서 세가와에게 시선을 보냈다.

"OB로서 부원의 장래를 내버려 둘 수는 없지. 괜찮겠나? 슈바인."

"으음. 그래. 마침 잘됐네."

세가와도 무슨 일인가 짐작하고 수긍했다.

마스터는 양팔을 크게 펼치고는 큰소리로 말했다.

"그럼 고쇼인 전 부장의 진로 지도를 진행하겠다!"

††† ††† †††

"일단 다들 저번 모의고사 결과를 꺼내놨는데……."

오늘 돌려받았기 때문에 다들 가지고 있었다.

이런 걸 남에게 보여주는 건 부끄러운데 말이지.

양자택일에서 빗나간 것이 다섯 문제 정도 있었으니까 원래 더 높았을 거라고.

"마스터. 프라이버시 침해에요오."

"부에 따라서는 통지표까지 꺼내놓는다. 그나마 낫다고 생각해라."

"부활동에서 그런 것까지 보여주나요?!"

그런 부가 있어?! 왜 성적까지 보여주는데?!

"그야 운동부에는 낙제점을 받은 학생은 대회에 나갈 수 없다는 규정이 있으니까. 부장이 확인하는 부도 있거든."

선생님이 이해한다는 얼굴로 해설해줬다.

"흐응, 낙제점을 받으면 그런 마이너스도 있구나."

"학생의 본분은 공부니까. 당연하잖니."

그 말은 지당하지만, 솔직히 말해서 부활동을 위해 학교에 오는 거니까.

비슷한 학생이 운동부에도 있다면 그야 확인도 할 만한가.

"원래 부장인 내가 감독해서 진로 상담도 받아줘야 할 것 같은데."

세가와가 어깨를 으쓱했다.

누님 기질을 가진 그녀라면 그런 역할이 어울릴 것 같기도 하다.

"그래도 이런 진지한 이야기는 마스터의 일인 것 같기도 해요."

"내가 불성실하다는 식으로 말하지 말아 줄래?! 내가 마스터한테 진로 상담을 해달라고 부탁했거든?!"

"아, 그랬었어?"

"그야 내가 하는 것보다는 제대로 들을 거잖아."

확실히, 수험생이 말하는 게 더 리얼리티가 있다.

데이터를 모으는 건 마스터의 특기 분야고 신뢰도도 있으니까.

그런 만큼, 부실에는 미묘한 긴장감이 감돌았다.

우리는 대체 무슨 소리를 들을까.

"그럼 지도를 시작하지— 우선 묻겠는데, 취직에 관한 이야기는 필요한가?"

"그야, 지금 당장 취직할 예정은 일단 없긴 한데."

"사실 평생 일하고 싶지 않아요."

"그럼 진학에 관해서만 이야기하자. 추천 희망인 사람은 없나?"

"내신이라는 개념은 멸망해야 한다고 생각해."

"지정 학교 추천에서 떨어졌다는 전설을 만들고 싶어요!"

"좋아. 일반 입시로 하자."

우리의 의견에는 노 코멘트를 관철한 마스터는 화이트보드에 펜을 끄적였다.

계속 사용해서 글이 어렴풋이 남아있기 때문에 은근히 우리의 매일이 새겨져 있는 보드다.

거기에 우리 다섯 명의 이름과 글자를 적었다.

"각자의 성적은 이 정도다."

마스터가 펜을 뚝 멈췄다.

오른쪽부터 고쇼인, 아키야마, 세가와, 니시무라, 타마키 순서로 이름과 학력 레벨이 적혀있다.

레벨은 마스터가 100, 아키야마가 80, 세가와가 70, 내가 55, 아코가 20이다.

오우, 알기 쉽네.

실제로 지식량으로 따지면 내가 마스터의 절반이나 될까 의심스러우니까.

"이 레벨을 토대로 어떤 몬스터를 쓰러뜨려야 좋을지 생각하면 자신이 가야 할 대학을 알 수 있을 거다."

"내 레벨이 55니까…… 슬리퍼 선생님을 열심히 쓰러뜨려서 경험치와 돈 효율의 양립을 생각해봐야 하나?"

"가끔은 고레벨이라도 잡으러 오는 적이니까. 그런 대학을 골라야겠지."

마스터가 수긍했다. 알 듯도 하고 모를 듯도 하고…….

"저기…… 저는 뭘 쓰러뜨려야……."

아코가 조심조심 물었다.

레벨 20이라고 하면…… 어어어…….

"포와링 아냐?"

"포왓?! 저, 포와링 레벨인가요?!"

아키야마가 심한 소리를 했어!

"그렇게 낮지는 않아! 포포와링 정도는 된다니까!"

"맞아! 포와링을 계속 잡아도 은근히 벌 수 있는 레벨이지만, 포와링 취급은 너무해!"

나와 세가와가 필사적으로 커버해줬다.

그래그래. 숫자가 많은 잡몹인 포와링을 계속 잡는 게 효율이 좋다고 해도, 노력하면 더 상위 적을 쓰러뜨릴 수 있는 레벨이야!

"포와~."

"아아아, 아코가 포와링화됐어!"

정신 차려, 아코!

그보다 네 평소 행실 때문이니까 커버할 수 없다고!

"아코 군이 돌아올 때까지 이야기를 계속하자. 이 레벨로 실제 대학을 고려한다면, 희망 진로를 토대로 해서 이 정도다. 루시안의 학부는 일단 취직에 강한 곳으로 하자."

마스터는 천연덕스럽게 아코를 무시하고 대학 이름을 적었다.

으으음. 마스터나 다른 애들 쪽에는 들어본 적 있는 대학 이름이 있지만, 나와 아코는 잘 모르는 이름뿐이네.

"뭐지? 잘 모르겠지만 힘들 것 같은 예감이 들어."

"그걸 알아줬으면 했다."

마스터는 기뻐하면서 음음 끄덕였다.

내가 진지하게 장래를 생각하지 않는 게 그렇게 걱정됐나?

"그래도 루시안의 경우에는 암기 과목과 수리 쪽에서 편차치가 떨어질 뿐이니까. 사립 문과로 좁혀서 기합을 넣고 노력하면, 이 정도까지는 노릴 수 있을 거다."

거기서 내 쪽에 몇 가지를 적었다.

오오, 왠지 들어본 적 있는 대학이 들어있어.

"내 일인데 자세하게 아네. 마스터."

"언젠가 이런 기회도 있을 것 같아서 사전에 조사해뒀거든."

"고마워…… 고마워……!"

역시 마스터에게는 고개를 들 수가 없다.

"오히려 이 정도는 스스로 조사하라고."

"지당하신 말씀입니다."

그럼 이게 내가 노력하면 갈 수 있을지도 모르는 대학인가.

뭐지, 이 노력하면 쓰러뜨릴 수 있을지도 모르는 적이 나란히 있는 느낌은?

"여기에 적혀있는 게 필사적으로 싸우면 아슬아슬하게 쓰러뜨릴 수 있는 몬스터라고 생각하면, 평범하게 질 수도 있는 것 같은데……."

"당연히 질 가능성도 있지. 그러나 노력할 거라면 이런 이름 있는 적을 노리고 싶은 법 아니냐."

"확실히 한번 도전하고 싶은 마음은 있지만, 죽으면 재도전에 1년이 걸리잖아."

"벌써 대학이 몬스터 같은 취급 아니야?"

이런 전개에도 익숙해졌는지 아키야마는 살짝 쓴웃음 정도만 지었다.

하하하. 무슨 말씀이신지.

"수험이라니 명백하게 난관 연속 퀘스트고, 대학은 적 몬스터잖아."

"……쓰러뜨리면 동료가 되는 타입의 적?"

"오, 아키야마도 이제 잘 알잖아."

"슬슬 익숙해졌어!"

이런 아무래도 좋은 이야기를 하다 보니 잘 보지 않았는데 같은 대학이 다른 사람 쪽에도 적혀있었다.

"이거, 내가 노력하면 갈 수 있는 제일 위쪽 대학, 마스터랑 세가와의 후보 아냐?"

"그러게. 학부는 다르지만."

"바로 그거다."

마스터가 세 사람에게 적혀있는 같은 대학 이름에 동그라미를 쳤다.

“내게는 부모님의 모교지. 편차치로도 타당한 범위다.”

“나는 국립을 노리지만, 장학금을 노린다면 이쪽에 가고 싶기도 해.”

흠흠. 조건이 갖춰지면 두 사람과 같은 대학에 갈 수 있을지도…….

“……그렇다면, 내가 엄청 노력하면…….”

“사이좋게 같은 대학에 갈 가능성이 없지는 않다는 거네.”

진짜냐! 그래도 대학은 나뉠 줄 알았는데.

“그런가요?!”

오, 포와링 상태였던 아코가 부활했다.

“같은 대학이라니, 즐거워 보이네요!”

“같은 서클이라든가, 같은 부활동에 들어갈 수도 있으니까.”

“누가 혼자 살기 시작하면 집으로 놀러가기도 하고.”

“그뿐만 아니라, 학부가 다르더라도 같은 강의는 받을 수 있다. 나도 너희와 같은 교실에서 배울 기회가 있을지도 모르지.”

오오오, 대학 굉장해!

전혀 정해지지 않았던 진로가, 같은 대학에 다닌다는 목표가 생기자 갑자기 구체적으로 변했다!

“조금 노력할 기분이 들었어!”

“좋겠네~. 나도 같은 학교 노려볼까~.”

범위 바깥에 있던 아키야마가 조금 불만스럽게 말했다.

“나나코는 여대 간다며. 그런 이유로 지망교를 바꾸지 마.”

“그렇긴 하지만~. 꿈을 실현하려면 관록도 붙여야 하고.”

시무룩해지고 말았다.

진학은 물론이고 장래 목표에 필요한 학교를 골랐으니까, 이건 어쩔 수 없지.

“나도 마스터와 같은 대학에 가면 장래에 편해질 것 같네.”

“간단히 말하는데, 마스터가 선택지에 넣는 대학이거든? 나도 너도 엄청 노력하지 않으면 안 돼.”

“확실히…… 큭, 역시 무리인가…….”

역시 포기해야 하나? 내가 잠시 그렇게 생각했는데—.

“이런 거, 원래 2학년 단계에서는 선생님이 끼어들지 않게 되어있지만…… 내 쪽에서도 목표는 이 정도 세워줬으면 좋겠다고 생각해.”

선생님이 나를 진지하게 바라보며 말했다.

“인생은 뭐든 능숙하게 할 수 있는 게 아니야. 원하는 결과가 나오지 않을지도 몰라. 그래도, 아직 시간은 있으니까.”

선생님은 정말로 믿음직하게 주먹을 쥐고 나를 바라봤다.

“선생님도 열심히 서포트해주겠다냐. 목표가 생겼다면, 노력할 뿐이다냐!”

“……알겠습니다!”

그래. 기왕 노린다면 최고의 미래다.

노력하면 즐거운 내일이 기다린다고 생각하면, 나도 다소 노력할 수 있……을 거다…… 아마도…….

"좋아. 나는 이 대학을 적겠어. 선생님!"

"그럼 공부를 열심히 해야겠네, 니시무라?"

"……네."

나는 강한 압력이 느껴지는 미소를 보내는 선생님을 향해 힘없이 끄덕였다.

"겨우 의욕이 생겼어? 입시학원 안내 필요해?"

"나중에 알려주면 고마울 것 같아."

"오케이."

세가와가 하늘하늘 손을 흔들었다.

새삼스럽지만 공부해라, 입시 학원 가라, 수험 대책을 세우라고 계속 말해왔던 세가와에게는 좀 더 화를 낼 권리가 있는 것 같다.

이렇게 적이 현실로 나타나게 되자, 그 한마디 한마디가 정말 고맙다는 생각이 든다니까.

"좀 더 빨리 공부했으면 좋았을걸."

"그러니까 말했잖아."

정말로 면목이 없다.

"기대되네요, 같은 학교!"

그리고 아코는 싱글벙글 천하태평하게 웃었다.

저기, 왜 아코 씨도 즐거워하는 건가요.

"……아코? 오해하고 있을지도 모르니까 일단 말하는데,

진학할 곳이 겹치는 건 세 명뿐이고 아코는 이쪽이거든?"

마지막, 잘 모르는 포와링 레벨 대학이 늘어선 존을 가리켰다.

"……포왓?"

"우왓, 같은 느낌으로 말해도……."

"왜 그렇게 예상 밖이라는 표정인데."

세가와는 당연한 일이라며 어깨를 으쓱했다.

"저기이………… 저는 안 되나요?"

아코가 마스터에게 매달리는 시선을 보냈다.

부탁을 받은 마스터는.

"내게도 할 수 없는 일 정도는…… 있다……!"

그렇게 무리인가!

"그렇다면…… 저만 따돌림당하는 건가요?!"

"명백하게 성적이 달라서……."

"그럴 수가! 인간의 가치는 성적 따위로 달라지지 않아요!"

"하지만 갈 수 있는 대학은 달라진다……! 어쩔 수 없어……!"

마스터는 분통한 듯이, 그러나 단호하게 딱 잘라 말했다.

"괜찮아 아코! 나도 모두와는 다른 곳에 가니까!"

"아무런 위로도 되지 않아요!"

아코는 아우아우 울상을 짓고 화이트보드를 바라봤다.

이렇게 보니 불쌍하네.

"애초에 제 쪽에 쓰여있는 거, 들어본 적 없는 학교뿐이잖아요!"

"나도 잘 모르겠네. 들어본 적도 없어서."

실제로 들어본 적 없는 이름뿐이다.

대학이 이렇게 많았나.

"마스터, 어떻게 합격해야 하죠?!"

"이름을 적으면 바로 합격할 수 있다. 걱정할 것 없어."

"그런 대학이 있나요?! 이렇게나?!"

"있어, 잔뜩."

원래 아코에게 줄 예정이었는지, 선생님이 파일에서 대학 안내를 꺼냈다.

"이거랑, 이거랑, 그리고 이것도……. 모두 수험생은 전원 합격할 수 있는 대학이야."

"FREE의 머리글자만 따서, F랭 대학이라고 불리고 있지."

"아, 그건 왠지 들어본 적 있어."

"귀찮으니까 힘을 숨겨서 F랭크지만, 실은 S랭크라거나 그러지는 않나요?"

"대체 무슨 중2 설정이야."

F인 데는 F입니다.

"배울 뜻만 있다면 제대로 배울 수 있는 환경이거든? 노력하면 급여가 붙는 장학금도 노릴 수 있다냐!"

"제가 장학금을 받을 수 있는 학교라니 대체 어떤 곳인가요?! 이상하잖아요?!"

자신에 대한 객관적 인식이 확실한 것 같아서 다행입니다.

"그래도 아코는 모의고사를 성실하게 보지 않았고, 아직 제대로 공부도 안 했잖아? 어디까지 성적이 올라갈지 모르지 않아?"

"그럼 열심히 공부하면 제가 모두와 같은 대학에 갈 가능성도 있는 건가요!"

"아무리 레어라도 드롭률은 0퍼센트가 아니지."

마스터가 아련한 시선과 괴로운 표정을 짓고 말했다.

"단판 승부에서 0.02퍼센트는 좀……."

"소수점 이하의 저확률이라는 거네……."

"그거 실제로는 나오지 않는 경우잖아."

말하면 안 돼!

"우우우, 공부하고 싶은 생각은 전혀 없는데 대학에서 공부하기 위해 공부한다니, 이제 영문을 모르겠어요오."

애초에 아코는 진학 희망조차 아니었으니까.

"걱정할 것 없다. 지도라고 했잖나."

풀죽은 아코의 어깨를 마스터가 탁 두드렸다.

"지금 이야기는 지시가 아니다. 명령도 아니다. 그냥 정보 제공이지."

마스터는 오히려, 라며 자기를 가리켰다.

"빨리 설명해주지 않으면, 3학년이 되고 나서 수험 이야기는 아무것도 못 들었어요! 라는 말을 꺼낼 것 같아서 말이지."

말할 것 같아! 좀 더 빨리 말해주셨어야죠! 라고 말하며 울 것 같아!

"미리 말해서 다행이네."

"그건 틀림없네요."

아코는 고맙습니다, 하고 고개를 숙였다.

그 표정은 앞으로 힘내자는 느낌으로는 보이지 않았다.

"시간은 있다. 자신이 장래에 어떻게 하고 싶은가, 그걸 위해 어떤 진로로 나아갈까 생각해봐라. 언제 고민하기 시작해도 늦지는 않을, 거다."

"그럴게요."

아코는 넘어가고…….

왠지 마스터의 말투는 자신에게 말하는 듯한 이상한 느낌이었다.

뭔가 생각하는 바가 있는 건가? 그렇게 묻기 전에 마스터가 화이트보드를 지우기 시작했다.

"게임은 하지 않았지만, 오늘은 이 정도로 해두지. 진로 희망 조사는 서둘러 낼 필요는 없어. 각자 잘 생각해서 적도록 해라."

"……일단 말하는데, 그 지시를 해야 하는 건 나거든?"

부장의 역할을 빼앗긴 세가와가 조금 분한 듯 말했다.

††† ††† †††

해가 완전히 저문 통학로를 아코와 둘이서 걸었다.

아코와 함께 가을을 맞이하는 건 두 번째지만 이 시간은 변함이 없다.

후타바가 마지막까지 부실에 있을 때는 셋이서 돌아가기도 했는데…….

나와 아코가 둘이 있더라도 전혀 신경 쓰지 않는 게 굉장하다. 후배의 배짱이 두둑해서 믿음직하다.

"진로라…… 대학 입시는 노력하더라도, 그 이후도 있으니……."

일단 대학은 위를 노린다 치더라도 최종적으로 어떤 길을 걷고 싶은지도 적어야 하니까.

"거기까지는 아직 정하지 못했단 말이지~."

"루시안의 진로에 따라 저희의 평생이 편하니까요~."

아코는 큰일이네요, 하고 고개를 끄덕였다.

아니아니, 아코 씨. 그 발언은 이상하잖아.

"내 진로로 두 사람의 운명이 좌우되는 건 불합리하지 않아?"

"딱히 루시안에게 책임을 떠넘기는 건 아닌데요?"

그럼 대체 무슨 의도가 있는 건데.

빤히 바라보자 아코는 조금 쑥스러운 듯 미소를 지었다.

"루시안은 루시안의 생각대로 살아주세요. 그 결과가 좋든 나쁘든, 저는 언제나 함께 있을 테니까요."

"결혼식 때나 할 말을!"

"부자일 때도, 가난할 때도, 예요!"

맹세한 기억이 두 번 정도 있어!

그야 내가 어떻게 되든 함께 있어 준다는 건 기쁘지만…… 기쁘긴 하지만……!

"그 마음은 고맙지만, 결국 노력하지 않으면 안 되는 거잖아!"

내가 못난 인간이 되어서 아코까지 한꺼번에 불행해지면 안 되니까!

"딱히 노력하지 않아도 되는데요?"

"그런 소리를 해도, 둘 다 노력하지 않으면 살아갈 수 없잖아."

"분명 어떻게든 될 거예요!"

평소에는 대놓고 네거티브인데 왜 이럴 때만 포지티브냐고?!

"그치만 봐봐. 만약 내가 절대로 일하고 싶지 않소이다! 절대로! 라고 말하면 어쩔 건데."

"그러면 좁고 낡은 아파트에서 부업이나 하며 살아가죠. 둘이 함께라면 가난해도 행복할 텐데요?"

"아아아아앗! 그랬지, 이런 녀석이었어!"

상승 지향이라든가 유복한 생활 같은 건 전혀 흥미가 없었어!

이 녀석, 둘이서 가난뱅이 생활을 하는 것에도 아무런 주저함이 없다고!

"저는 컴퓨터와 인터넷 회선, 그리고 루시안이 있다면 만족해요!"

"젠장, 원하는 것의 레벨이 낮아."

용돈 제로에 방구석 폐인 레벨의 물욕만 있어서 가난뱅이 생활에 대한 내성이 높다.

확실히 아코와 둘이서 산다면 가난뱅이 부부로 느긋하게 사는 것도 나쁘지는— 아니아니, 진정해. 냉정해지라고.

"여러 가지를 경험하다가 최종적으로 그렇게 된다면 몰라도, 처음부터 가난뱅이 생활을 지향하는 건 문제가 있는 것 같아. 역시 제대로 대학에 가서, 제대로 된 취업을 하자."

"그러면 제 진로는 전업주부면 되겠네요?"

"잠깐잠깐, 확정은 안 됐으니까!"

당사는 인원을 모집하고 있지 않습니다!

"그보다, 내가 대학을 졸업할 때까지는 최소 4년은 걸리거든? 아코는 진학에 흥미 없잖아?"

"전혀 없어요!"

"그럼 그동안 뭘 하려고?"

아코는 긴 머리를 잡고는 끄트머리를 빙글빙글 돌리며 말했다.

"훗훗훗. 루시안, 니트라는 말의 진짜 의미를 아시나요? 실은 니트라는 건 약칭이고, 정식으로는 낫 인…… 에듀…… 에듀…….”

“Not in Education, Employment or Training. 공부도 하지 않고 일하지도 않고 취업 훈련도 안 받는다, 잖아.”

“맞아요 맞아요, 그거예요.”

자기가 모르는 용어를 쓰지 맙시다.

그러나 정식 조건으로 생각하면 니트는 은근히 어렵다.

나이 제한도 있고 취업 훈련을 하면 니트가 아니라는 걸 생각하면 전직 조건이 빡빡하다. 흔해 보이면서도 레어 직업이다.

“근데, 이게 어쨌다고?”

“확실히 저는 학교에 갈 생각도 없고, 일도 할 생각이 없고, 훈련 같은 건 전혀 안 해요.”

“진짜 니트잖아.”

“아니거든요.”

아코는 검지를 세우며 의기양양하게 말했다.

“나라의 규정으로, 가사 도우미는 니트가 아니라고요!”

“좋아, 일하자. 고졸로 일해서 나 대신 결혼 자금을 모아줘.”

“싫어요오오오오오.”

“아코가 계속 일하고 내가 집안일을 한다는 방법도 있네!”

“그만둬주세요오오오.”

아코가 반쯤 울상을 지으며 달라붙었다.

에에잇, 남의 옷에 침을 묻히지 말라고!

"루시안이 일하고 싶지 않다면 딱히 상관없어요! 하지만 그러면 둘이서 같이 니트를 해요! 저만 일하는 건 싫어요!"

"거짓말이야! 나는 니트 안 해! 안심해!"

아코의 머리를 슥삭슥삭 쓰다듬었다.

이 녀석과 만나기 전까지는 혼자서 살아가는 게 정규 루트였으니까.

게다가 아코가 따라와봤자 노력해야 하는 것에는 변함이 없다.

"무리하지 않아도 되거든요? 사람에게는 일하지 않고 살아갈 수 있는 권리가 있어요!"

"자신만만하게 말하는데, 노동은 국민의 의무거든?"

일할 수 있으면 일해야만 하거든?

게다가 뭐, 내게도 노력해야만 하는 이유 정도는 있으니까.

"야, 아코. 아까 들었는데, 다들 이것저것 장래의 꿈이 있었잖아."

"이것저것 생각하고 있어서 놀랐어요."

나는 장래에 대한 건 전혀 생각하지 않았다.

하지만, 모두의 앞에서는 말하지 않은 꿈이 있다.

"내 최대의 꿈은…… 아코와 평화롭게 장래를 함께 걷는 거라고 생각하니까. 향후의 일은 제대로 생각해야지."

"—루시안."

아코는 눈을 동그랗게 뜨더니 전신으로 희색을 드러내며

말했다.

"지금 그건 혹시, 프러포즈인가요?!"

"그렇다면 대체 몇 번째냐고……."

"여섯 번째일까요?"

"진짜 같으니까 그만둬."

세고 있었어? 그렇게 많이 했나?

"저도 루시안과 행복한 가정을 꾸리는 게 꿈이에요! 좀 더 근사한 주부가 될게요!"

"안지 마, 안지 마."

에에잇, 젠장. 조금 노력해서 말한 건데. 아코 너도 조금은 부끄러워하라고.

어라? 부끄럽다는 말이 나와서 말인데.

"……그런데, 아코."

"네?"

나한테 찰싹 달라붙어 있잖아.

"이러고 있는데 부끄러워하지 않게 됐네? 부끄럼증은 나았어?"

내가 너무 좋아서 부끄러워졌다는 이야기를 믿는다면, 부끄러워지지 않게 된 것이 좋은 일인지 나쁜 일인지 모르겠다.

"혹시 사랑이 약해진 게 아니야?"

"그럴 리가 없잖아요."

아코는 절대 아니라며 고개를 내저었다.

"지금도 너무 행복해서 후냐~ 하고 있거든요?"

"얼핏 봐서는 태연해 보이는데……."

뭐, 얼굴은 조금 빨갛지만.

불그스름한 뺨을 쳐다보자 아코는 더욱 빨개졌다.

"저기, 좀 더 행복해지고 싶다고 생각하니까, 조금씩 참을 수 있게 됐어요."

"참지 않아도 되는데?!"

"행복의 과잉 대미지에도 조금씩 내성이 붙는다고요! 아코 힘냈어요!"

"내성 문제인 건가……."

그야 작년 봄의 나는 이렇게 여자아이가 곁에 있으면 제대로 말도 못 붙였겠지만…….

"예상이지만, 좀 더 레벨 높은 플레이를 하면 후냐~ 하게 될 거예요."

"뭘 할 생각이야, 뭘."

"그게, 지금도 키스한 뒤에는 후냣, 하게 되니까요."

"……그러십니까."

아코에게서 눈을 돌리며 대답했다.

그거, 내가 굉장한 테크니션처럼 보여서 꺼림칙한데.

그보다 그거다. 장래를 생각하면 불순한 일은 위험하다고.

"너무 꺼림칙한 일을 하면 불순 이성 교제로 내신 점수가 내려갈 것 같으니까, 조심해야겠지."

"그만둬주세요! 제 내신 HP는 제로라고요!"

"진짜로 제로니까 정말로 그만둬."

††† ††† †††

최근 현실 쪽에서는 진로는 어쩌지, 장래에는 무슨 일을 하지 등등의 고민을 하고 있지만, 실은 게임에서도 은근슬쩍 일 같은 걸 하고 있다.

◆아코 : 이 줄, 수확해도 괜찮을 것 같아요!

◆루시안 : 오케이, 전부 해버리자.

니시무라 가(家) 뒤뜰에서 조금 나온 곳.

원래는 그냥 황야였던 공간에, 지금은 향신료가 맺힌 농원(農園)이 펼쳐져 있었다.

탐스럽게 맺힌 붉은 스파이스를 클릭하자 갑옷을 벗은 루시안이 싹둑 잘라서 수확 작업을 했다.

농업 스킬, 숙련도 증가.

◆루시안 : 오, 이거 당첨이야! 크기 3, 색 3, 맛 1!

◆아코 : 좋네요! 요전에 나온 2, 1, 3과 합치면 3, 3, 3이 될지도 몰라요!

◆루시안 : 약간 운겜이라서 빡세단 말이지…… 일단은 늘리자.

우수하게 자란 스파이스를 비교하면서 아코가 길챗에 보

고를 했다.

◆아코 : 마스터, 슬슬 평균 2의 스파이스가 남고 있어요!

◆애플리코트 : 좋아. 최대치가 2 이상인 물건은 전부 출하해도 좋다.

◆아코 : 가격은 어쩌죠? 올릴까요?

◆애플리코트 : ALL 1을 기준으로 비율에 따라 올리자. 우리가 정가를 만든다는 생각으로 조절하는 거다.

◆아코 : 네~에.

아코가 싹둑싹둑 스파이스를 수확했다.

지금 우리는 모험가가 아니라 어엿한 농가 플레이어가 되어있다.

그야 아코도 농가학이라 착각할 만하지.

◆세테 : 니시무라 농원, 꽤 커졌네!

◆루시안 : 적어도 앨리 캣츠 농원이라고 말해줘.

확실히 니시무라 가의 농원이지만 그럼 마치 현실에서 농작업을 하는 기분이 들잖아.

◆슈바인 : 라키온호, 슬슬 출항하거든? 출하는 괜찮냐?

◆세테 : 잠깐잠깐, 지금 수확 중! 이것만 싣자!

수확한 것을 실은 라키온호가 집 상공에서 대기 중이다.

참고로 이 배는 나와 아코 둘이서 만든 싸구려라서 자기 방어 능력은 전혀 없다.

◆애플리코트 : 호위인 포포리호, 포수가 타면 출항할 수

있다.

◆루시안 : 포포리호로 호위…… 괜찮을까…….

◆슈바인 : 약체화됐다지만 한 시대를 만들었던 배라고? 공적 따위는 여유야 여유!

◆루시안 : 약체화 수준이 농담으로 넘어갈 수 없거든! 대형 코어 당장 갈아 끼우자고!

◆아코 : 이거 전부 팔면 얼마나 나올까요?

◆애플리코트 : 기껏해야 150k 정도일까.

아코는 으으음, 하고 머리 위에 암운 아이콘을 띄웠다.

◆아코 : 평범하게 사냥하는 게 더 벌겠네요.

◆루시안 : 교역으로도 더 벌 수 있겠어.

아무래도 소규모 길드의 소규모 농원이니까.

열심히 생산하고 있지만 솔직히 별로 돈은 되지 않는다.

◆애플리코트 : 아직 규모가 적으니까, 어쩔 수 없지. 라키온호의 선적량을 메울 정도로 생산하면 한밑천 벌 수 있을 거다.

◆세테 : 대농원이 될 것 같네.

◆아코 : 넓은 뜰, 좋네요!

◆루시안 : 그런 건 뜰이라고 부를 수 없잖아!

◆아코 : 저는 대농원의 주인이 되겠어요!

성을 쟁탈하는 공성전.

자신의 토지를 얻는 하우징.

넓은 하늘을 날며 물자를 운반하는 비행선.

모든 것은 이 통합 업데이트의 포석이었다!

레전더리 에이지의 새로운 세계, 유니온 더 머천스!

수많은 플레이어로 구성된 『상회』를 운영하고

새로운 스킬, 농업과 새로운 요소 농작업을 사용해

생산과 교역의 새로운 경지에 나서자!

이젠 모험가만이 주역이 아니다!

이런 공지를 본 많은 플레이어는 이렇게 생각했다.

귀 찮 네.

이렇게 말하기는 좀 그렇지만 톱 길드가 쟁탈전을 벌이는 성 같은 건 우리하고는 상관이 없었다.

하우징은 이미 제2의 모임장으로 정착됐고 비행선도 멀리 떨어진 던전으로 이동할 때 제대로 활약하고 있다.

그런데 전부 통합해서 새로운 경제를 만들겠다고 하면, 그런 건 됐으니까 던전이나 늘려주실래요? 라는 반응이 나오는 게 당연하다.

적어도 안전한 항로를 늘린다거나, 도시를 늘리고 성을 늘린다거나, 그런 즐겜러도 즐길 수 있는 것들이 필요하다는 것이 우리의 본심이었다.

단지 우리 중에는 한 명, 생산 스킬을 좋아하는 사람이 끼어 있었다.

◆아코 : 가정 농원, 해보고 싶어요! 토지도 싸니까 사봐요!

아코가 그렇게 주장한 것이다.

하고 싶다면 해보자고 해서 시작한 농업이 의외로 즐거웠다.

작물이 천천히 자라는 모습은 신선한 재미가 있었고 용돈벌이도 된다. 비행선으로 운반해서 마을 시장에 파는 것도 교역 같아서 좋았다.

게다가 깡촌에 세워진 니시무라 가 주변은 원래 토지가 남아돈다.

각 하우징의 뒷문으로 나간 곳에 전용『농원 필드』가 추가되는데, 그 토지의 가격도 마을에서 멀수록 싸다.

인근 주민과 토지 쟁탈전이 벌어지면 귀찮았겠지만 다행히 이렇게 멀리까지 농업을 하러 오는 사람은 없다.

기본적으로 느긋하게 지내는 앨리 캣츠에서는 요즘 농업붐이 불고 있었다.

그런고로 이날 밤도 농업에 열심히 종사하고 있었는데…….

◆루시안 : 훗훗훗. 슬슬 나는 히트 스파이스의 프로를 자칭할 수 있겠어.

◆아코 : 아직 4성도 나온 적 없잖아요.

◆루시안 : 3이 늘어난 것만으로도 굉장하잖냐.

원래는 크기, 색, 맛 모두 1밖에 안 되는 쓰레기 스파이스

밖에 만들 수 없었다고.

정성 들여 돌봐주자 조금씩 질 좋은 스파이스를 만들 수 있게 되었고, 지금은 처음 시절의 세 배 정도 스펙이다. 이건 이제 프로라고 말해도 과언이 아니라고.

또한, 최대는 5성인 모양이다.

◆세테 : 실제로 시장에서도 우리의 히트 스파이스가 제일 좋은 성능이야!

◆루시안 : 봐봐, 우리가 스파이스 마스터, 향신료 상회잖아.

◆아코 : 얼마나 출품됐기에 그중에서 제일인 거죠?

◆세테 : 스파이스를 만드는 상회는 열 군데 정도일까?

아아…… 라이벌이 적구나…….

요컨대 우리는 경쟁률이 적은 상품에서 톱을 노리기 위해 용을 쓰고 있는 거다.

◆슈바인 : 스파이스는 용도가 많은 중요한 작물이라고 생각하는데.

◆루시안 : 즉, 유행하지 않는구나. 농업.

농업 스킬 같은 걸 올려봤자 스테이터스에 혜택이 없으니까.

그저 강해지는 것만 생각한다면 시간 낭비다.

◆고양이공주 : 다들 애쓰고 있는 건가냐?

고양이공주 씨가 로그인했다.

◆아코 : 안녕하세요.

◆루시안 : 안녕하세요, 고양이공주 씨.

◆세테 : 야호호~.

◆고양이공주 : 안녕하다냐.

◆슈바인 : 선생님, 나를 대신해서 비료 뿌려줘~.

◆고양이공주 : 고양이공주 씨 갑자기 잡일에 부려 먹히는 건가냐?!

로그인하면 선생님이라도 부려먹는 것이 우리 길드의 철칙이다. 얌전히 비료를 뿌려주세요.

◆고양이공주 : 냥냥냥, 크게 자라라냥.

◆아코 : 물이에요~.

◆루시안 : 이거, 잡초가 무한으로 늘어나겠네…….

우리는 같이 농원을 돌아다니며 농작업을 진행했다.

으으음. 이렇게 고생해도 돈벌이는 적다. 평범하게 사냥하는 게 낫지 않을까?

최근에는 레벨도 잘 오르지 않게 됐고 조금 고레벨 사냥터에도 손대고 싶은데 말이지.

◆루시안 : 좋아. 지겨워졌어.

◆아코 : 빠르잖아요?! 아직 스킬 전혀 안 올랐다고요!

그렇게 말해도 이제 지겹다고!

사냥 가고 싶어! 던전에 가고 싶어! 레어 아이템을 노리고 싶어!

◆루시안 : 사냥이나 가자고!

◆슈바인 : 잠깐, 우리가 귀항할 때까지 기다려.

◆세테 : 어디 갈까? 공중대륙 최하층 노려볼래?

◆아코 : 어차피 또 사망 페널티 먹고 돌아올 뿐이라고요. 그보다도 스파이스를 길러요.

아코는 아직 농업에 미련이 있나 보다.

자자, 집에 돌아왔을 때 돌봐주는 정도면 되잖아.

그렇게 생각했는데…….

◆고양이공주 : 던전에 가는 건 좋지만, 스파이스 육성은 계속하는 게 좋다냐.

어라. 고양이공주 씨도 스파이스 생산에는 적극적이네.

자기 취향으로 재봉 스킬 같은 것도 올리고 있기는 하지만 고양이공주 씨도 전투 타입 플레이어 아니었나?

◆루시안 : 왜 또 스파이스 제작을 권유하는 건가요?

◆고양이공주 : 그 스파이스, 메인 소재에는 들어가지 않지만 실은 스테이터스 상승 요리에 쓰인다냐.

◆슈바인 : 아, 옛날 레시피에 추가로 들어간다는 거?

◆고양이공주 : 그렇다냐! 최고 품질로 대성공하면 호텔 콜라보 요리를 뛰어넘는 보정이 붙는다냐! 드디어 계약 기간이 끝났다고 화제다냐!

오오, 그런 보정이 붙는 건가!

확실히 호텔 레스토랑에서 받은 요리 아이템은 보너스가 엄청났었다.

그걸 뛰어넘는 요리는 지금까지 전혀 구현되지 않았는데,

마침내 계약이 끝난 건가.

◆세테 : 만들 수 있다면 만들고 싶네~. 무땅의 딜이 안 늘어나서 고민이었으니까…….

◆루시안 : 직접 생산하면 싸니까.

◆슈바인 : 그만큼의 시간을 전투에 돌리면 돈도 벌 수 있고 경험치도 벌 수 있는데?

◆아코 : 쉬잇! 쉬잇! 그런 진실을 말하면 안 돼요!

슈바인 님의 말씀이 옳습니다.

하지만 자기가 직접 만들어서 쓸 수 있다는 걸 알게 되면 다소 의욕이 생기려나?

◆루시안 : 조금 더 성실하게 일하며 노력할까.

◆아코 : 노동은 존귀하니까요!

이 녀석, 현실에서는 절대로 하지 않는 말을 태연하게!

뭐, 농원주니까 모르는 바는 아니지만.

니시무라 가는 아코가 제일 많이 공헌했기 때문에 아코의 소유이기도 하다.

그런고로 이 농원의 주인도 아코다.

◆고양이공주 : 일이라고 하니, 아코는 진로 희망 조사, 다 쓴 건가냐?

◆아코 : 윽!

아코의 움직임이 뚝 멎었다.

조심조심 고양이공주 씨에게 고개를 돌리고는, 머리 위에 하트 마크를 띄우며 물었다.

◆아코 : ……제2지망은 가사 도우미, 라는 건…….

◆고양이공주 : 안 된 다 냐.

◆아코 : 아우우우우.

아코의 하트 마크가 쨍그랑 소리를 내며 깨졌다.

가사 도우미는 니트가 아니지만 진로로 허용할 수는 없는 모양이다.

◆아코 : 어어…… 자칭하기 자유로운 직업 일람, 검색…….

◆고양이공주 : 그런 걸 조사해서 뭐 하려는 건가냐?!

◆아코 : 하이퍼 미디어 크리에이터 같은 건 어떨까요!

◆고양이공주 : 그만두라냐아아! 진로 실적에 하이퍼 미디어 크리에이터 한 명이라고 기재할 수는 없다냐!

마에가사키 고등학교 최초의, 진로 하이퍼 미디어 크리에이터가 탄생해버려……!

……어라?

이럴 때는 마스터가 태클을 걸어주는데 아무 말도 없네.

◆루시안 : 마스터? 이대로 가면 우리 학교의 진로 실적에 큰일이 벌어지는데?

◆아코 : 마스터, 전혀 말을 안 하게 됐네요?

◆고양이공주 : 냐? 애플리코트 있었냥?

그러고 보니 고양이공주한테 인사도 안 했었네.

◆루시안 : 무슨 일이지? 인사도 안 했는데.

◆아코 : AFK 아닌가요?

◆슈바인 : 자리에서 나간다면 반드시 말했을걸. 인사는 길드를 연결한다고 했었으니까.

◆세테 : 실제로 인사는 중요해!

◆루시안 : 고사기에도 그렇게 적혀있으니까.

◆고양이공주 : 고사기는 원문으로 전부 읽었는데, 어디에도 적혀있지 않았다냐.

거기 국어 선생님, 개그에 진지하게 대답하는 건 그만해 주세요!

◆세테 : 그래도 포포리호는 제대로 움직이는데?

◆아코 : 곯아떨어진 채 움직인다든가…….

◆루시안 : 이미 특수 능력이잖아.

꿈속에서 온라인 게임을 하는 일은 자주 있지만 아무리 그래도 곯아떨어진 채로 조작할 수는 없다고.

애초에 마스터가 곯아떨어지는 것도 합숙 같은 것 말고는 본 적이 없는데.

◆애플리코트 : 음.

오, 마스터의 채팅이 나왔다.

뭐야, 있잖아. 뒤에서 공부라고 하던 건가?

◆애플리코트 : 불렀나? 미안하다, 잠시 사적인 일로 눈을 떼고 있어서.

◆세테 : 안전한 항로니까 괜찮아~.

◆슈바인 : 라키온호의 레이더에도 적영은 없어.

◆애플리코트 : 그런가. 덤으로 이런 말 하기는 좀 그렇지만 세테, 잠시 조타도 맡기마.

◆세테 : 전함을 혼자 조종?!

블랙 전함 포포리호를 혼자 조종하게 된 세테 씨.

눈을 깜빡이는 모습이 뇌리에 떠올랐다.

◆고양이공주 : 애플리코트, 무슨 일 있는 건가냐?

◆아코 : 그러고 보니 최근 조금 이상한 것 같기도 해요.

◆루시안 : 그러게. 왠지 묘하게 휴대전화만 보고 있고.

뭔가 마음에 걸리는 거라도 있나. 몸이 안 좋은 건가.

차라리 쉬는 게 나을지도 모른다.

슈도 비슷한 생각을 한 것 같았다.

◆슈바인 : 문제가 있다면 꺼도 되거든? 운반은 우리가 할 테니까.

◆세테 : 조종 힘낼게!

◆애플리코트 : 괜찮다. 단지 조금 시간이.

거기까지 말한 마스터의 채팅이 끊어졌다.

무슨 일인가 싶은 그 직후.

◆애플리코트 : 느가r피오:아오에으r

마스터가 망가졌어!

어, 왜 그래? 갑자기 무슨 일이 벌어진 거야?!

◆루시안 : 왜 그래? 마스터?!

온라인 게임의 신부는
여자아이가 아니라고 생각한 거야? 18

◆아코 : 무슨 일인가요?!

◆슈바인 : 잠깐, 위험한 거 아냐? 경찰 부르는 게 나을까?

◆세테 : 경찰 불러? 스와팅?

◆고양이공주 : SWAT을 불러서 어쩔 건가냐! 부를 거면 구급차다냐!

그치만 이거, 키보드에 엎어진 거니까 진짜로 위험한 거 아냐?

마스터의 집이 어디였더라? 고양이공주 씨라면 알고 있나?

집에 연락하거나, 아니면 그냥 직접 집까지 가나?!

◆애플리코트 : ……그런가.

오오?

의자에서 일어서려고 하던 그때, 마스터가 다시 움직였다.

◆루시안 : ……마스터? 살아있어?

◆아코 : 좀비 같은 건 아니죠?

조심조심 채팅창을 보자 마스터의 채팅이 휙휙 올라왔다.

◆애플리코트 : 해냈나, 해낸 건가.

◆애플리코트 : 후후후후후후후.

◆애플리코트 : 하하하하하하하하하.

◆애플리코트 : 하~핫핫핫핫핫.

가, 갑자기 엄청 웃고 있는데?!

이 사람, 역시 망가진 거 아냐?

◆루시안 : 마스터! 정신 차려, 마스터!

◆슈바인 : 채팅으로 3단 웃음 터뜨리는 사람, 처음 봤어.

◆고양이공주 : 근처에 있는 사람, 대각선 45도 각도로 두드리라냐! 수리하라냐!

◆세테 : 그건 오래된 TV 고치는 법인데?!

◆아코 : 혹시 뽑기에서 굉장한 거라도 나왔나요?

우리가 소란을 부리자 마스터는 아까까지의 무언은 대체 뭐였는지 힘차게 대답했다.

◆애플리코트 : 아니, 최근에 조금 신경 쓰이는 게 있었는데 무사히 해결됐다.

◆애플리코트 : 아무 문제도 없어. 올 오케이다.

◆애플리코트 : 핫핫핫핫핫!

우와, 채팅의 기세가 굉장하다. 우리가 들어갈 빈틈이 없을 정도다.

우리 길드, 이렇게 혼자서 떠드는 사람이 없었으니까 꽤 드문 광경이다.

◆루시안 : 그렇게 기뻐할 정도로 큰일이 있었어?

◆아코 : 곤란한 일이었나요?

◆슈바인 : 우리도 뭔가 도와줄 거 있어?

◆애플리코트 : 걱정 마라. 가정 내 일이었으니.

아아, 가정 사정인가…… 그야 마스터네 집에서 사건이 있다면 큰일이기는 하겠지.

◆루시안 : 뭐, 문제없다면 상관없지만.

◆세테 : 최근 조금 낌새가 이상하다 싶었으니까, 해결됐다면 다행이네.

◆애플리코트 : 걱정을 끼쳤나. 하지만 이제는 아무 문제도 없다! 안심하거라!

◆애플리코트 : 후~핫핫하앗!

말꼬리에 앗!이 붙어있어! 대체 얼마나 웃는 거냐고!

◆루시안 : 얼마나 좋은 일이 있어야 이런 마스터가 나오는 건데…….

◆슈바인 : 이제는 꺼림칙할 정도야.

◆아코 : 마스터 수리할 사람 구함, 사례함(소소한 정도).

소소한 정도가 아니라, 조금 더 주자.

◆고양이공주 : 이 시기에 고쇼인까지 이상해지면 곤란하다냐. 나았으면 좋겠다냐.

◆아코 : 까지라니 무슨 뜻인가요!

◆루시안 : 진로로 고민하는 평범한 고등학생을 이상하다고 말하지 말아 주세요!

◆고양이공주 : 그렇긴 하지만! 하이퍼 미디어 크리에이터는 이상하다냐!

그건 솔직히 농담이라고 생각합니다! 아, 아마도!

◆애플리코트 : 걱정하지 마시길. 저는 망가지지 않았습니다.

◆고양이공주 : 그럼 상관없지만.

◆애플리코트 : ……하지만, 그래요. 진로 이야기로 하나 보

고할 게 있습니다.

◆고양이공주 : 냐? 무슨 일인가냐?

◆애플리코트 : 저는, 진학을 하지 않겠습니다.

◆고양이공주 : ……냐?

다시 비료를 뿌리려고 하던 고양이공주 씨가 움찔하며 움직임을 멈췄다.

캐릭터의 표정으로 보건대 채팅만 치고 굳어진 것 같다.

◆고양이공주 : 진학하지 않는다니…… 어, 어떻게 된 건가냐?

선생님이 마치 질 나쁜 농담이라도 들은 것처럼 묻자 마스터는 힘찬 채팅으로 답했다.

◆애플리코트 : 저는 진학하지 않고, 졸업하자마자 회사를 세울 겁니다!

◆애플리코트 : 대학에는 안 갑니다! 자신의 회사를 창업해서 일본 경제의 천하를 거머쥐겠습니다!

핫핫핫, 그렇구나 그렇구나.

진학하지 않고 자기 회사를 만들겠다니.

그건 부모님의 회사를 잇는 것보다 마스터다운 느낌이 드네.

자신의 힘을 시험해본다. 천하에 도전한다. 괜찮네 괜찮아.

──.

"아니, 뭔 소리를 하는 거야 고쇼인 쿄우우우우우우우!"

무심코 현실에서 외치고 말았다!

진학하지 않는다고?! 회사?!

뭐가 어떻게 돌아가야 그렇게 되는데?!

◆루시안 : 잠깐잠깐잠깐, 영문을 모르겠다고!

◆아코 : 마스터가 역시 망가졌어요!

◆슈바인 : 아~아. 이제 엉망진창이야.

◆세테 : 천하…… 거머쥐는구나…….

우리는 어안이 벙벙해졌다.

그리고 정지했다가 움직이기 시작한 고양이공주 씨가 마지막으로 외쳤다.

◆고양이공주 : 절대로, 안 된다냐아아아아아!

어쩌지.

아코보다 위험한 진로가, 설마 마스터에게서 나올 줄이야.

††† ††† †††

"지금부터 고쇼인 붕괴 사건의 심판을 시작하겠습니다."

사이토 선생님의 엄숙한 목소리가 방에 울려 퍼졌다.

장소는 평소의 부실이지만 책상 배치가 평소와는 다르다.

마스터가 앉은 의자를 중심으로 책상이 좌우, 정면으로 퍼져서 마치 재판소처럼 보인다.

보이는 게 아니라 이미 재판이긴 하지만.

"먼저 피고인, 고쇼인."

정면, 재판장 자리에 앉은 선생님이 말했다.

바보 같은 상황인데도 안경 속 눈동자는 너무나 진지했다.

"피고 취급인 것이 납득 가지 않습니다만……."

"피고인은 쓸데없는 발언을 삼가도록."

선생님은 마스터의 입을 다물게 하고 오른쪽에 선 세가와에게 시선을 보냈다.

"검찰, 세가와. 기소장 준비는?"

"상관없기는 한데…… 왜 내가 적인 거야……?"

"부장으로서 책임을 지라냐."

"마스터는 이미 부원이 아닌데."

완전히 말려든 세가와가 한숨을 내쉬었다.

힘내, 세가와. 우리는 마음속으로 응원할게. 응원만은 하고 있어.

"그리고 일단 변호 측, 아키야마."

"원하는 진로로 나아가면 된다고 생각합니다~."

우와, 기운차네~.

무거운 분위기인 부실에서 이렇게나 밝게 말할 수 있는 건 정말 굉장하다고 생각한다.

"배심원 두 사람, 공평하게 판단하도록."

"네."

"예~에."

아코와 나에게도 말이 날아왔다.

말이야 그렇지만, 뭘 배심해야 할까.

"방청석은 조용히 보도록."

마지막으로, 선생님은 조금 멀리 앉아있는 후타바에게도 말을 걸었다.

그러자 그녀는 눈을 스읏 가늘게 뜨고 말했다.

"돌아가도 되나요."

"안 된다냐!"

우와, 이 상황에 전혀 흥미가 없어.

뭐, 그렇겠지. 1학년 시절의 나도 진로 같은 건 전혀 흥미 없었으니까!

"그, 그럼 처음으로 사건 개요를, 검찰 측 세가와!"

"하아……."

세가와는 한숨을 내쉬며 말했다.

"으으음, 이 사건은 마스터…… 고쇼인이 진학을 포기하고 회사를 세우겠다, 일본 경제의 천하를 거머쥐겠다는 잠꼬대를 꺼낸 것이 발단입니다."

"이의 있음! 잠꼬대라는 발언은 피고를 향한 중상모략이며, 본건과는 상관없는 겁니다!"

변호 측에 선 아키야마의 이의 제기.

무척이나 멀쩡한 의견이었지만 선생님은…….

"이의는 기각합니다. 잠꼬대입니다."

재판관이 신랄해!

“계속할게…… 원래는 레벨 높은 대학에 진학해서 고등 교육을 받고 그 능력을 살릴 수 있는 일에 종사할 수 있을 텐데, 이건 명백한 폭거입니다.”

“그렇죠.”

재판장인 선생님이 고개를 끄덕였다.

“그리고 학교의 진학 실적이 무척 떨어집니다. 재판장은 여유 있는 범위에서 가급적 많은 유명 사립대에 응시하여 합격자수에 공헌해줬으면 좋겠다고 생각하고 있었습니다.”

우와, 속이 시커먼 의견이네.

“완전히 학교 사정이잖아.”

“그런 짓을 하면 마스터 대신 떨어지는 사람도 생기지 않나요……?”

“사회는 번드르르한 말로 돌아가지 않는다냐!”

배심원 두 사람의 의견에 선생님은 나무망치 대신 든 뿅망치로 뿅뿅 책상을 두드렸다.

“검찰, 계속하세요.”

“검찰 측은 죄질이 무겁다고 보고, 피고에게 제대로 된 진학형을 구형합니다— 대본에는 이렇게 적혀있네.”

멀쩡한 벌칙을 제안했다.

뭐, 그게 타당하기는 하겠지만…….

“변호인, 피고인, 변론이 있다면 하시죠.”

일단 의견도 들으려는 모양이다.

그러나 그 시선은 시시한 소리를 하면 진짜로 때릴 거다냐, 그보다 이미 울컥울컥 격노했다냐, 라고 넌지시 말하고 있었다.

"……그럼 발언하도록 하죠."

선생님의 시선을 정면에서 받아낸 마스터가 천천히 일어섰다.

"검찰은…… 아니 재판장은 저의 진로가 무모하고 쓸데없으며 폭거라고 말씀하시던데— 하지만 저는 그렇게 생각하지 않습니다!"

힘차게, 자신을 자랑하듯이 주먹을 쥔 마스터가 말했다.

"누구나 자신의 가능성을 믿으며 나아가야 합니다! 자신의 힘을 최대한으로 살리고, 더 높은 곳에 도전하는 것. 그것이 바로 최고로 빛나는 길이죠!"

왠지 그럴싸한 소리를 하고 있어!

하지만 잘 들어보면 딱히 알맹이가 없는 것 같기도 해!

"애초에 꿈을 좇는 젊은이를 일방적으로 억누르다니, 그게 교사, 아니 어른이 할 일입니까! 사이토 유이 교사!"

마스터가 처억 삿대질을 하며 주장했다.

"그렇다네요!"

변호 측, 그냥 편승했다!

그리고 그 말을 들은 재판장은 무겁게 고개를 끄덕였다.

"그게 어른이 할 일입니다."

이 사람, 전혀 흔들리지 않았어.

조금의 동요도 없이 마스터의 주장을 일도양단했다.

"물론 스포츠 대회에서 우수한 성적을 거뒀다면 프로스포츠 선수의 길도 응원합니다. 학력이 우수하다면 해외 유명 대학으로 진학하는 것도 밀어줄 거고요. 정말로 게임을 잘한다면 프로게이머를 지망하는 것도 막지 않아요."

하지만, 하고 선생님을 말을 이었다.

"아무런 실적도 없는 고등학생이 갑자기 회사를 만든다고요? 책임 있는 어른이라면 오히려 막는 게 당연하죠! 이게 교사가 할 일입니다!"

"실적이라면 있고말고요! 제가 과금에 사용하던 자금은 제가 투자해서 얻은 이익입니다!"

그러고 보니 그런 말을 했었다. 부모님의 돈으로는 과금하지 않았다고…….

그렇게 생각하면 이미 일을 잘하고 있다는 게 되겠네.

"……하지만 그거, 회사는 아니잖아?"

"그렇긴 하죠."

"바로 그거예요!"

방청석에서 우리가 중얼거린 말에 수긍한 선생님도 말했다.

"실적이 있다면, 개인 투자자가 된다고 말하면 되잖아요! 그거라면 제대로 된 지도 방법도 생각할 수 있어요!"

"아뇨. 저는 사업을 하고 싶습니다!"

마스터도 마스터대로 전혀 꺾이지 않았다.

평소라면 동료가 반대하는 것에 약한 타입인데도…….

"그럼 검찰에서 묻겠는데. 마스터는 무슨 회사를 만들려는 거야?"

세가와가 손에 든 대본을 휙휙 흔들며 물었다.

확실히 회사를 세운다든가 천하를 거머쥔다고 말하기는 했지만 구체적으로 뭘 할 생각일까?

"잘 물어보았다!"

마스터는 반짝이는 미래를 자랑하듯이 해맑은 표정으로 말했다.

"온라인 게임 개발, 그리고 운영을 담당하는 회사다!"

반대로 선생님이 어둠으로 가득한 표정이 되었다.

"……온라인 게임, 회사……인 건가냐……."

"그렇습니다!"

우와, 반짝반짝과 어두컴컴이 정면에서 부딪치고 있어.

"……구체적으로는?"

"뭔가 이렇게 재미난 온라인 게임을 만들어서, 뽑기 같은 걸로 즐겁게 벌고 싶습니다!"

"사업 내용이! 엉성하고! 생각이! 물러터졌다냐!"

선생님이 뿅뿅 책상을 두드렸다.

이건 틀렸어. 이제 손쓸 수가 없어.

"이야~, 즐거워 보이네. 마스터."

"왠지 평소 마스터보다 말투가 가볍네요."

"그러게. 이렇게 하이텐션인 마스터는 처음 봤어."

뭐가 어떻게 되면 이렇게 망가지는 걸까.

"고쇼인. 대체 온라인 게임이 몇 개나 서비스 종료된 줄 아니? 온라인 게임이라는 건 만들기 힘들고 성공률도 높지 않은, 결코 승산이 높은 도박이 아니거든?"

"그렇기에, 저 같은 사랑을 가진 개발자가 필요한 겁니다! 제가 최고의 온라인 게임을 만들어 보이겠습니다!"

"아아아, 정말. 말이 안 통한다냐아아아아."

선생님이 머리를 부여잡았다.

"다들 좀 어떻게 해줬으면 좋겠다냐……."

이야기를 우리 쪽으로 떠넘겼다!

그런 무리한 소리를 하다니!

"아니 그게, 마스터의 인생이니까."

"마음대로 하라고 하고 싶은데요."

"나는 조금 위험한 것 같은데……."

세가와가 부드럽게 반대했다.

그러자 마스터가 그쪽으로 시선을 돌리며 말했다.

"무슨 소리냐, 슈바인! 이건 네게도 좋은 이야기지 않나!"

"엥? 나는 상관없잖아?"

마스터가 나나 아코에게 손을 내밀었다.

"루시안, 아코도! 제군들도 남 일은 아니다!"
"어? 무슨 소리?"
"마스터가 성공하면 용돈을 받을 수 있다거나, 그런 이야기인가요?"
"받지 마, 받지 마. 그럴 리가 없잖아."
친구한테 돈을 보채서 어쩔 거야.
나는 그렇게 말했지만 마스터는 씨익 웃고 고개를 내저었다.
"훗, 그리 동떨어진 말은 아니라고 할 수 있겠군."
"동떨어지지 않았다고?!"
어째서?! 마스터한테 돈을 받을 수 있어?!
"어떤 건지 가르쳐주마. 먼저 내 회사는 제군이 대학을 졸업할 때까지 대규모 MMO를 운영하는 훌륭한 기업이 될 거다. 되게 할 거다."
"흠흠."
마스터가 개발한 게임을 하는 게 기대되기는 합니다.
근데, 그게 어쨌다는 거지?
"그럼 어떻게 될까?"
"마스터의 회사가 성공하면…… 으~음?"
"기쁘기는 하겠네."
"즐거운 게임을 만들어줬으면 좋겠어요."
우리는 이해하지 못했다.
"잘 들어라. 내가 만드는 회사는 루시안이 희망하는 게임 개발 회사이며, 슈바인이 희망하는 VR 게임 개발을 지향하는 기업이라고?"

—그렇다면, 혹시.

"그래! 나의 회사에 취직하면 괴롭고 험난한 취업 활동을 할 필요가 사라지는 거다!"

뭐, 뭐라고오오오오오오!

취업 활동이라면 그거잖아!

잘 모르겠지만 엄청 힘들다는 그거!

"취업 활동이라면, 입사 지원서 같은 걸 손으로 적어서 메일로 대충 보내고 기도하는 그거잖아?"

"압박 면접에서 높은 사람한테 괴롭힘당하는 그거죠?"

"토론이니 뭐니 하는 걸로 서로를 걷어차 떨어뜨리는 짓을 시킨다고 들었어."

"인턴이라는 명목으로 공짜로 일을 시킨다더라~."

우리는 약간 잘못된 기분이 드는 취업 활동 이미지를 늘어놓았다.

마스터는 의기양양하게 웃고 양팔을 크게 펼쳤다.

"그런 고생은 전혀 할 필요 없다! 내 회사에 입사한다면 연줄의 이름 아래 그것들 전부 프리패스! 아무런 걱정도 필요 없지!"

"쩐다, 최고잖아!"

"마스터 사랑해!"

“뭐어어어어, 좋겠다~!”

엄청난 유혹!

대학에 들어갈 때부터 연줄로 취직할 곳이 정해지다니 최강이잖아! 신이냐!

“아코도 내 회사라면 일해도 좋을 것 같지 않나? 성가신 인간관계도 없다고?”

“화, 확실히 인간관계로 곤란하지 않다면, 학교보다도 즐거울지도 몰라요……!”

“모두 함께 온라인 게임 운영……! 이건 괜찮아 보이네……!”

“즐거워 보여~! 나도 같이 도와주고 싶어~!”

“핫핫핫, 세테도 대환영이다! 미캉도 와도 된다!”

마스터는 내 밑으로 모여라! 하고 크게 웃음을 터뜨렸다.

과연. 그게 마스터의 야망인가! 대환영이야!

“아, 안 되겠다냐! 세뇌가 진행되고 있다냐!”

초조해진 선생님이 뿅망치를 뿅 두드렸다.

“이제 판결을 내리겠다냐! 피고 고쇼인 쿄우에게는 제대로 된 진학형을 내리겠다냐!”

그리고 이렇게 말했다.

말하기는 했지만…….

“거절한다~!”

“변호 측은 판결을 거부합니다~!”

“어째선가냐아아아!”

논리고 뭐고 없이 판결을 거부해버렸다!

설마 하던 전개에 아무리 선생님이라도 어안이 벙벙해졌다!

"훗훗훗. 눈치채셨나요! 재판장님!"

아키야마가 씨익 웃었다.

"그래요. 아무리 판결을 내려도 피고가 반성하지 않으면 형을 집행할 수가 없어요! 이것이야말로 완벽한 변호!"

"하~앗핫핫핫!"

아키야마와 마스터가 어찌할 방도가 없을 만큼 호흡이 딱 맞아!

"아아, 정말 이 못난 학생 같으니……! 왜 평소에는 손이 가지 않는 두 사람이 이럴 때만 연계해서 바보가 되는 건가냐……!"

"아~, 나나코는 기본적으로 사람의 가능성을 믿는 편이니까~."

"가능성이라는 내면의 신을 믿자!"

믿는다고 모든 게 다 잘 풀리지는 않는다고 생각하는데!

"배, 배심원!"

음, 이쪽으로 뿅망치를 내밀었다.

"배심원 두 사람은 어떻게 생각하는 건가냐?!"

"어떻게냐고 하셔도."

"글쎄요오."

확인할 것도 없다.

아코와 나의 마음은 하나였다.

"꼭 성공해줬으면 좋겠어."

"저희가 편한 생활을 하게 해주세요."

응. 이번에는 나도 꼭 마스터의 가능성을 믿고 싶어!

"욕망에 지면 안 된다냐!"

선생님은 주변을 둘러보며 아우아우하다가 마침내 금단의 수단에 나섰다.

"바, 방청석!"

"거기는 말 걸면 안 되는 존이 아닐까요?!"

"이제 뭐든 상관없다냐! 후타바는 이런 선배를 어떻게 생각하는 건가냐?!"

"……저요?"

구경거리를 보는 듯한 표정이었던 후타바가 고개를 갸웃하며 말했다.

"어어, 부장……이 아니라, 쿄우 언니 선배."

"음!"

귀여운 호칭으로 부르자 마스터의 텐션이 올라갔다.

그러나 그 마스터에게—.

"선배한테 들었을 뿐이긴, 하지만…… 전에 이상한 걸 잔뜩 사들였다가 엄청 손해를 보지 않았나요?"

"으걱?!"

엄청 바깥에서 날아온 치명타가 직격했다!

그러고 보니 마스터, 장사하다가 저지른 적이 있었어!

"아…… 그립네."

"집을 사려던 때였죠."

벌써 1년이나 예전 일이다.

지금은 니시무라 가라는 이름을 가진, 깡촌에 지은 단독 주택.

그걸 사려고 모두가 함께 돈을 모았을 때, 전매상의 함정에 걸린 마스터는 쓰레기를 고액으로 사재기하다 엄청난 손해를 봤다.

"흐응…… 선생님이 모르는 사건인데냐……?"

고양이공주 씨가 씨익 웃었다.

아, 이거 승리를 확신했을 때의 웃음이다.

"자자자잠깐만 기다려주시죠! 결과부터 말하자면 그건 하우징 업뎃 이후 용도가 늘어나서 값이 대폭 올라갔습니다! 우리가 콘테스트에서 좋은 결과를 남긴 건 그 사재기가 있었기 때문이라!"

"큰 손해를 봐서 회사가 망한 뒤에 조금만 더 시간이 있었다면 성공했을 텐데~, 라고 말하는 경영자. 과연 어떤가냐?"

"으그그그그극."

마스터가 그야말로 으그극, 이라는 표정으로 말했다.

뭐, 응. 오히려 실패한 실적만 있으니까.

"이래서는 역시, 진로로는 적절하다고 할 수 없겠는데냐?"

"…………."

마스터가 침묵했다.

그리고, 우리는 조금 유감스럽게 바라봤다.

"그래도, 어차피 게임 이야기잖아? 그렇게 중요한가?"

"뭐, 게임이긴 하지만. 만 단위의 인간이 모여서 경제를 만들고 있으니까, 위에 서는 사람은 역시 센스가 필요할 거야."

변호 측의 부드러운 변호에 검찰 측도 역시 부드러운 의견을 내세웠다.

확실히 게임 안에서 굉장한 지위에 있는 사람은 대부분 현실에서도 유능하지. 그야말로 프로게이머처럼…….

"현실에서 천하를 거머쥘 수 있다면 게임 안의 천하는 간단히 거머쥐어야 한다냐. 대실패하는 건 언어도단이다냐."

뽕망치를 척 내민 선생님이 마무리라는 듯이 말했다.

"자, 고쇼인! 판결을 받아들이고 제대로 진학하라냐!"

"…………."

수그리고 있던 마스터가 갑자기 고개를 처들었다.

그 표정은 포기, 가 아니라 희망으로 가득했다.

"그럼, 증명해 보이죠!"

"냐앗?!"

마스터는 아까보다 더욱 강한 어조로, 자신만만한 목소리로 명랑하게 말했다.

"확실히 저는 과거에 실패한 적도 있습니다. 부끄러움 많은 인생을 보냈죠. 모두의 불안도 당연합니다. 그렇다면!"

손가락을 위로 겨눈 마스터가 말했다.

"일본 경제의 톱을 거머쥐기 전에, 먼저 레전더리 에이지의 경제에서 톱에 올라서 보이도록 하겠습니다!"

아니아니아니! 그런 무모한 짓을!

이런 소규모 길드의 마스터가, 그렇게 레벨이 높은 것도 아닌데 경제의 톱을 거머쥐겠다고?! 어떻게?!

그런 생각을 하는 걸 눈치챘는지 마스터가 나를 향해 손가락을 내렸다.

"못할 거라 생각하나? 루시안!"

"무리라……고 생각하지만."

그래도 마스터는 농담하는 얼굴도, 무모한 소리를 하는 분위기도 아니었다.

이 자신만만한 평소 그대로의 마스터는, 어지간한 일은 어떻게든 해버릴 때의 마스터다.

"……어떻게든 할 것 같은 기분도 들어."

"마스터라면 할 수 있을지도 모르겠네요."

"이러니저러니 해도, 할 때는 하니까."

"게임의 톱, 거머쥘까!"

"알아줄 거라고 믿고 있었다."

"어째서 할 수 있는 기분이 드는 건가냐?! 무리일 게 뻔하다냐."

"그럼 그 무리를 이뤄내면, 교사께서도 저를 믿어주시는 거겠죠?!"

"그, 그런 이야기가 아니다냐!"

"사이토 교사도 저를 믿어주셨으면 좋겠습니다. 그걸 위해서라면 어떤 벽이라도 넘어서도록 하죠!"

"냐, 냐우우우우."

뜨거운 눈동자를 보내자 고양이공주 씨가 마침내 꺾였다.

"조, 좋아! 레전더리 에이지의 톱을 거머쥔다. 그런 일이 만약 가능하다면, 선생님도 고쇼인을 응원하겠다냐!"

"그 말을 기다렸습니다."

두 사람이 정면에서 마주 봤다.

"레전더리 에이지의 경제에서 정점에 올라, 저의 힘을 증명하도록 하죠!"

"해보라냐! 고양이공주 씨라는 벽을 넘어보라냐!"

그렇게 된 모양이다.

한동안 노려본 뒤 문득 선생님이 표정을 풀었다.

"……그럼, 무사히 정점에 올라서서 증명할 때까지는 지금의 진로를 유지하는 거겠지?"

"예? 아아, 네. 알겠습니다."

방긋 웃는 선생님을 보자 마스터도 무심코 대답하고 말았다.

선생님은 그런 그녀를 보고 진심으로 안도했다는 듯이 웃었다.

"다행이야~. 그럼 진학 예정이라 치고 확실히 공부하는 거야~. 선생님은 고쇼인이 정점을 거머쥘 날까지 언제까지나 기다릴 테니까."

아, 이 사람 치사해!

졸업할 때까지 반년 남았다는 걸 이용해서 이대로 그냥 진학시킬 생각이야!

"훗, 졸업까지 기다릴 생각은 없습니다."

그러나 마스터는 바라던 바라며 의기양양하게 웃었다.

"레전더리 에이지의 정점 따위는 제게는 손쉬운 목표! 이 달 중에 천하를 거머쥐겠습니다!"

이렇게 해서 고쇼인 쿄우 VS 사이토 유이. 레전더리 에이지 정상 결전이 시작되었다.

††† ††† †††

그날 밤.

게임 안, 니시무라 가 거실에서 우리는 얼굴을 마주했다.

◆루시안 : 큰일이 벌어졌네.

◆아코 : 어쩌죠?

◆미캉 : 바보 아냐?

이번만큼은 미캉의 독설도 허락하자.

지금의 마스터는 은근히 바보다. 틀림없다.

◆애플리코트 : 세상에는 바보가 되어야만 하는 일이 있는

거다.

본인도 인정했으니까!

◆슈바인 : 마스터는 간단히 말하는데, 평범하게 생각하면 현실에서 기업을 세워서 성공하는 건 어렵잖아.

◆애플리코트 : 손쉬운 길은 아니겠지.

응. 이 말이 맞을 거다.

그래도. 만약에, 말이지만.

◆루시안 : 만약 정말로 현실이 된다면…… 최고겠지…….

◆아코 : ……그러게요…….

뭐니 뭐니 해도 마스터의 회사, 그것도 온라인 게임 운영 회사에 취직 결정이다.

◆루시안 : 연줄 취직이라니 좋은 말이야…….

◆슈바인 : 마스터네 회삿돈으로 VRMMO 연구를 마음껏 할 수 있어…….

◆아코 : 차를 나눠주고 잡담만 해도 돈을 받을 수 있지 않을까요?

◆세테 : 다들 지나칠 정도로 솔직하네.

그치만 이상적인 미래잖아!

아니아니, 제대로 일은 할 거거든? 월급만큼은 제대로 일할 거라고! 믿어줘!

◆애플리코트 : 훗훗훗. 괜찮다. 내가 너희의 꿈을 이루어 주마!

◆루시안 : 역시 마스터! 우리의 길마!

◆아코 : 최고의 길드 마스터에요!

◆슈바인 : 믿음직해! 사랑해!

◆애플리코트 : 핫핫핫. 좀 더 칭찬해도 좋아.

와글와글 떠받들어주자 마스터는 만족스러워했다.

그리고, 그런 이상적인 미래를 맞이하기 위해서는 여러 벽이 가로막을 것 같은데…….

◆루시안 : 일단 지금은 고양이공주 씨의 설득이 과제인가.

◆슈바인 : 엄청 반대했잖아.

◆애플리코트 : 음…… 어떻게든 신뢰를 얻어야…….

마스터가 머리 위에 땀 마크를 띄웠다.

그때, 아코가 의문부호를 띄웠다.

◆아코 : 그래도 딱히 신경 쓰지 않아도 되지 않나요? 고양이공주 씨가 반대하더라도 마스터를 막을 수 있는 건 아니고요.

◆루시안 : 응, 확실히. 선생님이 뭔가 할 수 있는 건 없지.

◆애플리코트 : 음. 그야 그렇지만.

마스터는 그 자리를 맴돌듯이 캐릭터를 움직이면서 채팅을 쳤다.

◆애플리코트 : 나는 그녀도 소중한 동료라고 생각한다. 동료가 축복해주지 않는 목표라니 너무 슬프지 않나.

게다가, 하고 발을 멈췄다.

그리고 반짝, 별을 띄운 이펙트를 내보내며 말했다.

◆애플리코트 : 그렇게 반대하면, 되짚어보고 싶어지기도 하고.

◆미캉 : 와카루맨[#2].

◆루시안 : 이런 호전적인 것만 와카루맨이냐.

◆미캉 : 천하를 거머쥔다는 목표, 쿵쿵해요.

쿵쿵하는 거냐.

사고회로는 알기 쉬운데 전혀 공감할 수 없어서 곤란하다.

◆루시안 : 그럼, 정말로 LA의 천하를 거머쥐는 거지?

◆애플리코트 : 음. 그게 최초의 벽이 되겠지.

최초인 것치고는 난이도 높잖아.

조금은 튜토리얼 같은 게 있어도 좋을 텐데.

◆슈바인 : 그보다 레전더리 에이지의 천하를 거머쥔다니, 구체적으로 어떻게 하는 거야. 애초에 천하 같은 게 있었어?

◆애플리코트 : 그 점은 걱정할 것 없다. 세테, 설명하자.

◆세테 : 네~에.

세테 씨가 뚜벅뚜벅 모두의 앞으로 이동했다.

그 얼굴에 짜안, 하고 액세서리 장비인 안경이 올라갔다.

◆세테 : 그럼 게임 내부의 경제 상태를 설명할게. 보통은 게임 경제에 천하 같은 건 없지만, 지금은 좀 달라.

◆슈바인 : 무슨 뜻이야?

#2 와카루맨 애니 『케모노 프렌즈』와 『데빌맨』의 매드 무비 작품 재규어맨 시리즈의 소재. 와카루(이해한다)+데빌맨의 합성.

재촉하자, 세테 씨가 채팅을 이어갔다.

◆세테 : 내가 시작할 무렵에 업뎃된 공성전의 『영주 시스템』과 비행선을 사용하는 『교역 시스템』, 그리고 『생산 스킬』이 통합되어서 『상회』라는 게 생긴 거, 알고 있지?

◆루시안 : 그 귀찮은 녀석 말이지?

◆아코 : 농업은 즐겁지만, 다른 건 상관없으니까요…….

성을 가진 상위 길드가 할 일이 늘어난 것 같다는 인상밖에 없는 업뎃이었다.

굳이 따지자면 경매장 출품자가 상회가 된 것을 발견하는 정도다.

◆애플리코트 : 상회 자체는 누구나 만들 수 있다. 이렇게 말이지.

▶애플리코트 씨가 앨리 캣츠 상회에 초대했습니다.◀

어라, 뭔가 나왔네.

일단 OK하면 되나. 우리 상회 같으니까.

▶앨리 캣츠 상회에 가입했습니다!◀

오, 스테이터스창에 상회 항목이 늘어났다.

앨리 캣츠 상회라는 솔직한 이름이다.

◆아코 : 이 상회가 어쨌다고요?

◆애플리코트 : 구체적으로는 그룹 단위로 사고팔 수 있는 구조다.

◆슈바인 : 흐~응. 편리하지만, 딱히 개인하고 달라진 건

없잖아.

그렇지. 길드 자금에서 직접 구매할 수 있다면 소비 아이템을 한꺼번에 사는 데 쓸 수 있는 정도인가?

◆세테 : 그게 말이지. 시스템이 통합되었다는 게 문제야.

거기서 오른쪽에 두꺼운 책 장비를 꺼내서 선생님다워진 세테 씨가 말을 이었다.

◆세테 : 지금까지는 어느 도시에서 누구한테 사든 상관없었지만, 도시를 점령한 길드 상회가 그런 걸 제한할 수 있게 되었거든.

엥? 제한? 매매?

◆슈바인 : 어, 잠깐잠깐. 우리가 수도에서 뭔가 팔려고 해도, 가게를 세우는 건 안 된다는 거야?

◆세테 : 세세한 시스템은 이것저것 있지만, 최악의 경우에는 그렇게 됩니다!

◆아코 : 독재잖아요!

◆루시안 : 영주에게 그런 권력이 늘어난 건가…….

그러면 뭐든 가능하잖아.

천하를 거머쥐기 위해 장사를 하려고 해도 간단히 짓눌려 버리고 만다.

◆애플리코트 : 그리고, 대부분의 플레이어가 물건을 파는 곳은 수도, 로드스톤이다. 영주에게는 세금도 들어가지. 즉, 이 세계의 경제적 톱이란—.

◆루시안 : 수도를 지배하는 상회……인가…….

거기가 천하를 거머쥐고 있다는 거구나.

그리고 수도를 점령하고 있는 건, 당연히.

◆세테 : 길드 TMW의, TMW 상회! 그곳이 경제의 톱입니다!

◆애플리코트 : 당연히 상회 매상 랭킹도 TMW 상회가 톱이다.

흐음, 그렇군.

랭킹까지 있다면 톱이 어디인지 알기 쉽다.

권력도 자금도 그곳이 전부 독점하고 있으니까.

과연, 상황은 이해했다.

하지만 그거 괜찮나?

◆루시안 : 왠지 불공평하지 않아? TMW만 이득 보고 있잖아.

◆세테 : 바로 그렇습니다!

내가 그렇게 말하자 세테 씨가 딩동! 하고 정답 마크를 띄웠다.

◆세테 : 다른 도시의 영주 길드나 다른 도시를 모임장으로 삼고 있는 사람은 기분이 좋지 않아. 매매하려면 수도가 편하지만, 그러면 TMW만 이득 보니까.

공성전에서는 라이벌인데 평소 생활에서 그쪽이 돈을 벌도록 해버리면 의미가 없다.

◆아코 : 저기, 혹시 최근 다른 도시에서 벼룩시장을 시작

하거나, 프리마켓이라면서 노점 거리가 생긴 건…….

◆세테 : 맞아! 다른 도시가 경제, 군사적으로 수도의 TMW를 떨어뜨리려고 움직이는 거야!

◆애플리코트 : 게임 안은 그야말로 전국시대인 거다!

퍼펑 하고 배후를 폭발시키면서 두 사람의 설명이 끝났다.

귀찮은 시스템이구나 싶어서 방치했더니 역시나 성가셔졌다는 건가.

◆루시안 : 그나저나 세테 씨. 왜 이렇게 자세하게 알고 있는 겁니까.

◆세테 : 어, 평범하게 하다 보면 이야기가 흘러오지 않아?

◆아코 : 아뇨, 전혀.

◆세테 : 어라~?

정신이 들자, 게임 내 상황조차도 세테 씨가 더 잘 알게 된 것 같다.

조금 더 적극적으로 친구와 교류하는 게 나을까.

◆슈바인 : 그럼 지금은 주변에서 TMW를 적대시하고 있는 거야?

슈가 물어보자 세테 씨는 잠시 말을 멈췄다.

◆세테 : 으~음.

그리고 나지막하게 말했다.

◆세테 : 가장 적대시하고 있는 건 운영진일지도…….

◆슈바인 : 아아…… 그야 그렇게 되겠네…….

◆루시안 : 귀찮은 짓을 해버린 데다가 상위 길드만 이득을 줘버렸으니, 플레이어들의 어그로가 쌓이겠지.

◆미캉 : 운영 용서할 수 없음.

음음. 자비는 없어.

◆아코 : 저희처럼 작은 길드하고는 상관없는 거네요.

◆슈바인 : 우리는 물론이고, 중규모 정도의 길드도 손해만 볼 뿐이야. 버는 건 대형뿐이라고.

슈가 분노 마크를 팍팍 꺼냈다.

그러나 마스터는 씨익 웃었다.

◆애플리코트 : 반대로 말하면, 그 위치에 올라서면 되는 거다.

우리를 돌아본 길드 마스터 겸 상회장, 즉 사장인 마스터가 말했다.

◆애플리코트 : 목표로 삼을 경제의 정점은, 매상 랭킹 톱 상회. 그 첫걸음으로, 우리도 TMW 상회의 산하를 노린다!

◆애플리코트 : 그리고 내부에서 무너뜨리고, 최종적으로는 실권을 쥐는 거다!

우와. 그 TMW를 이용할 생각이 넘쳐나잖아.

◆슈바인 : 그야말로 야망이네. 가차 없어.

◆루시안 : 그렇게 나와야지!

◆아코 : 저희의 미래가 걸려있으니까요!

◆애플리코트 : 자, 우리의 하극상이 지금 여기서부터 시작

되는 거다!

◆세테 : 힘내자~.

◆미캉 : 오~.

미캉은 기왕 협력해준다면 미즈키와 함께 길드로 돌아오면 좋겠는데.

뭐, 상관없나. 상회는 개인이 가입할 수도 있는 것 같으니까.

◆아코 : 그럼 뭘 할까요? 검은 마술사 씨한테 부탁해요?

◆슈바인 : 고액 장비를 사재기해서 싸게 팔아치우면 하루 정도는 톱이 될 것 같은데.

◆애플리코트 : 그런 수단을 써서는 고양이공주 교사에게 이겼다고 말할 수 없겠지.

마스터는 주먹을 꽉 움켜쥐었다.

◆애플리코트 : 간단히 타인에게 의지할 생각은 없다. 자금을 헛되이 써서 톱이 될 생각도 없어. 누구나 인정하는 형태로 성과를 낼 거다!

어려운 소리를 하네.

하긴, 엄청난 적자를 내가면서 LA의 정점에 섰다고 해봤자 선생님은 절대 인정해주지 않겠지.

◆슈바인 : 마스터, 그래도 괜찮아? 과금으로 어떻게든 하는 것도 불가능하지는 않거든?

◆애플리코트 : 당연하다. 고양이공주 씨와의 자존심을 건 승부. 과금 같은 수단을 취할 리가…… 취할 리가…….

점점 마스터의 목소리가 작아졌다.

그리고, 나지막하게 말했다.

◆애플리코트 : 조금 정도는 들키지 않지 않을까.

◆루시안 : 그만둬.

절대 브레이크가 안 통하게 될 테니까.

◆애플리코트 : 으, 음. 그래. 과금은 없다. 나는 정면에서 정정당당히, 나의 상회로 이겨 보이겠다!

◆아코 : ……그렇다면, 지금부터 할 일은?

◆애플리코트 : 당연한 것 아니냐. 착실하게 일하는 거다.

아, 왠지 불길한 예감이 드는데.

최근에 게임에서 노동 같은 걸 자주 했었잖아.

◆루시안 : 설마, 마스터…….

◆애플리코트 : 그래. 이 농원이다.

뒷문 바깥, 앨리 캣츠 농원을 지팡이로 가리켰다.

◆애플리코트 : 상회의 요령은 다른 인간이 하지 않는 것을 하는 것이다! 생산자가 적고, 그러나 수요는 바랄 수 있는 향신료 생산은 안성맞춤이라 할 수 있겠지!

마스터는 역시 나, 선견지명이 있군! 이라며 드높이 선언했다.

◆아코 : 그렇다면 지금부터 전원이…….

◆애플리코트 : 음. 일하자!

아아아, 사장이 업무 명령을 내리고 말았다.

◆애플리코트 : 지금부터 농원을 팍팍 확대해나간다! 자, 종업원 제군! 즐겁고도 즐거운 노동 시간이다!

◆아코 : 그렇게 의무로 일하는 건 싫어요오오오오!

2장

“손님의! 웃음을 만들고 있는 거다!”

And you thought there is Never a girl online?

매일 아침 어떻게 일어나는가는, 사람에 따라 여러 방법이 있다.

내 경우에는 은근히 흔한, 스마트폰 알람을 쓰는 타입이다.

계속해서 울고, 소리도 바꿀 수 있고, 무엇보다 편리하니까.

—이런 생각을 하는 이유는 물론 귓가에서 스마트폰이 폭음을 울리고 있기 때문이다.

알았어. 알았다고. 일어나면 되잖아. 빌어먹을…….

흐릿한 눈을 억지로 뜨고 스마트폰 화면을 톡톡 두드렸다.

"으아아……."

이상한 소리라도 좋으니까 일단 입에서 뭔가 내뱉었다.

그러지 않으면 진짜로 잘 것 같다. 아니, 이제 자도 괜찮지 않을까 하는 기분이 든다. 아직 세 번은 다시 잘 수 있는 시간이니까.

"아아, 정말. 전원…… 전원 어딨어……."

평소라면 바로 찾아내는 전원 스위치를 못 찾겠다.

어디야 어디. 아아, 그래. 이거이거.

컴퓨터의 전원을 켜자 흐릿한 전자음과 함께 모니터에 불이 들어왔다.

눈을 비비적대며 클라이언트를 켜고, 비밀번호를 입력해서—.

◆루시안 : 조은 아취임.

로그인한 현장은 어젯밤 껐던 지점.

즉, 우리 집 농원의 한 곳이다.

커다란 지주에 휘감긴 덩굴 식물이 우거진 꽤 낯익은 농원입니다. 이런 시간이 아니었다면 느긋하게 산책해도 좋을 정도다.

◆애플리코트 : 음. 좋은 아침이다.

◆루시안 : 오, 벌써 왔어? 빠르네, 마스터.

역시 사장. 이미 작업을 시작했나.

◆애플리코트 : 당연하지! 나는 누구보다 먼저 출근하고, 누구보다 늦게 퇴근하는! 그런 명물 사장이 되기로 결심했으니까!

◆루시안 : 좋은 건지 나쁜 건지 모르겠네.

그건 그것대로 압박감이 될 것 같은데.

◆애플리코트 : 훗훗훗. 언젠가 명사장으로서 자서전을 내고 싶군.

◆루시안 : 자서전이라니, 앨리 캣츠 약진의 역사 같은 거?

◆애플리코트 : 음. 앨리 캣츠의 이름을 세상에 떨친 뒤의 이야기겠지만.

그때, 마스터는 마침 떠올랐다는 듯이 ! 마크를 띄웠다.

◆애플리코트 : 그래. 회사명은 앨리 캣츠로 하자.

◆루시안 : 주식회사 앨리 캣츠……조금 그럴싸해서 곤란해.

이런 채팅을 나누면서 농작업에 힘썼다.

◆루시안 : 꿈 많은 소리를 하면서, 실제로 하는 일은 잡초 뽑기란 말이지.

LA 경제의 정점을 노리고 있는데 이런 야외 작업을 해도 되나?

◆애플리코트 : 착실한 기반 없이는 성장도 없는 법이다.

◆루시안 : 지당한 말씀입니다.

최근에는 공부도 기본이 없으면 응용에 손을 댈 수 없어서 곤란하니까.

한동안 말없이 잡초를 클릭하고 있는데.

◆애플리코트 : ……미안하다. 루시안.

마스터가 그런 소리를 했다.

◆루시안 : 엥? 왜 갑자기 사과하는 건데.

◆애플리코트 : 말했었잖나. 농작업은 지겨우니까 평범하게 게임을 하고 싶다고. 그런데도 이렇게 도와주게 되고 말았으니까.

◆루시안 : 아아, 그거였나.

조금 지겨워진 건 사실이고 평범하게 던전에 가거나 퀘스트를 하고 싶기는 했다.

하지만 그런 것보다 모두가 함께 목표를 향해 노력하는 게 좀 더 즐겁다는 것도 잘 알고 있다.

무엇보다도 이렇게 재미있게 폭주하는 마스터를 내버려 둘 수도 없고!

◆루시안 : 신경 쓰지 마, 신경 쓰지 마. 이건 이것대로 즐거우니까.

◆애플리코트 : 고맙다. 부활동에서는 어느 정도 평소 플레이도 할 예정이다.

◆루시안 : ㅇㅋㅇㅋ

이렇게 길원을 배려하는 모습은 평소와 똑같단 말이지. 마스터.

◆세테 : 야호호~.

오, 세테 씨도 왔다.

이쪽도 아침 일찍부터 기운차네.

◆애플리코트 : 좋은 아침, 세테.

◆루시안 : 그 인사는 유행하지 않고 유행시키지도 않아. 세테 씨도 빨리 왔네~.

◆세테 : 그야 안 잤으니까.

◆루시안 : 뭐야, 계속 일어나 있었어?

과연, 그야 기운차게 로그인할 만하네. 납득 납득.

—아니, 이 사람 태연하게 무슨 소리를 하는 거야?! 오늘도 평범하게 학교 가야 하는데?!

◆루시안 : 또 그런 건강에 안 좋은 일을!

◆애플리코트 : 노동은 어디까지나 일상생활에 지장이 없

도록 하는 거다.

◆세테 : 괜찮아 괜찮아~. 자, 얘들아. 물이야~.

세테 씨는 아무 문제도 없다는 듯이 물을 뿌렸다.

이 사람은 초인인가.

그때 슈우웅 하는 로그인 소리가 들렸다.

바라보자 화면 밑에 대검을 푼 슈바인의 모습이.

◆루시안 : 좋은 아침.

◆슈바인 : 죽는다.

◆루시안 : 맥락도 없이 사망하는 건 그만둬.

◆슈바인 : 죽었어.

◆루시안 : 빨리 성불해.

◆슈바인 : 너를 죽이고 나도 죽어.

◆루시안 : 맥락도 없는 얀데레가 나를 덮친다!

기상 직후의 성격이 너무 안 좋잖아!

졸릴 뿐이고 기분은 나쁘지 않다고 말하는 게 평소의 슈인데, 이번에는 기분도 나쁜 것 같다.

얼마나 졸린 거야. 아니, 나도 엄청 졸리지만.

◆슈바인 : 하아, 바보 같은 소리 하지 말고 비료 비료……실제 농업은 매일 비료를 줄 필요 없잖아…….

◆애플리코트 : 핫핫핫. 게임과 현실은 다르고말고.

그건 내 대사거든!

작업을 시작한 지 꽤 지났는데 한 명이 부족하다.

◆루시안 : 아코가 안 오네.

◆슈바인 : 어차피 자고 있겠지.

◆세테 : 아코가 제일 농업 스킬 높으니까, 수확해줬으면 좋겠는데~.

일하고 싶지 않은 아코가 최대 전력이라는 슬픈 현실.

우리는 대체 얼마나 생산 스킬을 올리지 않은 걸까.

◆애플리코트 : 으으음. 지각이라면 어쩔 수 없나.

마스터가 그렇게 말하고 작업을 멈췄다.

◆루시안 : 어쩔 수 없다니. 뭘 하려고?

◆애플리코트 : 물론, 호출이다!

삐롱삐롱, 현실 휴대전화가 울렸다.

무슨 일인가 싶어 보자 그룹 채팅에 통화가 왔다.

"……받아도 되나?"

받아봤다.

『……네에?』

오, 엄청 졸려 보이는 아코의 목소리가 들린다.

휴대전화가 울려서 반사적으로 통화 버튼을 누른 모양이다.

『아코 군. 일할 시간이다.』

『녜에.』

『자, 일어나서 수확과 파종을 하는 거다.』

『눼에.』

"이 녀석 분명 안 일어났어."

이건 잠에 취해서 20분 동안 멍하니 있는 패턴이다.

나는 체념했지만—.

『그럼 이래야겠군. 미안하지만 루시안.』

"응?"

『사랑한다고 한마디 해주지 않겠나?』

"……그걸로 일어날까? 이 녀석, 안 들릴 텐데."

『뭐, 상관없지 않나. 손해 보는 것도 아니다.』

내가 부끄러운데…… 뭐, 상관없나.

"어어…… 사랑한다, 아코."

『저도요, 루시안!』

"우와아아악?!"

이, 일어났어?! 아니, 자고 있었잖아?!

그래도 바로 대답이 돌아왔는데?!

『……후엣? 지금 루시안의 목소리가 들리지 않았나요?』

"역시 자고 있었냐."

머리 구조가 대체 어떻게 된 거야.

세가와한테 뇌 구조를 조사해달라고 하는 게 좋지 않을까?

『일어났나, 아코. 일할 시간이다.』

『하에. 벌써 그런 시간인가요.』

『서두르지 않으면 등교 때까지 아침 작업이 끝나지 않아. 자, 출근이다!』

『후에에…… 알았어요…….』

통화가 뚝 끊어지고 잠시 후—.

◆아코 : 좋은 아침이에요~.

채팅으로도 전해지는 괴로움과 함께 아코가 로그인했다.

◆루시안 : 졸려 보이네.

◆슈바인 : 힘들어?

◆세테 : 괴로워?

◆아코 : 졸리씨앗고힘들씨앗고괴로씨앗워요.

아코의 채팅은 이미 일본어인지조차 미심쩍었다.

괴로씨앗을 참으면서 아코도 작업에 참가했다.

스킬이 가장 높은 게 아코니까. 힘내라고.

◆아코 : 우우, 어째서 아침부터 이런 일을…….

◆애플리코트 : 아침에 심으면 부활동 시간에는 꽤 많이 자라나 있을 거다. 수면 시간과 수업 시간을 유용하게 사용하려면 반드시 아침 작업이 필요하지.

◆아코 : 하지만 스파이스를 만들어도 돈은 벌 수 없으니까, 별로 보람이…….

◆애플리코트 : 핫핫핫. 아코 군, 너는 잘 모르는군.

마스터는 글은 명랑하지만 캐릭터의 얼굴은 진지하게 유지하며 말했다.

◆아코 : 뭐, 뭘 모른다는 건가요?

◆애플리코트 : 간단한 거다. 아코 군. 우리가 만들고 있는 게 뭐냐?

간단한 질문이어서, 아코는 물음표 마크를 띄우고 대답했다.

◆아코 : 핫 스파이스랑 쿨 스파이스, 약간의 홀리 스파이스인데요…….

◆애플리코트 : 아니, 아니다! 그건 이번 일을 겉핥기로만 보는 것에 지나지 않아!

◆아코 : 에에에에엑?!

나도 만드는 건 향신료가 맞다고 생각하는데?!

그도 그럴 게 앨리 캐츠 농원, 완전히 향신료밭이 되어버렸으니까!

◆아코 : 그, 그래도 만드는 건 스파이스인데요…….

◆애플리코트 : 잘 생각해봐라. 우리가 이렇게 생산한 스파이스는 언젠가 손님에게 가겠지?

◆아코 : 네.

◆애플리코트 : 그러면, 어떻게 되나?

◆아코 : …………

어떻게 되냐고 물어도, 라고 묻고 싶은 마음을 필사적으로 참고 있구나, 아코.

◆아코 : 어어어, 그대로는 쓸 수 없으니까, 요리 재료가 되겠죠…….

거기서 아코의 머리 위에 딩동 하고 전구 마크가 떠올랐다.

◆아코 : 아, 알아냈어요! STR과 INT가 올라가는 요리가 돼요! 그렇다면, 다들 STR과 INT를 만들고 있는 거네요!

수수께끼는 모두 풀렸다! 라며 아코가 웃었지만, 마스터는 고개를 내저었다.

◆애플리코트 : 아니. 그래도 아직 얕다!

◆아코 : 아직도인가요?!

◆애플리코트 : 스테이터스가 오르면 어떻게 되나?!

◆아코 : 경험치 효율이 좋아지고…… 아, 경험치를 만들고 있다는 건가요?

◆애플리코트 : 이 어리석은 녀석!

◆아코 : 히익!

아코의 발언에 마침내 마스터의 불벼락이 떨어졌다!

참고로 벼락은 마스터가 발사한 스타 라이트닝입니다.

뭐야, 그걸 위해 충전하고 있었어?

게다가 사용법이 너무나도 불합리하지 않나?

◆애플리코트 : 어째서 너는 그렇게 물질적인 것만 보는 거냐. 좀 더 사람으로서의 마음을 생각해라.

◆아코 : 그런 소리를 하셔도…….

◆애플리코트 : 우리가 전해준 향신료는 버프 요리가 되고, 손님의 스테이터스를 올린다. 그것도 대폭으로. 그렇다면 경험치 효율이 상승하고, 레벨도 오르겠지.

당연히 그렇게 된다.

그보다 그렇게 되니까 팔리는 거지.

◆애플리코트 : 그러면 손님은 어떻게 되나?

◆아코 : 어어…… 어떻게 되느냐고 물으셔도…… 레벨이 올라서 강해진다든가.

◆애플리코트 : 모르는 건가…… 그럼 가르쳐주마!

지팡이 대신 삽을 정면에 꽂은 마스터가 단언했다.

◆애플리코트 : 잘 들어라, 손님은! 우리의 상품으로! 웃게 되는 거다!

◆아코 : ……네.

어어…… 무슨 말씀을 하시는 건지?

우리가 아연실색하게 바라보는 가운데, 마스터는 텐션 높게 말했다.

◆애플리코트 : 레벨이 올라가면 모두가 웃게 된다! 그래, 우리가 만들고 있는 건 단순한 소재가 아니야! 손님의! 웃음을 만들고 있는 거다!

—우와.

◆루시안 : 야. 이 사람 어쩔 거야?

◆세테 : 영문을 모르겠어.

◆슈바인 : 슈는 돼지니까 블랙 기업 같은 건 잘 몰라.

다 알고 있잖아!

그래. 이건 블랙 기업이라고!

◆애플리코트 : 거기, 무슨 소리냐!

◆루시안 : 아무 말도 안 했어요! 불만 없어요!

우리는 필사적으로 도망쳤다.

큰일 났다. 이 사장 무서워. 명백하게 블랙 기업을 만들 타입이야.

◆애플리코트 : 잘 들어라, 아코 군. 확실히 스파이스는 돈이 안 될지도 모른다. 그러나 할 보람이 없다는 건 있을 수 없어.

마스터는 아코의 어깨에 손을 올리는 모션을 보이면서 말했다.

◆애플리코트 : 손님의 웃음을 위해! 고마움을 위해! 그렇게 생각하면 노력할 수 있다!

◆아코 : 노력할 수 없어요.

◆애플리코트 : 조금 아침이 이르다고 해도 전혀 괴롭지 않아!

◆아코 : 괴로워요.

◆애플리코트 : 자, 오늘도 즐겁게 작업할 수 있겠지!

◆아코 : 못해요. 편하게 돈 벌고 싶어요.

◆애플리코트 : …………

◆아코 : …………

큰일 났다. 블랙 사장과 블랙 사원이 전혀 맞물리지 않고 있어.

너무나도 이야기가 맞물리지 않아서 두 사람도 굳어졌잖아.

◆슈바인 : 저거 어쩔 거야?

◆루시안 : 나도 전혀.

여기까지 오면 어둠이 너무 깊어서 손댈 수가 없어!

◆애플리코트 : 아코 군.

그때 아코에게서 살짝 고개를 돌린 마스터가 말했다.

◆애플리코트 : 아침부터 루시안과 채팅을 할 수 있고, 좋은 스파이스를 만들면 루시안이 칭찬해줄 거다.

◆아코 : 알겠습니다. 열심히 할게요!

블랙 사장이 부하를 세뇌하고 있어!

††† ††† †††

"안녕히 주무세요."

"그건 아침 인사가 아니야. 아코……."

말은 이렇지만, 나도 위험할 정도로 졸리다.

오랜만에 학교를 땡땡이칠까 싶을 정도다.

"큭. 아침 조회 시간 전인데도 벌써 집에 돌아가고 싶어……."

"저는 집을 나가기 전부터 집에 돌아가고 싶었어요."

집에 돌아가고 싶다는 개념이 무너진다.

"…………(너희도 참)."

말하면 불쾌한 목소리가 나오기에 세가와는 침묵하고 있었다.

무슨 말을 하고 싶은지는 표정으로 다 드러나지만…….

"얘들아. 쉬는 시간을 쪼개서 자면 꽤 회복되거든?"

그리고 유일하게, 아키야마만이 평소처럼 기운차다.

"어째서 안 잔 사람이 제일 태연한 거야……."

"도장에서 태어난 사람은 굉장하다는 걸 새삼 느꼈어요."

도장에서 태어난 A 씨에게 존경의 시선을 보냈다.

"굉장하다 굉장하지 않다기보다는, 체질일까? 쇼트 슬리퍼라고 생각해."

짧은 시간의 수면으로도 태연한 타입이었던가? 굉장하네.

"나는 은근히 롱 슬리퍼니까…… 푹 자지 않으면 다음 날 힘들고……."

"저는 슬리퍼에요오."

"자고만 있을 뿐이잖아."

어쩌면 최면술을 걸어서 아이를 납치하거나 그러지 않을까.

"그나저나…… 상회 앨리 캣츠, 이미 블랙 기업이 되지 않았어? 괜찮아?"

찌푸린 표정의 세가와가 그런 말을 했다.

으~음. 실제로 블랙 같은 소리를 하고는 있지만—.

"입으로만 말할 뿐이지 무리를 강요할 생각은 없을 텐데."

"고맙다는 말로는 밥을 먹을 수 없다고요오."

앞으로 괜찮을까, 약간 불안해지기는 한다.

"그래도 마스터가 성공하면 우리도 구원받잖아!"

"그러게. 연줄 취직이 우리를 기다리고 있으니까!"

"행복한 가정이라는 루시안과 저의 꿈을 위해서! 조금 더 노력해볼게요."

그때, 예비종이 딩동댕동 울렸다.

우와, 이제 곧 수업인가. 전혀 집중할 수 없을 것 같아.

"얘들아~, 자리에 앉으렴."

타이밍에 딱 맞게 선생님이 들어왔다.

변함없이, 냐아~ 냐아~ 말하고 있다는 건 조금도 내비치지 않고 선생님다운 자세였다.

"슬슬 시간대에 따라서는 쌀쌀해졌어. 안에 카디건을 입거나, 남자도 타이츠를 입어도 되니까. 각자 대책을 세우도록 하렴."

예~에, 하고 대충 대답했다.

"나머지는 진로 희망 조사! 아직 내지 않은 사람이 꽤 있는데, 초조해하지 않아도 되니까 확실히 생각해서 제출하도록!"

나도 네~에 하고 대답했다.

아직 제출하지 않았으니까. 진로, 마스터의 회사라고 적으면 확실히 다시 제출하게 될 거고…….

게다가 대학도 문제다.

마스터가 진학하지 않는다면 국립을 원하는 세가와와 학교가 겹치지 않을 가능성이 높으니까.

그러면 아코와 같은 대학이라거나, 그런 것도…….

"……흐냐호부냐우."

"아코, 잠꼬대 잠꼬대!"

이 녀석 대체 무슨 꿈을 꾸는 거야.

이쪽은 같은 대학 같은 생각은 전혀 없어 보이네.

"그럼 다들 하루 힘내렴."

선생님은 그렇게 이야기를 정리하고 교단을 나왔다.

그대로 교실을 나가기 직전—.

"아, 타마키와 니시무라."

우리를 부르더니 가벼운 모습으로 말했다.

"점심시간, 잠깐 학생 지도실로 오렴."

"……네?"

학생, 지도실?!

우리 둘을 호출한다고요?!

학생 지도실에 들어와서 문을 닫은 직후—.

"고양이공주 씨!"

"냣?!"

앉아서 기다리던 선생님을 척 가리킨 아코가 말했다.

"저희는! 절대로 배신하지 않아요!"

"무슨 이야기냥?!"

아코가 학생 지도실에 들어오자마자 선언하자, 선생님도 무심코 고양이공주가 튀어나온 모양이다.

아무도 배신하라고 말한 적 없는데?!

"그래도 조건에 따라서는 생각해 볼 수도 있거든요? 훗훗훗."

"생각해 보는 거냐."

너도 참 나쁜 녀석이네.

"그보다 아코. 왜 학생 지도실에 호출됐는데도 그렇게 여유로워?"

이런 방은 처음 들어오니까 나는 엄청 긴장되는데!

"에이. 그야 학생 지도실은 단골이니까요."

"어째서 자주 들어오는 건데……."

"타마키는 몇 번 불려왔었다냐……."

저기, 정말로 수고 많으십니다.

"그래서 무슨 이야기인가요? 게임 이야기는 아니잖아요?"

일부러 학생 지도실까지 와서 온라인 게임 이야기를 하지는 않을 테니까.

나는 그렇게 확신했지만 선생님은 슬그머니 눈을 돌렸다.

"그게…… 게임 이야기, 인데……?"

"어째서 학생 지도실에 부른 건가요!"

직권 남용이잖아!

"그치만 딱 좋은 곳이었는걸! 게다가, 온라인 게임이라기보다는 부활동 이야기니까 세이프!"

"……선생님이 세이프라고 하신다면 상관없지만요."

"그럼 무슨 이야기인가요?"

설교가 아니라는 걸 눈치챘는지 아코가 끼어들어서 물었다.

"역시 배신하라는 건가요?"

"그게 아니라."

선생님은 쓴웃음을 지으며 창밖, 부실 방향으로 시선을 돌렸다.

"잠시 이야기를 듣고 싶었을 뿐이야. 너희들, 내버려 두면 뭘 할지 걱정되잖니?"

"그야 뭐, 자각은 있어요."

선생님의 마음은 이해한다.

특히 마스터는 저지르는 일의 규모가 크니까.

"그래도 게임에서 그렇게 위험한 일은 없잖아요."

"그게, 예를 들어 미소녀 유튜버로 시청자를 모은 뒤에 그 숫자로 경제를 좌지우지한다는 생각이라면 막아야 하잖니."

"그런 것까지 걱정하고 있었나요?!"

걱정하는 내용이 너무 망상이잖아!

"그래도 고양이공주 씨. 아무리 유명해져도 게임과는 상관없잖아요?"

"그렇지 않아, 아코. 상관없지 않아."

"에에엑!"

규모가 엄청 작은 온라인 게임이라면 유명 방송인 군단에게 게임 자체가 점령당하는 일도 평범하게 가능하다.

이 세상에는 우리가 생각하는 것 이상으로 사람이 없는 온라인 게임이 넘쳐나니까.

잠깐 검색해서 알아보는 걸 추천한다. 모르는 세상이 너를 기다린다고.

"뭐, 그런 건 안 하니까요. 힘들긴 하지만 우리는 평범하게 하고 있어요."

"아침부터 호출당해서 졸려요."

뭐, 곤란한 건 그것 정도다.

"……학교생활에 지장이 생기고 있잖니?"

"기껏해야 여섯 시 기상이니까, 평소에 일어나는 게 늦을 뿐이에요."

졸리다 졸리다 소란을 부려놓고서는 좀 그렇지만 상식에 어긋나게 이른 시간은 아니니까.

"운동부 아침 훈련보다 훨씬 늦네……."

"아침은 약하다고요오."

아무튼 일단 안심했는지 선생님은 가슴을 쓸어내렸다.

"그래서 선생님, 용건은 그것뿐인가요?"

"아아, 미안. 또 하나 있어. 오히려 이게 본론이야."

선생님은 잠시 바깥을 신경 쓰는 모습을 보인 뒤.

"두 사람에게 묻고 싶은 게 있는데……."

"뭔가요?"

"고쇼인은 진학은 하지 않는다든가, 회사를 세운다든가, 일본의 톱을 거머쥐겠다든가, 뭔가 그런 말을 갑자기 꺼내지 않았니?"

"갑작스럽긴 했죠."

아코가 끄덕끄덕 수긍했다.

정말로 갑자기 영문 모를 소리를 꺼냈단 말이지.

"갑작스러워서 놀란 바람에 묻지 못했는데, 고쇼인한테 무슨 일 있었니? 이상해진 원인이 대체 뭘까?"

듣고 보니, 그건 물어보지 않았네.

뭔가 이상하다 싶다가 영문 모를 말을 꺼냈다 정도였지 자세한 사정은 전혀 모른다.

"그러고 보니, 어째서일까요?"

"취업 활동에서 도망칠 수 있다는 기쁨 탓에 완전히 잊고 있었네."

마스터의 장래는 완전히 정해져 있었을 거다.

그런데 갑자기 회사를 세우겠다니 묘한 이야기였다.

"지금까지는 가업을 잇겠다고 했었는데."

"집에서도 가본 적 있었는데, 부잣집 아가씨였는데요?"

"확실히 나도 별장에 갔었지만, 터무니없었어."

그런 아가씨가 갑자기 집을 나와서 기업 설립?

으~음, 묘하다.

"두 사람도 모르는구나."

"얼마 전부터 조금 낌새가 이상하긴 했지만…… 그 정도죠."

"계~속 휴대전화를 보고 있었어요."

이상하기는 했다.

단지 본인이 곤란할 정도의 고민거리가 있다면 눈치챌 거고, 말해줄 거라 생각했으니까.

"곤란하네. 그걸 모르면 설득할 수가 없어."

"본인에게 직접 물어보면 되잖아요?"

"이렇게 적으로 돌아선 이후에는 묻기 힘들잖니?"

선생님이 뺨에 손을 대며 조금 쑥스럽게 말했다.

재판장 고양이공주는 조금 지나쳤다고 생각한 모양이다.

"그래도 이렇게 저희한테 물어본 시점에서 스파이 역할을 시키는 것 아닌가요."

"윽."

이건 역시.

"스파이를 하라는 건가요."

"배신은 안 해요! 조건에 따라 다르지만, 배신은 안 한다고요!"

"스파이나 배신 같은 게 아니다냐!"

선생님은 황급히 고개를 내저었다.

그래도 점점 시선이 아래로 내려가더니.

"……그치만 걱정되니까, 조금 정도는 스파이 같은 걸 해도 괜찮지 않을까냐?"

마음은 이해하지만! 까놓고 말해서 걱정되는 상황이기는 하고!

"그래도 저희는 마스터한테 기대하고 있다고요!"

"맞아! 마스터의 회사는 크게 성장해줘야 하니까!"

"해냈다, 연줄 취직!"

"해냈다, 연줄 인사예요!"

나와 아코는 이예~이! 하고 하이파이브를 나눴다.

"최저의 발상을 기운차게 말하지 말고!"

선생님은 이마에 손을 대며 두통을 참는 듯했다.

"애초에 말이지. 친구가 만든 벤처 기업이라니…… 뭐, 넘어가자냐……."

힘없이 말한 선생님은 마음을 다잡고 고개를 들었다.

"평생이 걸린 문제니까, 지도를 하려고 해도 본인에 대해 알아두고 싶어."

선생님도 선생님대로, 담임이 아닌데도 변함없이 남들을 잘 돌봐준다니까.

……그럼 그렇게 강경하게 반대하지 말고 조금 더 이야기를 들어줬으면 됐을 텐데.

"선생님. 걱정되는 건 이해하지만, 마스터의 꿈을 조금 더 응원해줘도 되지 않나요?"

물어보자, 선생님은 살짝 쓴웃음을 지었다.

"……그게 정말로 고쇼인의 꿈이라면, 선생님도 응원해줬을 거야."

"그건, 무슨?"

"마스터의 꿈, 회사로 성공하는 것이 아닌가요?"

"경제에서 유명한 말로, 『드릴을 사러 온 사람이 원하는 것은, 드릴이 아니라 구멍이다』라는 게 있어."

"……드릴?"

"구멍, 인가요?"

어리둥절한 우리를 바라본 선생님은 어딘가 그리운 듯이 미소 지었다.

"두 사람도, 잠깐 생각해보라냐."

이제 와서 교실로 돌아가는 것도 좀 그래서 매점에 들렀다가 안뜰로 나왔다.

덥지도 않고, 춥지도 않은 딱 좋은 기온이라 벤치에 앉아서 점심을 먹는 사람도 몇 명 보였다.

이런 분위기에서 아코와 단둘이 있는 건 아직 조금 쑥스럽다.

남녀가 같이 있으면 정말로 연인 같은 느낌이라고…….

"가을이 부쩍 와버렸네요."

빈 벤치에 앉은 아코가 안뜰의 나무를 올려다봤다.

"문화제가 끝나면 완전히 가을이라는 느낌이 나겠네."

"내년 문화제에는 마스터가 없네요……."

"그러게."

느긋하게 매일을 보내기만 해도 시간은 멈추지 않고 흐른다.

올해와 같은 1년은 두 번 다시 오지 않는다— 이렇게 말하면 시인 같긴 하지만.

"그보다도 내년 이맘때에는 진로를 확실히 세우지 않으면 무서운데 말이지."

"현실을 말하는 건 그만두자고요."

그런 말을 해도 책상 위의 진로 희망 조사가 나를 재촉한다고!

마스터 같은 목표도 없으니까.

"사정은 모르겠지만. 마스터는 자신의 꿈을 좇으려 하고 있어. 좋아하는 게임 회사를 만들어 천하를 거머쥐겠다잖아."

"근사하네요."

그야 뭐, 현실적이지 않은 꿈일지도 모르고, 선생님은 맹렬히 반대하고 있지만…….

마스터가 말하는 것이니 제대로 된 계획을 세우고 있을 거다.

"그래도 선생님은 반대였단 말이지……."

"어째서일까요?"

빵을 입에 쏘옥 넣은 아코가 끄덕였다.

"고양이공주 씨도 평범한 어른이네요."

확실히, 그런 건 됐으니까 평범한 인생의 레일 위에 올라타라는 말을 하고 싶은 거겠지.

그래도 그것만은 아닌 것 같단 말이지.

"역시 고양이공주 씨도 어른이다, 어른은 우리를 모른다…… 그런 분위기, 있어?"

"아뇨, 전혀."

아코는 단팥빵 한가운데를 꾹꾹 눌렀다.

"오히려 아쿠아 챌리스를 10으로 올리는 걸 필사적으로 제지하려는 느낌이었어요."

"아챌 10은 위험하지."

아쿠아 챌리스는 버프용 성수(聖水) 아이템을 만드는 스킬이다.

이 스킬, 레벨을 올려도 한 번에 만들 수 있는 양만 늘어날 뿐이다. 1만 얻어두고 연타하면 그걸로 OK라는 함정이 있다.

착각을 제외하면 10씩이나 올릴 필요는 전혀 없다. 명백하게 스킬 포인트 낭비다.

그렇단 말이지. 고양이공주 씨가 마스터를 막는 분위기는 어른으로서 잘난 척하는 것보다는 뭔가 저지르는 걸 막는 친구 같은 느낌이다.

그건 진짜로 그만둬! 절대로 후회하니까! 라는 거지.

"고양이공주 씨는 정말로 선의로 막으려는 것 같으니까……."

선생님이 보기에는 정말로 위험한 걸지도 모른다.

우리는 어영부영 마스터를 믿어버리는 구석이 있지만 선생님은 그렇지 않은 건가.

"그래서 마스터도 천하를 거머쥐겠다! 라고 말한 거라고 생각해요."

"그러게…… 믿어주면 좋겠는데."

선생님에게도 인정받고 자신감을 얻어서 도전했으면 좋겠다.

그리고 꼭 성공해줬으면 좋겠다. 꼭.

그게 정말로 마스터의 꿈이라면…… 말이지만.

"뭐였더라? 『드릴이 아니라 구멍을 원한다』라는 거였나? 대체 뭘까?"

"으으음…… 드릴을 사는 사람은 뭘 원할까요?"

"DEF가 높은 적 대책 아냐?"

"그러게요."

LA에서 말하는 드릴은 특수한 창 무기로, 적의 DEF 대부분을 무시하고 공격할 수 있다. 나도 하나 있어서 가끔 사용한다.

아니, 응. 그런 이야기는 아니겠지. 분명히.

"마스터의 꿈…… 진짜로 회사를 성공시키는 걸까……?"

"모르겠지만…… 그래도 마스터, 즐거워 보였어요."

"그건 틀림없어."

그렇게 활기차고 즐거워 보이는 마스터는 오랜만에 봤지.

그것만으로도 협력하기에는 충분한 이유다.

우리도 노력해야지.

"그럼 오늘도 노력해서 웃음을 만들어볼까!"

"블랙은 싫어요~!"

††† ††† †††

"그럼 상회 앨리 캣츠, 경영 회의를 시작한다."

마스터가 무겁게 말했다.

그녀는 앉아있는 우리를 돌아봤다.

"먼저 생산 관리부 루시안. 우리 농원의 지금 상황을 보고하도록."

"어어, 어제 생산량이 핫 스파이스 180, 쿨 스파이스 220, 그저께와 비교하면 60개 정도 늘어났어."

생산량은 토지의 넓이에 의존하니까 그렇게 간단히 늘지 않는다.

어제 새로 산 토지가 기능하고 있다는 의미에서는 급제점이다.

"좋아, 그럼 영업부. 매상은 어떤가?"

"전부 팔렸고, 아직 더 만들어도 돼. 경매장 보드를 통하지 않고 개별적으로 사고 싶다는 신청도 나오고 있어."

"최종적으로는 랭킹을 위해 매매 시스템을 통하겠지만, 현 단계에서는 고객의 증가가 최우선이다. 어느 정도의 양이라면 팔아도 좋아."

마스터는 만족스럽게 끄덕였다.

"마케팅 전략부, 수요 예측은 어떠냐?"

"수요는 계속 늘어날 거야~."

아키야마가 싱글벙글 말했다.

"버프 최대치를 뽑는다는 소문이 퍼진 모양이라, 요리 스킬을 올리는 사람도 늘어난 것 같아."

"BtoB인 우리로서는 가공자가 늘어나는 건 바람직한 일이군."

"물론 가공 후의 요리도 인기라서, 스파이스를 쓴 요리가 많이 팔리고 있어."

"좋아. 순조롭군."

생상량도 늘었고 만든 만큼 전부 팔린다. 게다가 수요도 증가하는 중.

미리 향신료 생산에 손을 댔기 때문에 우리 앨리 캣츠는 근사한 성장을 보이고 있다.

"그럼 마지막으로, 현장의 농원주는 어떠냐?"

그러나 마지막으로 질문을 받은 아코는 죽은 눈동자로 말했다.

"인원이 부족해요."

끼기긱, 하고 몸을 삐걱삐걱 움직였다.

"너무 바빠요. 더는 안 돼요. 스파이스를 하루 400개나 수확하고 좋은 씨앗이 생기면 갈아치우는 걸 반복한다고요? 다섯 명으로는 무리에요!"

"그걸 어떻게 할 수 없나, 현장 매니저!"

"무~리~."

현장 매니저 후타바, 즉답!

"농원에! 농원에 지원 좀 해주세요! 돈은 회의실에서 버는 게 아니에요! 현장에서 버는 거라고요!"

현장 담당인 아코가 필사적으로 호소했다.

우리도 농작업은 하고 있지만 역시 수확이 힘들단 말이지.

그보다 일하고 싶지 않다던 아코가 제일 많이 일하고 있는 건 불합리하네.

"증원이나 증설이 없으면 이 이상의 생산은 무리예요!"

"그런가. 그래. 증원이 필요하군."

보고를 받은 상층부는 그럼, 하고 끄덕였다.

"토지를 더욱 대폭으로 사들이자."

"인원이 부족하다고 말했잖아요오오오오!"

"언젠가 설비도 늘린다! 늘릴 테니까 조금만 더 애써다오!"

"늘려주길 바라는 건 인원이에요!"

반 울상을 넘어서서 진짜로 울고 있잖아!

"다, 다음 토지는 전력 생산할 필요는 없다! 지금 사는 건 상한에 달한 품질 향상을 위한 실험 농원으로 만들면 돼! 그거라면 돌아가겠지!"

"……실험, 인가요? 필사적으로 기르지 않아도 되나요?"

"음. 현재 향신료는 4, 3, 3 품질로 안정돼버렸잖나? 다른 상회에서도 똑같은 물건을 유포할 거다."

그러면서 세가와에게 힐끔 시선을 보냈다.

"그러게. 대부분 4, 3, 3. 가끔 4, 4, 3 같은 것도 섞여 있지만, 조금뿐이야."

"여기서 우리가 안정적으로 4 이상, 혹은 5 같은 것을 만들어낸다면 지금의 위치를 확고하게 다질 수 있다! 우리 앨리 캣츠의 향신료를 하나의 브랜드로 만드는 거다!"

"우우, 품질은 올리고 싶기는 하지만……."

"그렇지 그렇지? 새로운 토지를 마음껏 써도 좋아."

마스터는 우리의 얼굴을 돌아봤다.

"오늘 풀로 부활동에 참가할 수 있는 건……."

"아, 나 이제 곧 학원 시간."

"나도 배우러 가야 해!"

세가와와 아키야마가 얼굴 앞에 가위표를 만들었다.

언제나 전원 참가할 수 있는 건 아니라서 이런 날도 자주 있다.

"나도 집에서 용건이 있으니 말이지. 그럼 생산 관리부, 현장 매니저와 협력해서 노력해다오. 성과를 기대하마."

"알겠어요……."

"그럼 해산! 각자 업무에 힘쓰도록!"

경영 회의가 무사히 끝났다.

일도 늘어났고, 나도 바로 일해야겠네!

—으음. 어라? 이 부는 뭘 위한 부활동이었더라?

먼저 돌아간 세가와, 마스터, 아키야마를 배웅하고 잔업 3인조의 업무가 시작됐다.

"그런고로, 블랙 사장의 무모한 요청 탓에 일이 늘었어요."

"이것도 사회인의 우울인가……."

"아직 학생."

농원주 아코, 생산 관리부인 나, 그리고 현장 매니저인 후타바. 이 셋이서 미션을 달성할 필요가 있다.

또한, 직책은 마스터가 그냥 대충 붙인 거라서 깊은 의미는 없다.

전원이 현장에서도 제대로 일하고 있습니다.

"현재 상황을 확인하면, 크기는 4 안정, 색과 맛이 3 안정인 셈이지?"

"맞아요. 그 이상은 확인하지 못했어요."

수확한 향신료에는 품질이 있어서 크기, 색, 맛 세 종류에 1~5의 평가가 붙는다.

제대로 비료를 주고, 물을 주고, 잡초를 뽑고, 제대로 기르면 씨앗 때보다 품질이 늘어나기도 한다.

그리고 늘어난 씨앗끼리 합성하면 높은 수치를 이어받아 새로운 씨앗이 생길 수도 있다.

씨앗끼리 합성한다니 영문을 모르겠지만 합성할 수 있으니까 어쩔 수 없다.

그리고 거기서 자라난 씨앗은 더욱 우수해지니까— 그런

식으로 지금까지 순조롭게 수치를 올려왔다.

그런데 최근에는 전혀 오르지 않게 되어서 이대로 가면 곤란하지 않나 싶기는 했다.

"평범하게 기르면 이게 한도라는 걸까?"

"뭔가 특별한 방법이 필요한 걸까요? 장비라든가, 아이템이라든가?"

"농업용 아이템, 이 이상 있었던가~."

다이아몬드제 괭이라든가, 그런 재미있는 아이템은 지금은 구현되지 않았을 거다.

비료도 드롭이 없으니까 상점에서 파는 최고 품질만 쓰고 있고…….

"농업 스킬이 올라가면…… 어떨까요?"

"작업 효율이 올라가는 것 말고, 질도 올라가는 건가……."

"저기."

후타바가 저요, 하고 손을 들었다.

"기르는 법에 요령이 있다거나…… 그런 거, 없을까요?"

"기르는 법……이라."

과연. 애초에 물과 비료를 주기만 하는 초보자 육성에 문제가 있다는 건가.

"아이템 의존 스킬 의존이 아니라, 기르는 법에 관한 연구가 부족하다…… 있을 법하네."

"너무 엉성했으니까요."

아무튼 최고의 환경이라면 최고의 향신료가 나올 거라며 무조건 돌봐주기만 하던 육성법이었으니까.

거기에 뭔가 연구할 여지는 있어 보인다.

"좋아, 조사해볼까!"

"구글링해요!"

"네."

분담해서 검색해봤다.

그래도 공략 사이트에는 절대 올라가 있지 않을 거고 본다면 개인 블로그인가.

아니, 실은 게시판 구석에 적혀있을지도…….

응, 없다. 없어없어. 어디에도 새로운 정보가 없다.

그보다 레전더리 에이지의 농업에 관해 적혀있는 사이트 자체가 전혀 없어!

"이야~, 농업 스킬 인기 없네. 아무도 안 하잖아."

"작업량에 비해 돈을 못 버니까요."

"필요한 건 틀림없는데요."

버프 요리 재료에 필요하니까. 그야 시장이 없으면 곤란하지.

그렇게 생각하면 마스터가 농작업으로 상회를 키우려는 건 올바를지도 모른다.

없으면 곤란한 것을 만드는 사람은 강하니까.

선구자가 없는 만큼, 필요한 정보를 모으기가 힘들지만!

"곤란하네요."

"무턱대고 이상하게 육성했다가는 적자가 나올 테고……."

고민하는 우리 앞에서 후타바가 고개를 홱 들었다.

"방법, 있어요."

"뭐라고?"

설마 후타바가 발견할 줄이야. 어떻게 검색한 거야?

"어떻게 해야 하나요?"

"으음…… 이거."

후타바는 어딘가 만족스러운 표정으로 모니터를 보며 말했다.

"물은 무조건 많이 줘야 하는 게 아니고. 물이 적은 편이 맛이 농후해지는 경우도 있다, 고 하네요."

"흠흠."

그런 이론, 들어본 적이 있다.

"게다가 무조건 처음부터 비료를 잔뜩 주는 게 아니라, 초세(草勢)가 필요할 때 영양을 늘려주지 않으면 크고 예쁜 색이 나오지 않는다고, 해요."

"초세라니."

"그런 수치는 없는데요."

숨겨진 스테이터스 같은 건가?

농업 스킬이 올라가면 보인다든가?

"후타바. 그거 어느 공략 사이트에 적혀있는 거야? 나도 볼게."

"……공략?"

후타바는 의아한 듯이 나를 보더니 모니터를 툭 건드렸다.

"평범한 원예 홈페이지에."

"……어, 원예?"

그건 공략 사이트가 아니잖아?

그보다 게임 사이트가 아니잖아?!

"온라인 게임 관련이 아니라, 작물 기르는 법 이야기?!"

"방울토마토 육성이라든가, 참고했어요."

너 왜 거기서 의기양양한 표정인데!

우리가 만들고 있는 거, 게임 내 향신료거든?!

"작물의 종류가 전혀 다르니까, 기왕이면 향신료 기르는 법을 조사해주지 않을래요?!"

"에이~."

후타바는 조금 유감스러워 보였다.

"응. 평범하게 생각하면 상관없겠지. 없어…… 없겠지만……."

아코의 말대로 작물 종류도 다르니까 상관없는 게 일반적이겠지만…….

"……해볼까."

"에에엑?!"

"야호."

후타바가 해냈다는 듯이 살짝 주먹을 쥐었다.

이럴 때는 후배다워서 조금 귀엽네.

……말했다가는 아코가 새카매지니까 말하지는 않는다.

"왜 시험해보는 건가요? 토마토가 아니잖아요?"

"그렇긴 하지만. 생각해보라고, 아코."

필요한 건 올바른 향신료 육성법이 아니야.

"운영진이 향신료 육성법을 연구했을 것 같아? 오히려 채소에 흔한 설정을 대충 넣지 않았을까?

"해보죠!"

아코도 즉시 납득해 주었습니다.

그렇지. 운영진은 그렇다니까.

"좋~아. 후타바 작전으로 실험 개시다!"

"네~에."

"네."

마스터가 구입한 새로운 밭. 지금까지 쓰던 밭보다 훨씬 바다 쪽에 가까운 곳이다.

이런 염해(鹽害)가 있을 것 같은 곳에서도 잘 자라는 설정인 것이 핫 스파이스와 쿨 스파이스라서, 이것도 저조한 인기를 조장하고 있는 것 같다.

"그럼, 여기를 실험 농원으로 하겠어."

"네~에!"

"어떻게 심어요?"

그건 물론 생각해놨다.

“부지를 네 개로 분할해서, 물을 주지 않는 핫, 비료를 주지 않는 핫, 물을 주지 않는 쿨, 비료를 주지 않는 쿨로 나누자.”

“흠흠.”

“그리고, 더욱 세분화해서 타이밍과 양을 조절하는 거야. 계획표는 만들어놨으니까 그걸 보면서 적절하게 육성해보자.”

“선배, 유능.”

“맡겨두라고.”

언젠가 일할 날을 위해 유능함을 어필해둬야지.

“그리고, 실제 메인 전력은 아코야. 적어둔 대로 팍팍 심어줘.”

“네~에. 심을게요.”

아코가 팍팍 씨앗을 심었다.

어느 것도 크기 4, 색 3, 맛 3의 양산형이다.

이 수치가 늘어난다면 실험은 성공인데…….

“좋아. 이름도 붙이자. A군의 1, A군의 2 같은 식으로.”

소소하지만 작물에 애칭을 붙일 수 있어서 도움이 된다.

이럴 때 사용하기 위해서인가.

“보통은 바로 물과 비료를 주겠지만…….”

“A군에는 비료를, B군에는 물을 주기로 할까.”

좋아. 이러면 준비는 오케이.

이제는 육성한 결과 어떻게 되는지 제대로 기록할 뿐이다.

제한할 부분은 제한하고, 다른 곳은 평범하게 기르면 OK다.

뭐였더라? 대조 실험이었나? 뭔가 그런 기분이다.

"전부 끝났어? 이걸로 실험 농원이 가동되겠네."

"한쪽은 안 줬더니 진정이 안 되네요."

후타바는 약간 불안해 보인다.

이러다 시들어버리면 엄청 적자니까.

"그걸 꾹 참고 낌새를 보자. 흙의 상태가 『메말랐다』까지 가면 A군 1에 물을, 다시 기다렸다가 2, 3으로 가는 식으로 할 거야."

"잘 모르니까, 물을 주는 건 루시안에게 부탁하고 싶어요!"

◆핫 스파이스 A-1 : 물을…… 물을 줘어…….

"순서표를 보기만 하면 되니까 딱히……."

……응?

"지금 누구야?"

"이상한 소리가 났죠?"

스피커에서 미약하게 소리가 들렸다.

어라, 동영상 같은 걸 틀었던가?

"무슨 소리지?"

"글쎄요……?"

우리가 얼굴을 마주 보자 후타바가 태연하게 말했다.

"향신료가 말했어요."

향신료라니…… 스파이스가?

풀이 말한다고?

"아니아니아니."

"설마 그런~."

식물이 말할 리가 없잖아. 후타바도 참 농담이 능숙하다니까.

◆쿨 스파이스 A-1 : 목이 말라아…… 물 좀 줘…….

"꺄아아아! 말했다아아아아아아아!"

◆핫 스파이스 A-2 : 물을…… 물을 줘어…….

"또 말했다아아아아아!"

"……그렇게, 놀랄 일?"

식물은 보통 말하지 않잖아!

게다가 쓸데없이 보이스까지 붙어있고! 헤드폰에서 소리가 들리잖아!

"제대로 기르고 있어서 몰랐어…… 이 녀석들, 궁지에 몰리면 말하는구나……."

"이제 말라버린다는 신호인가요?"

"그럴지도 모르지만…… 그것보다는 특수 플래그 아닐까?"

평범하게 기르면 말하지 않는다. 뭔가 의미가 있을 거다.

"그보다도."

후타바가 어딘가 두근두근한 표정으로 화면을 가리켰다.

"이거, 전부 말하나요?"

"……듣고 보니."

시간차로 심었던 향신료들 이 녀석들은 전부 똑같은 상황이니까.

지금부터 전부 말하는 게—.

◆핫 스파이스 A-3 : 물을…… 물을 줘어…….

◆쿨 스파이스 A-3 : 목이 말라아…… 물 좀 줘…….

◆핫 스파이스 A-4 : 물을…… 물을 줘어…….

◆쿨 스파이스 A-4 : 목이 말라아…… 물 좀 줘…….

◆쿨 스파이스 A-5 : 목이 말라아…… 물 좀 줘…….

◆핫 스파이스 A-5 : 물을…… 물을 줘어…….

◆핫 스파이스 A-6 : 물을…… 물을.

◆핫 스파이스 A-7 : 물을…… 목이 말라아…… 물물을 줘…… 물 줘줘…… 목이목이줘줘물물물을 줘어…….

"히이이이이이익!"

화면이 비통한 절규로 메워지고, 스피커에서는 괴로운 신음소리가 몇 겹이나 겹쳐서 들려오고 있어!

"대체 어느 호러 게임인가요?!"

"초현실적."

초현실적이라는 레벨이야?! 완전히 엽기 호러잖아!

"일단 물이야, 1부터 순서대로 물을 주자."

"네! 그러면 조용해지겠네요!"

나와 아코는 황급히 물을 주려 했지만 제일 즐거워 보이는 후타바가 말했다.

"선배 선배."

"……뭔데?"

더욱 두근두근한 얼굴이라서 무척 무서운데, 말해 보도록.

"비료를 안 준 아이도, 말하지 않을까요?"

"……어."

"앗."

듣고 보니 B군 향신료는 비료를 안 줬으니까—.

◆쿨 스파이스 B-1 : 배고파아…… 부탁이야, 밥 줘…….

◆핫 스파이스 B-1 : 허기져…… 허기져…… 밥을 줘…….

"으와아아아아아아!"

"꺄아아아아아아아!"

"초현실적."

"그럼, 오늘도 경영 회의를 시작하는데…… 아~, 두 사람 다 괜찮나?"

"어찌어찌."

"네……."

다시 열린 경영 회의.

피곤한 모습으로 착석한 우리를 본 마스터가 배려하며 말했다.

"성과를 기대한다고는 했지만, 그렇게 무리할 필요는 없었는데……."

"체력적으로 무리였던 건 아니지만……."

"정신적으로 좀……."

"무지 즐거웠어요."

후타바는 엄청 즐거워 보였지만!

"그, 그럼 보고를 부탁하마. 결과는 어땠지?"

"실험 농원에서 1, 2, 4나 2, 4, 2의, 색과 맛이 4를 넘는 종류를 재배하는 데 성공했어."

"합성도 시작했으니까, 며칠 안에 4, 4, 4가 나올 것 같아요."

"해냈나!"

"굉장해~! 전부 4가 가능하구나?"

"거짓말. 제법이잖아. 어떻게 했어?"

"어떻게 했는지는 보고서를 낼게…… 하하하하하."

끝났다. 이걸로 우리의 괴로운 실험 농원 생활은 끝났다.

이제 스피커나 헤드폰에서 들려오는 괴로운 목소리에 귀를 막거나, 화면을 메우는 괴로운 글에서 눈을 돌릴 필요가 없어……!

"다른 상회보다 앞설 수 있다면, 더욱 차이를 벌려야겠군. 루시안, 아코, 미캉. 이제는 5를 목표로 해서 실험을 진행해다오!"

"엑."

"에엑?!"

나와 아코는 무리무리무리! 하고 고개를 내저었다.

"……안 되는 거냐?"

이렇게나 싫어할 줄은 몰랐는지 마스터는 의아한 듯이 우리를 바라봤다.

그야 안 되지! 안 된다고!

“5가 생길 때까지 그 농원에서 애쓰는 건, 나한테는 무리야……!”

“꿈속에서도 목소리가 들린다고요! 이제 싫어요!”

“선배는 정신 공격에 약해요.”

“그 농원에서 대체 뭐가 일어나는 건데.”

“두 사람에게 대체 무슨 일이 일어난 거냐…….”

세가와가 마스터가 곤혹스러워했다.

직접 들어가 보면 돼.

불쌍한 식물과 블랙 사원의 지옥을 볼 수 있으니까.

“만약 5가 필요하다면 마스터가 돌봐주라고.”

“방식은 전부 적어놨으니까요.”

“흠…… 그런가.”

마스터는 좋아, 하고 힘차게 끄덕였다.

“원리는 모르겠지만, 사장으로서 현장을 지탱하는 것도 역할 중 하나지! 좋다. 실험 농원은 이 내가 이어받으마!”

“그럼, 사장 담당이라고 적어둘게~.”

아키야마가 화이트보드에 『실험 농원 : 사장』이라고 적었다.

고마워, 고마워.

“뒷일은 맡겼어, 마스터! 살아서 돌아오라고!”

"열심히 해주세요!"

"핫핫핫, 맡겨둬라!"

잠시 뒤.

마스터의 자리에서는 이런 목소리가 들려오게 되었다.

"물줘줘…… 허기져. 목이 물이 배가 줘줘줘 물을 밥을 줘어…… 목이목이 줘줘줘……."

"으오오오오오오?!"

힘내, 마스터. 언젠가 5성에 닿을 날을 꿈꾸며…….

††† ††† †††

수많은 싸움이 있었다.

부당한 가격 하락을 감행하는 라이벌 상회와의 대립.

확대된 농장을 덮치는 몬스터와의 싸움.

설비에 자금을 너무 들여서 수중의 현금이 사라진 사건.

앨리 캣츠 상회는 격렬한 싸움을 헤쳐나갔고 마침내 그때가 찾아왔다.

◆애플리코트 : 때가 무르익었다.

넓다, 고 말해도 문제없을 농원 중심에서 마스터가 말했다.

◆애플리코트 : 향신료 상회 앨리 캣츠의 이름은 지금 천하에 울리고 있다고 말해도 좋다.

◆애플리코트 : 우리를 제외하면 최고급 버프 요리 시장이

성립되지 않지.

마스터가 말했듯 이미 향신료 시장은 우리의 독점 상태다.

질 좋은 향신료를 지속적으로 공급하는 앨리 캣츠 상회는 요리사 플레이어들의 신뢰를 얻을 수 있었다. 더 싼 향신료가 팔리지 않고 우리 향신료가 먼저 팔린다. 그런 상태가 되었다.

◆애플리코트 : 그런 이상…… 슬슬, 갚으라고 하기에 딱 좋은 시점이지.

마스터가 씨익 웃었다.

◆애플리코트 : 지금부터 손님이 우리에게 행복을 제공해 줘야겠다! 넘겨주면 되받는다. 그래, 두 배로 받는 거다!

◆루시안 : 오오오오!

◆아코 : 저의 행복을 돌려주세요!

◆슈바인 : 100배로 받아야지!

◆미캉 : 거둬들이자~!

◆세테 : 워, 원래부터 돈은 받았던 것 같은데…….

사소한 건 됐어!

지금까지 고생한 만큼, 우리에게도 행복을 내놔아아아아아!

—그렇게 흥겨워하기는 했지만.

◆루시안 : 그래서 사장, 구체적으로는 어쩔 건데?

◆슈바인 : 향신료를 독점했다고 해봤자, 까놓고 말해서 대단한 규모는 아니잖아.

◆아코 : 상회 랭킹도 아직 15위니까요.

실제로 그렇게 대단한 순위는 아니란 말이지.

그렇다고 해서 이 이상 농원을 키워봤자 향신료가 남아돌 뿐이고.

독점할 때까지 노력하긴 했지만 어느 의미로는 여기까지가 한계다.

◆애플리코트 : 그래. 레전더리 에이지의 천하를 거머쥐려면, 아직 규모가 부족하다. 그러나 우리만으로는 손이 부족한 단계이기도 하지.

마스터는 야외 작업 의상에서 평소의 마법사 의상으로 장비를 바꿨다.

◆애플리코트 : 지금이야말로, 비약할 때다.

지팡이로 지면을 두드리고 그렇게 말했다.

◆루시안 : 그렇다면.

◆아코 : 마침내 왔나요!

◆애플리코트 : 그래! TMW 상회와 직접 교섭에 들어간다!

앨리 캣츠 상회, 비약을 노린다.

톱 길드의 길마라고 해도 딱히 만나기 위해서 미리 약속을 잡을 필요가 있는 건 아니다.

사실 모르는 사이도 아니고.

◆루시안 : 안녕하세요~.

그래서 만나러 가보니까.

◆†검은 마술사† : 여어, 잘 왔어.

평범하게 만나줬습니다.

왠지 장비가 더욱 강화된 것처럼 보이는 검은 마술사 씨다.

◆애플리코트 : 오랜만……이라고 할 정도는 아닌가.

◆†검은 마술사† : 그 대공전(大空戰)에서도 함께였으니까. 그건 정말 아까운 싸움이었어.

◆애플리코트 : 그렇기에 기억에 남는 면도 있지 않나.

◆†검은 마술사† : 그건 그렇지. 이 서버에서 전설로 남을 일이니까.

그 싸움이 계속 전해진다는 건 쑥스럽기도 하고 부끄럽기도 하네. 결과적으로는 시간에 맞추지 못해 패하고 말았으니까.

◆†검은 마술사† : 그런데.

화제가 변했다.

◆†검은 마술사† : 너희의 이름, 평범한 플레이어에게도 퍼지고 있는 모양이던데.

◆애플리코트 : 역시 알고 있었나.

◆†검은 마술사† : 물론이지.

말할 것도 없다는 듯이 어깨를 으쓱했다.

◆†검은 마술사† : 작년의 호텔 콜라보에서 손에 넣은 아이템, 이른바 호텔 버프를 뛰어넘는 버프 요리가 마침내 추

가됐지.

◆†검은 마술사† : 생산하려면 높은 요리 스킬에 높은 레벨의 드롭 소재가 필요하지만, 그것만으로는 최대 효과를 발휘할 수 없어.

◆†검은 마술사† : 어느 요리에도 버프 효과를 끌어올리는 추가 효과가 필요해. 그중에서도 가장 우수한 것이…….

◆애플리코트 : 향신료계 소재, 스파이스지.

우리가 시장을 독점하고 있는 물품이다.

뭐, 독점해버린 이유는 드롭 소재가 병목을 일으키고 있기 때문이지만.

◆†검은 마술사† : 그리고 지금 스파이스는 앨리 캣츠 상회의 전매특허. 이 로드스톤에서도 매상이 매우 잘 나오고 있는 모양이야. 우리도 세금으로 큰 도움을 받고 있어.

◆애플리코트 : 도움이라니, 무슨 소리냐. 수도를 확보한 TMW는 어느 곳보다도 여유가 있는 길드일 텐데?

◆†검은 마술사† : 그렇게 편하지는 않아. 수도 경제권을 유지하기 위해 몇몇 상회를 산하에 넣었으니까. 동료가 들면 문제도 늘어나. 절충은 아무래도 귀찮거든.

그는 진심으로 귀찮다는 듯 말했다.

◆†검은 마술사† : 세금도 대단한 액수는 아니야. 분배하면 우리한테는 아무것도 남지 않는다고. 그런데도 수도를 가지고 있다는 이유로 이런저런 길드가 질시해서 TMW를 쓰러

뜨리기 위한 동맹까지 만들었더라고. 대체 뭘 위해 이런 고생을 하고 있는지.

우와, 그런 동맹까지 있구나.

세테 씨의 말대로 정말 전국시대네.

◆애플리코트 : 말이야 그렇지만, 매상 랭킹에는 항상 TMW 상회의 이름이 있던데?

◆†검은 마술사† : 인원이 많으니까 그렇게 되지.

◆애플리코트 : 그 이상으로, 자신들은 세금을 내지 않는다는 점이 커 보이는데.

◆†검은 마술사† : 원래 돌아오는 걸 생략하고 있을 뿐이야. 수고가 줄어드는 것에 지나지 않지.

찌릿찌릿한 견제의 응수.

섭마라서 같이 오긴 했지만 끼어들 여지가 없다.

난 왜 여기 있는 걸까?

◆†검은 마술사† : 오히려 너희가 더 잘하고 있잖아? 뭔가 상담하려는 곤란한 일이라도 있는 건가?

오, 드디어 본론에 들어갔나.

◆애플리코트 : 한 가지 교섭하고 싶은 게 있다.

◆†검은 마술사† : 흐응? 또 재미있는 이야기인가?

◆애플리코트 : 틀림없이 즐길 수 있을 거다.

마스터는 채팅을 이어가려 했지만—.

그 기선을 제압하듯이—.

◆†검은 마술사† : 하지만, 유감이야.

그런 글이 나오고 말았다.

어, 무슨 소리? 아직 아무 말도 안 했는데?

◆애플리코트 : 유감이라니, 뭐가 말이냐?

◆†검은 마술사† : 말했잖아? 절충이 귀찮다고. 지금은 길드 마스터와 상회장 일로 이것저것 바빠. 세세한 것까지 전부 총괄하고 있을 수가 없어.

검은 마술사 씨는 왠지 울적한 기척을 풍기면서 말했다.

말하는 게 거짓말은 아니겠지만…… 뭐지. 의욕이 없달까, 귀찮아 보인달까, 나른해 보인달까.

좀 더 자세히 말하자면…… 지루해 보이는데?

◆애플리코트 : 그럼, 신규 안건은 어디로 가져가야 하지?

◆†검은 마술사† : 다른 담당자를 붙여줄게. 이야기는 그녀에게 해줘.

검은 마술사는 어딘가 짓궂은 미소를 짓고 말했다.

◆†검은 마술사† : 분명 너희와도 이야기하기 쉬운 상대일 거야.

악의는 없지만 놀리는 듯한 웃음을 선택한 걸 보면 뭔가 무척 불길한 예감이 든다.

우리가 이야기하기 쉬운…… 그녀?

◆애플리코트 : 서, 설마, 그 담당자란.

◆†검은 마술사† : 어라, 눈치가 빠른데? 들어와.

문이 열렸다.

그곳에서 모습을 드러낸 것은—.

◆고양이공주 : 불렀습니까냐?

머리에 흔들리는 고양이귀. 뒤에서 춤추는 고양이 꼬리.

평소에 입던 귀여운 복장이 아니라, 무슨 민완 비서 같은 정장을 입은 소녀.

◆고양이공주 : 루시안, 애플리코트. 어서 오라냐.

◆루시안 : 고양이공주 씨…….

◆애플리코트 : 말도 안 돼…….

우리의, 마스터의 적으로 돌아선 선생님이 TMW 본거지에서 기다리고 있었다.

◆†검은 마술사† : 상회간의 교섭이라는군. 고양이공주 씨, 네 담당이야.

◆고양이공주 : 그랬습니까냐. 뒷일은 맡겨주세요냐.

◆†검은 마술사† : 잘 처리해줘.

검은 마술사 씨는 자리에서 일어나 문으로 걸어갔다.

그리고 망토를 스르륵 휘날리더니—.

◆†검은 마술사† : 그럼, 좋은 거래가 되기를 기원하겠어.

돌아보지 않고 나갔다.

변함없이 그림이 된달까 멋을 부린달까, 요컨대 분위기를 잘 타는 사람이지만…… 평소였다면 가까이에서 교섭을 들으며 끼어들었을 거다.

정말로 바쁜 건지, 아니면 흥미가 없는 걸지도 모른다.

그러나 문제는 검은 마술사 씨가 아니다.

◆애플리코트 : 어째서 여기에 고양이공주 씨가.

마스터가 멍하니 물어보자 선생님이 웃으며 말했다.

◆고양이공주 : 고양이공주 씨는, TMW 상회의 금고지기다냐.

◆루시안 : 진짜로?!

◆고양이공주 : 진짜다냐.

금고지기?! 왜 그렇게 지위가 높아?!

이적한 건 그렇다 치고! TMW에서 그렇게 출세한 건 이상하잖아!

혼란에 빠진 우리를 지나쳐서 의자에 앉은 고양이공주 씨는 방긋 웃었다.

◆고양이공주 : 그럼, 어떤 이야기를 가져온 건가냐?

◆애플리코트 : 큭.

◆루시안 : 진정해, 마스터. 예정과 달라진 건 없다고.

◆애플리코트 : 으, 음.

개인챗으로 마스터를 진정시키고, 나도 천천히 심호흡했다.

아니, 깜짝 놀라고 두근두근하긴 했지만……. 대체 이 사람이 왜 여기 있는 거야.

◆애플리코트 : 그래. 적 측인 고양이공주 씨가 TMW에 붙은 건 예상 밖이었지만, 사적인 감정으로 교섭을 흔드는 사람은 아니겠지.

◆루시안 : 응. 제대로 된 거래라면 받아줄 거야.

금고지기라고 말한 이상 책임을 질 거다.

우리가 서로에게 이익이 되는 거래를 제안한다면 거절할 이유는 없다.

그럼 직접 대결은 오히려 딱 좋을 정도다.

◆애플리코트 : 그럼…… 이야기를 들어주시겠습니까.

◆고양이공주 : 물론이다냐.

마스터는 신중하게 천천히 채팅을 쳤다.

◆애플리코트 : 이미 아시겠지만, 본 상회에서는 스파이스 생산을 하고 있습니다.

◆고양이공주 : 잘 알고 있다냐. 그로부터 계속 노력해 왔으니까냐.

선생님은 싱글벙글 기분 좋게 말했다.

◆고양이공주 : 우리 상회에서도 앨리 캣츠의 스파이스를 사용하는 사람이 있다냐.

◆애플리코트 : 감사합니다.

우리의 상품이 질은 제일 좋으니까.

톱 길드라면 당연히 사용하겠지.

◆애플리코트 : 굳이 강한 말을 쓰겠습니다만, 이미 향신료 시장은 우리의 손에 있습니다. 고품질 스파이스를 시장에 유포하는 플레이어는 달리 없죠.

◆고양이공주 : 다들 생산 스킬은 별로 올리고 싶지 않아

한다냐.

강제가 아니라면 안 하려고 한다냐, 라며 쓴웃음을 지었다.

그래. 그렇기에 우리에게는 기회가 된다.

◆애플리코트 : 거기서, TMW 상회에 제안입니다. 어떻습니까. 우리를 사지 않으시겠습니까?

◆고양이공주 : 냐?

◆애플리코트 : 모든 플레이어에게 공평하게 팔던 향신료를, TMW와 그 동맹 길드에게만 내놓겠습니다.

이게 원래부터 예정하던 우리의 작전.

먼저 수도의 상회에 파고들어서 거기서 장사를 확대한다.

향신료 시장은 그 첫걸음이었다.

◆고양이공주 : …….

◆애플리코트 : 조금 전 검은 마술사 씨에게 들었는데, 수도를 확보하고 있어서 각 길드의 어그로를 모으고 있다더군요.

◆고양이공주 : ……그런 모양이다냐.

◆애플리코트 : 막상 싸우게 되면, 버프 요리의 중요성은 매우 높죠. 우리를 수중에 넣으면 공성전도 편할 겁니다.

◆고양이공주 : 그게 제안인가냐?

◆애플리코트 : 예. 이미 산하 상회는 몇 군데 있다고 들었습니다. 우리는 어제 매상으로 랭킹 15위. 규모로 봐도 편입시키기 적합할 겁니다.

자기들이 강해지고, 적은 약해지고, 매상이 많은 상회가 산하에 들어간다.

그들에게는 좋은 일뿐이고 우리는 수도에서 장사의 폭을 넓힐 수 있다.

서로 좋은 거래인 건 틀림없다.

게다가 싸움에 필요한 소재의 근원을 쥐고 전쟁을 앞둔 상대와 교섭하고 있는 거다.

분명 거부할 수 없을…… 거다.

우리는 이 상황을 만들기 위해 잔뜩 고생해왔다. 그 집대성, 고양이공주 씨가 그리 간단히 뿌리칠 수는 없을 거다.

어때, 봤어? 이게 우리의, 마스터의 지능이라고!

—그런데.

◆고양이공주 : 거절, 이다냐.

바로 끊어버렸다.

논의의 여지도 없이, 주저하는 기색도 없이…….

그야말로 완전 거부였다.

◆루시안 : 거짓말이지? 말도 안 돼.

◆애플리코트 : 있을 수 없어! 원인이 뭐냐!

마스터가 곧장 고양이공주 씨를 물고 늘어졌다.

◆애플리코트 : 어, 어째서입니까! TMW 정도의 길드라면 버프 요리의 질에서 힘을 뺄 수는 없을 텐데요! 설마 필요가 없다는 겁니까?!

◆고양이공주 : 그렇지는 않다냐.

고양이공주 씨가 고양이귀를 쫑긋쫑긋 움직이며 말했다.

◆고양이공주 : 애플리코트의 말대로, 버프 요리는 중요하다냐. 최대 효과를 얻으려면 스파이스도 빼놓을 수 없다냐. 그야말로 전략 자원이라고 해도 좋다냐.

◆애플리코트 : 그렇다면, 우리의 힘 없이는!

◆고양이공주 : 그래도.

마스터의 채팅을 가로막은 고양이공주 씨가 일어섰다.

◆고양이공주 : 그건 직접 스파이스를 만들지 않는다면, 아닌가냐?

◆애플리코트 : 직접……?! 설마, 당신들은……?!

◆고양이공주 : 눈치챈 건가냐?

훗, 하고 바보 취급하듯이 웃은 고양이공주 씨가 꼬리로 바닥을 탁탁 두드렸다.

◆고양이공주 : 자타 모두가 인정하는 서버 톱 길드인 TMW가 전략 자원 생산을 다른 길드에게 의존하다니, 그런 물러터진 자세가 용납되리라 생각하는 건가냐? 이미 길드 안에서 필요한 만큼 자력 생산에 성공했다냐.

거짓말이야 우리가 그렇게나 고생해서 만든 스파이스를 TMW가 자력으로 생산하고 있다고?!

그것도 들어보니 다른 필요한 자원과 함께였다!

◆애플리코트 : 하지만 서브서브 길드까지 가동하고 있는 TMW의 규모로 소비 아이템의 자력 생산이라니…… 제정신

으로 할 일이 아닐 텐데.

◆고양이공주 : 확실히 무거운 할당량이 있다냐. 그래도 만들어야 하는 건 만든다냐.

고양이공주 씨는 안경 위치를 고치고는 우리를 가리켰다.

◆고양이공주 : 그리고 TMW도 앨리 캣츠에 대해서는 잘 알고 있다냐.

◆애플리코트 : 우리를……?

◆고양이공주 : 의욕이 있을 때는 굉장한 결과를 내지만, 질리면 바로 사라지는 길드. 그게 TMW가 보는 앨리 캣츠의 평가다냐. 그런 길드에 전략 자원을 의존할 수는 없다냐.

◆애플리코트 : 으으그그그극.

◆루시안 : 그건 지당하네.

◆애플리코트 : 넌 누구 편인 거냐?! 루시안!

그래도 마스터. 금방 질린다는 점이 우리의 단점이잖아.

까놓고 말해서 스파이스 생산도 귀찮아졌고.

그야말로 찍소리도 나오지 않는 정론이었다.

◆고양이공주 : 모든 멤버에게 생산 할당량을 부과해서 TMW 전체가 증산을 진행하고 있다냐. 앨리 캣츠의 자원은 필요 없을 뿐만 아니라 적 길드의 이익이 되는, 잠재적인 위협이다냐.

◆애플리코트 : 그, 그런…….

◆루시안 : 잠재적 위협…….

거기까지 적대시하고 있다니.

처음부터 TMW에 파고들 여지는 없었나.

검은 마술사 씨의 웃음, 그런 뜻이었구나!

속였구나, 이 노라이퍼!

◆고양이공주 : 애초에. 레전더리 에이지의 경제를 거머쥐고 있는 고양이공주 씨네랑, 향신료 좀 팔아서 푼돈이나 벌고 있는 벼락부자가 약아빠지게 교섭이라니…… 웃기는 소리다냐.

◆애플리코트 : 큭…….

실제로 TMW 앞에서는 우리는 그저 푼돈밖에 없는 잔챙이다.

교섭할 방법이 달리 없다.

◆고양이공주 : 자, 어쩔 건가냐? 천하를 거머쥐는 게 아니었던가냐?

고양이공주 씨는 냐아냐아 웃으며 우리 앞에 섰다.

◆고양이공주 씨 : 착각하고 있던 거 아닌가냐? 너희의 적은 다름 아닌, 이 고양이공주 씨다냐.

그녀는 타오르는 눈동자로 외쳤다.

◆고양이공주 : 자, 고양이공주 씨를 넘어서 그 힘을 증명해보라냐!

††† ††† †††

"그럼, 앨리 캣츠 운영 회의를 시작한다."

마스터가 어딘가 풀죽은 목소리로 말했다.

오늘 부활동도 경영 회의부터 스타트다.

그래도 대부분의 보고는 이미 끝났다.

마스터는 크게 한숨을 내쉬었다.

"알고 있는 대로, 문제는 고양이공주 씨다. 그 사람 진짜로 무리. 괴로웡."

"약해졌네, 마스터."

"최근에는 조금 부드러워졌어."

"내게도 괴로운 일 정도는 있다."

최근에는 예전보다 조금 부드러워지기는 했다.

힘들 때는 힘들다고 말하게 되어서 조금 안심이다.

"과금을 하면 고양이공주 씨가 약해지지 않을까……."

고양이공주 씨 약체 DLC?!

"과금은 하지 않는다고 정했잖아!"

"조금 정도라면 괜찮지 않을까. 생활에 무리가 없으면 무과금이다."

"생활에 무리가 없다니…… 구체적으로 어디까지인데요?"

"어떤 사람이 말했다. 과금은 집세까지라고. 즉, 집세까지가 무과금."

"마스터네 집 집세 얼마인데!"

커다란 호화 저택이잖아! 얼마나 쏟아부을 셈이야!

"역시 과금은 안 돼! 금지!"

"으그그그그극."

으그극 하지 마십쇼.

그보다 현실의 인간에게 과금이라니, 완전히 뇌물이잖아!

"그나저나 고양이공주 씨. 지위가 높아졌네요."

"높아졌다기보다는 연줄이잖아. 유이 선생님 치사해~."

"저희보다 먼저 연줄 취직인가요?!"

아코와 아키야마가 태평한 대화를 펼쳤다.

아니 뭐, 우리도 아는 사이니까 만날 수 있었으니 남 말할 수는 없지만.

"그보다, 그 사람 지나치잖아. 얼마나 진심으로 싸울 작정인 거야."

"설마 우리 상품을 자기들끼리 만들고 있었을 줄은 몰랐네."

메인 소재가 아닌데도 일부러 생산하다니.

그냥 사면 되잖아. 우리가 팔아줄 테니까.

"발상은 좋았지만…… 톱 길드가 착실하게 생산을 하리라는 건 생각하지 못했다……."

"길드 멤버 전원에게 할당량을 전해서 일하게 시켰다며?"

"강제 노동이냐고……."

"못된 고양이네."

TMW는 인원도 많으니까, 그야 여러 소재를 자기들끼리 생산할 수도 있겠지.

“조사해봤는데, 담당자가 고양이공주 씨가 아니었다면 이렇게까지 생산에 주력하지는 않았다는 것 같아~.”

“그 사람이 해악이네.”

“그렇게까지 해서 내 상회의 성공을 막으려는 건가.”

마스터가 슬픈 듯 말했다.

그녀는 결과를 내놓아서 선생님의 신뢰를 얻고 싶었던 거니까. 괴로운 결과네.

“……제대로 된 인생을, 보내주기를 바라니까 아닌가요?”

후타바가 그런 말을 하며 고개를 갸웃했다.

그야 선생님은 그렇게 생각하겠지만 말이지?

“뭐가 제대로 된 인생인지는 선생님이 정할 일이 아니잖아. 안 그래?”

“……그런가요?”

정말로? 라는 표정은 그만둬. 순수하게 의문으로 여기지 말라고.

사실 마스터는 작은 시장을 석권해서 위를 노린다는, 회사를 좋은 흐름에 올리기는 했으니까 재능은 있을 거라고. 아마도…….

“사이토 교사의 의도가 어찌 됐든, 그녀를 쓰러뜨릴 수밖에 없는 거로군…….”

마스터가 으으음, 하고 신음했다.
“문제는 어떻게 쓰러뜨리느냐인데.”
“직접 공격은 어떤가요?”
“그거 좋네. 현실에서 둘이 덤비면 이길 수 있을지도.”
거기 아코 & 세가와. 위험한 말을 하는 건 그만두세요.
온라인 게임에서 다툰 것 가지고 리얼 파이트라니 장난이 아니야.
마침 그때—.
“어머, 다들 고민하고 있나 보네.”
사이토 선생님이 기분 좋게 부실로 들어왔다!
왔다! 적이 나왔다!
“적이 나왔어요! 지금이 기회에요!”
“좋아, 쓰러뜨리자!”
“냐아아앗?! 안의 사람한테 다이렉트 어택은 반칙이다냐!”
그러면서도 선생님은 대비했다.
“큭, 빈틈이 없어요!”
“그럼 이길 수 있는 걸 부딪칠 뿐이야! 나나코, 고!”
“에에엑?! 어, 어어…… 고하면 돼?”
잠깐, 안 돼! 그 사람은 물리적으로도 강한 타입이니까 고하면 안 된다고! 괴수 대결전이 벌어지잖아!
“다들 스톱스톱! 그런 수단으로 이겨도 마스터의 승리가 안 되잖아!”

"그, 그렇다냐! 어디까지나 공평하게, 경제적으로 승부하는 거다냐!"

"그래그래. 원한은 전부 끝난 뒤에 개인적으로 풀라고."

"냐아아아아앗?!"

뭐가 냐~인 겁니까. 당연하잖아요.

빤히 노려보자 선생님은 약간 움츠린 듯이 몸을 빼면서 말했다.

"그, 그치만 고양이공주 씨는 평범한 일개 교사다냐? 그런 고양이공주 씨한테 지는 사람이 일본의 천하 같은 걸 거머쥘 수 있을 리가 없다냐."

"평범한 일개 교사에게 친위대 같은 게 생길 리가 없잖아요!"

"그건 흑역사다냐! 벌써 해산했다냐!"

선생님이 머리를 감싸쥐었다.

그건 진짜로 곤란한 모양이다.

"하아…… 그럼 이야기를 바꿔서, 애초에 고양이공주 선생님은 어떻게 TMW에 들어간 거야?"

"……이야기가 안 바뀌었다냐."

"뭐?"

선생님은 질색하면서 말했다.

"실은 TMW도 꽤 힘든 상태거든. 지금까지 이상으로 적이 많아."

응. 다들 노리고 있다는 이야기를 아키야마한테 들었다.

돈을 벌고 있는 걸 보고 다들 질투하거나 미워하면서 어그로를 쌓고 있는 것 같다.

“적대 동맹도 만들어졌다던데요.”

“그렇다냐. 그러니까 적어도 보유하는 수도만큼은 확실하게 굳히고 싶은 거다냐.”

“그게 왜 고양이공주 씨 발탁으로 이어지는 건가요.”

“……니시무라. 수도에서 제일 영문 모를 짓을 할 것 같은 집단은, 어디라고 생각하니?”

선생님이 진심으로 꺼림칙한 표정으로 물었다.

으응? 로드스톤에 그런 집단이 있었나?

“그런 게 있었던가?”

“TMW도 경계하는 길드…… 있는 건가?”

“사부?”

“그 녀석들은 도시하고는 상관없잖아.”

우리는 다들 아무것도 떠올리지 못했다.

수도는 어디까지나 도시니까, 날뛸 수가 없다고. 그 안에서 뭔가 하려고 해도 대단한 일은 못한다.

그야말로 가마를 들쳐메거나, 퀴즈 대회를 열거나, 성을 지어서 축제를…….

“아아…… 알아냈어…….”

고참들의 모임이고, 싸우면 강하고 인맥도 두텁다. 그리고 축제를 좋아하는 바보 집단.

“옛 고양이공주 친위대야…….”

“그렇다냐. 길드가 아니니까 통제도 못하고, 다들 제멋대로 굴고 있다냐.”

성에 모여있는, 길드 사이에 걸쳐있는 플레이어 집단.

맥락도 없이 수수께끼의 유저 이벤트를 열어서 수도를 혼란에 빠뜨리거나 즐겁게 해주는 그들은, TMW 쪽에서 보면 성가신 놈들인가.

마스터도 납득하며 끄덕였다.

“그래서 고양이공주 씨를 포섭해서 억누르고 있는 겁니까.”

“냐. 숭배의 대상을 맡아두면 적이 되지는 않을 거라고 본 모양이다냐.”

그렇구나. 뭔가를 하더라도 고양이공주 씨에게는 적대하지 않을 테니까.

“참고로 저지를 것 같은 랭킹 2위가 앨리 캣츠라서, 거기의 경계도 겸하고 있다냐.”

“섭섭하네요!”

“아니 뭐, 높게 평가해주고 있는 것 같긴 하지만.”

톱 길드가 이름을 기억해주고 있다는 건 꽤 대단하거든?

“그래서 상회에 끌어들이고, 금고지기까지 올려서 출세시킨 겁니까.”

“그런 거다냐. 유감이지만 생각대로는 안 될 거다냐.”

선생님은 불만인가냐? 하고 물었다.

"아뇨. TMW가 우리의 힘을 필요 없다고 보는 건 이해할 수 있습니다."

그러나 마스터는 똑바로 눈을 맞추며 대답했다.

"그리고, 사장으로서 어떤 상황이라도 우는소리를 늘어놓을 생각은 없고요."

어머 싫다, 이 사람 꽃미남이야.

이 사람은 아까까지만 해도 그 사람 무리, 괴로웡 같은 소리를 하고 있었는데, 멋있어!

"……여기서 한심한 소리나 했다면 설득하기 쉬웠을 텐데."

선생님은 유감스럽다면서 어깨를 으쓱했다.

"아직 포기하지 못한 거니?"

"포기하지 않습니다."

"그래. 그럼 위험한 일은 하지 말고 힘내렴."

선생님은 그래도, 하고 웃은 뒤—.

"공부는 제대로 해야 한다?"

냐하하, 하고 웃으며 떠나갔다.

이 사람, 마스터의 멘탈을 확인하러 왔을 뿐이냐고!

"젠장, 괴로워."

"힘내세요, 마스터!"

"적이 되니까 엄청 버겁네, 저 사람."

"게임 속에서도 제일 강하지?"

"……언젠가 이길 거예요."

"정말 어떻게 해야 좋을까."

아군이라면 의지가 되고 적이 되면 무지 세다.

옛날 게임의 사기 캐릭터 같은 고양이공주 씨였다.

††† ††† †††

예정대로 일이 돌아가지 않더라도 일은 해야만 한다.

모처럼 시장을 독점하고 있으니까, 스파이스 생산을 계속하지 않으면 돈을 벌 수 없고 손님에게도 미안하다.

그래서 농원주 아코, 생산 관리부인 나는 항상 바빴다. 그렇지만—.

"왜 우리, 방과 후에 부활동을 쉬고 공부하는 걸까."

"우우우, 수업 후에도 계속 공부라니 싫어요오오오."

나와 아코는 눈앞에 놓인 현대문학 프린트 앞에서 머리를 감싸 쥐었다.

"우는소리 하지 말고 부지런히 풀어. 현대문학 푸는 법은 한 번 익히면 어디서나 쓸 수 있으니까."

"그런 소리를 하셔도 선생님, 저희도 바쁜데요."

"스파이스가…… 스파이스가 부르고 있어요…… 허기지다고…… 목이 마르다고……."

"전자 데이터는 인간을 부르지 않습니다."

단호하게 잘라버리고 말았다.

오늘도 학생 지도실에 불려왔다.

여기에서 즐겁고도 즐거운 보충 수업을 하는 중이다.

어째서 이렇게 된 걸까. 이상해. 정말 이상해.

"아코는 몰라도, 저는 딱히 성적이 나쁘지는 않은데요."

"니시무라의 지망교를 고려하면, 무~척 나쁘거든?"

"끄오오오!"

마스터의 안정권, 세가와와 똑같은 대학에 들어갈 수 있는 레벨은 힘드네!

"우리 반에서 제일 아슬아슬한 학교를 노리는, 입시 빡겜러가 니시무라야. 개별 지도도 어쩔 수 없잖니."

"아우아우아우."

무심코 아코 같은 목소리가 나올 정도로 어찌할 수 없는 현실이었다.

"사이토 선생님…… 입시가 힘들어요……."

"포기하면 안 된다냐."

시합을 끝내고 싶은 기분으로 가득합니다.

"참고로 저는 어째서인가요?"

"타마키는 최근 한창 늘고 있으니까 다시 주입해주고 싶어서."

"우우우, 졸업할 수 있다면 그걸로 충분해요오."

"또 그런 소리를 하네."

그렇지만 평소의 아코를 생각하면 제대로 보충을 받는다는 시점에서 훌륭한 레벨이다.

그저 내가 왔으니까 같이 온 걸지도 모르지만.

"타마키. 최근에는 농원에서 노력하고 있다며?"

"그건, 네. 제가 농원주니까요!"

"게임에서 노력하고 있으니까, 현실에서도 노력할 수 있겠지? 현실과 게임은 같다면서? 타마키?"

아, 그런 말은 치사해!

선생님이 그렇지? 라며 말하자, 아코는 씨익 가슴을 폈다.

"게임에서 노력하고 있으니까 현실에서 노력할 필요는 없어요!"

"……그런 발상도 있구나."

"뭐, 아코에게는 진짜 세계에서 노력하고 있는 거니까요."

추가로 현실에서까지 노력하라고 하면 곤란하겠지.

"애초에 게임에서도 일하고 싶지 않아요오. 저는 편안하게 가정을 지키고 싶어요."

"그러니까 현실에서도 당장 가정에 들어가고 싶다는 거야?"

"네. 빠른 게 좋으니까요!"

"늦은 편이 낫지 않을까."

이래 봬도 나, 가사 능력은 있는 편이거든?

혼자 살더라도 어찌어찌 살아갈 수 있어.

"돈은 없어도 되니?"

"가난해도 루시안이 있으면 괜찮아요!"

"왠지 이런 녀석이라서요."

다시금 소개합니다.

우리 신부인 아코입니다.

누가 어떻게 좀 해주세요.

"……그런 생각이네. 지금이라면 조금은 닿을까?"

내 생각을 읽어냈는지 선생님이 그렇게 중얼거렸다.

"타마키. 가정을 지키기 위해서는 일해야 할 때도 있거든?"

"일할 바에는 가난한 게 좋아요!"

강하게 단언하는 아코에게, 선생님은 마찬가지로 강하게 대답했다.

"생각이 어설퍼!"

"엑?!"

뭐, 뭔가 갑자기 열변을 토해내고 계시는데!

"예를 들어 두 사람이 결혼해서 같이 살게 되었다고 치자!"

"네, 네."

"부부 두 사람, 가난하지만 행복한 생활입니다."

"이상적이네요!"

이, 이상적인가아?

가능하면 가난하지 않은 평범한 생활을 보내고 싶은데…….

"그런데 어느 날 갑자기, 니시무라가 병으로 쓰러졌다고 칩시다!"

"갑자기 재수 없는 소리를!"

내가 쓰러진다는 이야기가 나왔다!

"그래도 자주 나오는 이야기잖니?"

"그야…… 뭐."

미래영겁 건강하게 있을 수 있다고는 말할 수 없지.

"보험이 있다지만, 병원비는 싸지 않아. 고등 치료가 될수록 실제 드는 비용도 많아져. 그렇다면, 가난해도 좋다고 말할 수 있는 상황이 아니겠지?"

여기서 잠시 한 호흡을 둔 선생님이 말했다.

"타마키…… 이렇게 되면, 어떡할 거니?"

"…………."

"아, 아코?"

한동안 멍하니 굳어져 있던 아코가 눈을 크게 뜨고 외쳤다.

"제가 일해야!"

"그렇지!"

우와아아아! 아코가 일하겠다고 말했어!

"그렇게 되면 일하는 거냐?!"

"당연하잖아요! 제가 일하지 않으면 루시안이 죽잖아요!"

"그건 기뻐…… 기쁘긴 하지만……."

뭐지. 이 복잡한 심정!

가장 알기 쉬운 불만점은 이거다.

"내가 죽는다고 생각하면 평소에도 일해줘야지."

"그것과 이건 이야기가 달라요!"

하긴 그렇겠죠~.

“그래도 생각해보렴? 아슬아슬한 성적으로 고등학교를 졸업한, 경력 없는 사람이 일하려고 하면 어떻게 될까?”

“……힘들어 보여요…….”

“그렇지? 자, 니시무라와 살아가기 위해서는 학력도 필요하지?”

“우우우우우.”

아코는 책상에 철퍼덕 쓰러져서 얼굴만 내게 돌리며 말했다.

“어른은 치사해요, 루시안. 왠지 설득력이 있어요.”

“내가 쓰러질 때 곤란하다는 이야기는 통하네.”

왠지 감동해버렸어.

내게는 위기감이 없어서 거기까지는 생각하지 않았으니까.

“그치만, 루시안은 제가 회복시켜줘야 하잖아요.”

“아코는 내가 지켜주고 말이지.”

내가 아코를 받쳐주고 싶다고 생각하듯이, 아코도 나를 받쳐주고 싶다고 생각하는 거구나.

“……좋아.”

그리고 시선 구석에서 몰래 승리의 포즈를 취하는 선생님이 보였다.

나이스 고양이공주 씨!

“그럼 타마키. 공부도 하고, 장래도 고민하면서 진학하자?”

“제가 할 수 있는 일이 있을까요…….”

“뭘까…… 주방장, 이라든가?”

그래도 재빨리 서둘러 요리하는 건 서툴러 보이는데.

"메이드 같은 건 어떨까요."

"일본에 프로 메이드가 있던가?"

"마스터네 집에는 있던데요……."

"결국 연줄 취직이잖아!"

방향성이 달라지지 않았어!

"타마키. 딱히 지망이 없다면 교육학부로 가보겠니?"

"……네?"

"교육?"

설마 하던 제안에 아코와 둘이서 눈을 동그랗게 뜨고 말았다.

"교육학부라니 선생님이 되기 위한 곳이잖아요? 저한테는 안 어울릴 것 같은데요!"

"꼭 되어야만 하는 건 아니니까. 자격을 얻어두면 여차할 때 도움이 되지 않을까?"

"곤란해지면 선생님이 될 수 있다는 건가요?"

"최근에는 선생님이 되는 것도 힘들긴 하지만."

경쟁률이 높으니까, 라며 쓴웃음을 지었다.

"그래도 저, 스펙이 낮으니까…… 뭔가를 가르치는 건 좀 무리 같은데요~."

"그렇지 않다고 생각하는데."

변함없이 자기 평가가 낮다.

나도 아코에게서 여러 가지를 배웠다.

"그래도. 타마키가 괴로워하면서도 모두와 함께 기어오른 이 학교에서 똑같은 상황에 있는 아이를 도와줄 수 있다면…… 그건 근사하다고 생각하지 않니?"

선생님이 다정하게 바라봤다.

"……."

아코는 잠시 눈을 감고 고민하다가 겨우 한심한 얼굴로 말했다.

"솔직히, 하고 싶지 않아요. 선생님은 힘들어 보이고요."

"뭐, 그렇겠지……."

"하긴……."

여기서 감동적으로, 알겠습니다! 선생님을 목표로 할게요! 라는 말은 절대 하지 않는 게 아코다.

아코는 아코답게 하면 돼. 오히려 이상하게 의욕을 내는 게 더 무서우니까.

"제1지망은 전업주부니까, 너무 책임감이 무거운 일은……."

"거기는 흔들리지 않는구나."

선생님은 쓴웃음을 지었지만 딱히 화를 내지도 않았다.

"하지만, 조금은 다른 가능성이 보이지 않았니?"

"……그건, 네."

아코는 가슴을 꽉 쥐면서 말했다.

"선생님을 하는 저를, 조금 상상했어요."

어울리지 않았어요, 라면서도 아코는 어딘가 기쁜 듯이 중얼거렸다.

"그러면 돼. 아닌 것 같다고 생각해도 좋으니까, 여러 가능성을 생각하렴. 타마키에게는 분명 그 시간이, 그걸 위한 공부가, 조금은 필요할 테니까……."

조용한 학생 지도실에서 선생님은 우리를 다정하게 바라봤다.

"진학도 생각해보면 좋을 거야."

『선생님』이라는 제목으로 그림을 그릴 수 있을 것 같은 아름다운 광경이었다.

"우우우우우."

고개를 숙인 아코의 얼굴이 머리털에 가려졌다.

"역시 전, 절대 선생님은 될 수 없을 것 같아요."

"왜 또?"

"그치만 고양이공주 씨처럼 저를 설득할 수 있을 것 같지 않아요."

에에엑. 그런 말투라면 설득당한 것처럼 보이는데…….

아코, 장래에 일할 수 있도록 노력해보라는 말에 설득당했어?

말이 막힌 채 바라보는 사이, 아코는 통학 가방에서 종이 한 장을 꺼내서 슥슥 뭔가를 적었다.

"루시안이 지망하는 대학, 이거면 되겠죠?"

"그렇긴, 하지만…… 어, 거기를 노린다고?!"

나도 무리인 것 같은데, 아코도?! 진짜로?!

"네. 이걸로 부탁드려요!"

"저, 정말로 괜찮니?"

역시나 선생님도 동요를 감추지 못했다.

나를 뛰어넘는 입시 빡겜러가 탄생한 순간이었다.

그야 같은 학교 지망이라면 협력하기도 쉽지만 너무 무모한 목표라면 힘들다고…….

아아, 그래도…… 그래도……!

"나도 아코랑 같은 대학, 가고 싶네……!"

"저도요!"

덥석 얼싸안고, 앞으로의 괴로운 1년을 생각하는 우리였다.

이제는 도망칠 수 없겠어…… 할 수밖에 없나…….

"학부는 교육학부면 되겠니?"

"일단 그걸로 갈게요!"

게다가, 하고 가슴을 펴고는—.

"저희 자식 교육에 도움이 될 테니까요!"

"……장래를 응시하고 있네."

"이런 것만 저보다 구체적이라니까요."

그러나 아코가 성실하게 진로 조사를 제출하다니…….

게다가 그저 당연한 듯이 적은 전업주부라는 글보다 훨씬 어려운 선택을 한 것 같았다.

"……선생님은 굉장하네요."

"그래? 타마키가 이야기를 잘 들어준 건데?"

겸손하게 말하면서도 선생님은 자랑스러워 보였다.

이 사람. 아까 놀란 주제에 없었던 것처럼 넘어가려는 거구나.

게다가 확실히 아코도 이야기를 들어주기는 했지만 거기에는 조건이 있다.

"아코는 태평한 성격에, 사람의 악의라는 것에 민감한 타입이니까…… 무슨 소리를 해도 사랑이 없다면 닿지 않아요."

게다가 싫어하는 걸 듣게 하기 위해 사랑이 깊지 않으면 도망쳐버린다.

그러니까 선생님은 정말 굉장하다.

"으~음…… 3년 전의 루시안은 보는 눈이 있었다……는 건가냐?"

선생님은 냐? 하고 한 손으로 고양이 포즈를 잡으며 말했다.

젠장. 현실 주제에 귀여워.

"바람기를 뭉개버려야, 바람기를 없애버려야."

"안 했어! 안 했다고!"

선생님을 쳐다봤을 뿐이라고!

"아코도 선생님 굉장하다고 생각했잖아?"

"솔직히 조금 진 기분이 들어요."

"그런 말을 들으니까 조금 기쁘네."

우리의 존경 어린 시선을 받은 선생님이 흐흥 하고 허리에 손을 댔다.

그러더니 조금 고개를 숙이고는 비밀 이야기를 하듯이 말했다.

"……그 굉장함을 봐서, 고쇼인의 설득도 도와주지 않을래?"

"그건."

"노!"

"어째서인가냐?!"

"비바, 연줄 입사!"

"브라보, 연줄 사원!"

그리고 마스터는 배신할 수 없어!

어쩔 수 없지!

"……자, 다음 프린트 나눠줄게~. 이번에는 평론 독해. 지금부터 15분 안에 이 문제를 풀고, 다음에는 30분 해설. 자, 스타트."

"싫어요오오오오오오."

"이거 또 하는 건가요!"

"두 사람이 무모한 목표를 세웠으니까, 공부도 열심히 해야지!"

감동적인 채로 끝나면 좋았을 텐데!

그러나 정말로 이거 곤란하게 됐네.

앨리 캣츠 상회는 진정한 강적인 선생님을 어떻게 이겨야 할까?

◆애플리코트 : 나는…… 아직 포기하지 않았다!

다, 다행이다. 집에 돌아와서 로그인하니까 마스터가 나왔다!

◆루시안 : 고양이공주 씨는 이제 무섭지 않은 거구나, 마스터!

◆아코 : 기운을 차렸네요!

◆애플리코트 : 고양이공주 씨는 무리다. 괴로워.

다 낫지 않았어!

◆슈바인 : 잠깐만! 고생해서 고쳤으니까 내구도를 시험하는 건 그만두라고.

◆루시안 : 솔직히 미안.

◆애플리코트 : 괴로워.

미안하다니까.

하지만 정말로 꺾이지는 않은 모양이다. 역시 마스터는 심지가 강해.

◆슈바인 : 그래서, 어쩔 거야? 향신료는 포기해?

◆세테 : 모처럼 이렇게 농원 만들었는데?

◆애플리코트 : 아니. 농원은 그대로 계속해다오.

오, 뭔가 구체적인 지시가 나왔네.

◆루시안 : 혹시 다른 작전이 있어?

◆애플리코트 : 오히려 묻겠는데. 이 내가 TMW에 의존하

는 계획밖에 세우지 않았다고 생각한 거냐?

◆아코 : 플랜 B인가요!

◆애플리코트 : 음, 당연하지만 우리를 필요로 하지 않을 가능성도 생각했었다. 예비책도 준비해 놓았고말고.

역시 마스터. 제대로 다수의 작전을 준비했구나.

◆미캉 : 그 작전이라면, 고양이공주 씨를 이길 수 있나요?

◆애플리코트 : 음! 오히려 처음 작전보다도 훨씬 정면에서 싸우는 플랜이다!

◆미캉 : 굿잡.

◆애플리코트 : 맡겨둬라.

고양이공주 씨와 정면에서 싸우는 작전이라…….

한번 당해버렸으니까. 내딛는 게 무서웠다는 건 이해한다.

◆루시안 : 그래도 고양이공주 씨에게 이겨야 하니까! 다들 해보자!

◆세테 : 오~!

◆아코 : 그래도 보통은 처음 작전이 제일 자신 있던 것 아닌가요.

◆애플리코트 : 괴로웡.

◆루시안 : 그만두라고오!

마스터, 힘내!

왠지 부드러워져서 조금 귀엽게 변했지만!

◆애플리코트 : 아무튼 다음 작전을 설명하마!

앨리 캣츠의 싸움은 아직 끝나지 않았다.

이번에야말로 고양이공주 씨를 쓰러뜨리고 레전더리 에이지의 천하를 거머쥐겠어!

††† ††† †††

판타지 세계라면 중세 유럽……을 좀 틀어놓은 느낌이 정석이라고 생각한다.

특히 로드스톤은 돌바닥에 돌로 이루어진 거리가 늘어서 있어서, 그야말로 판타지라는 느낌이다.

그러나 레전더리 에이지 자체 세계관은 딱히 판타지만 있는 것은 아니다.

비행선이 있고, 총을 쓰는 직업도 있다.

과학이 발달한 도시도 있고, 반대로 야성미가 넘치는 도시도 있다.

그리고 이곳은 온 도시 이곳저곳에 군사 시설이 늘어서 있고, 검을 두드리는 대장장이의 소리가 울려 퍼지는 요새 도시다.

그 이름 드높은 요새도시『그란베르그』는 레전더리 에이지 제2의 도시였다.

그 도시를 점령하고 있는 것은…….

◆할아버지 : 문벌귀족의 수장, 할아버지이니라! 카~앗캇

캇캇!

◆엘피 : 서브 마스터인 엘피입니다.

역시 이 서버 제2의 길드, 문벌귀족이다.

이 길드의 마스터, 서브 마스터와 어찌어찌 면회할 수 있게 되었다.

할아버지 씨는 그 이름에 어울리게 수염이 난 할아버지 같은 캐릭터였다. 엄청 좋은 사람 같다.

엘피 씨는 어새신계인가? 외모만 봐서는 사악한 분위기를 풍긴다.

같은 길드의 책임자로 보이지 않을 만큼 대조적인 두 사람이었다.

◆할아버지 : 이렇게 직접 만나는 건 처음이구먼.

◆애플리코트 : 네. 대공전에서는 배를 나란히 하고 싸웠지만, 이야기를 나눌 기회는 없었죠.

◆할아버지 : 그건 좋은 싸움이었지.

할아버지 같은 할아버지 씨는 할아버지처럼 캇캇캇, 하고 웃었다.

왠지 할아버지라는 말이 게슈탈트 붕괴하는 것 같다.

◆할아버지 : 그런데, 그쪽은 길드 아이인고?

오, 이쪽으로 이야기가 돌아왔다.

◆애플리코트 : 네. 서브 마스터인 루시안과 사회 공부를 위해 신입인 미캉을 데려왔습니다.

◆루시안 : 처음 뵙겠습니다.

◆미캉 : 잘 부탁, 합니다.

나의 루시안이 꾸벅 고개를 숙였고 미캉이 조금 늦게 인사했다.

마스터가 지명한 게 우리였기에 이렇게 따라온 거다.

◆할아버지 : 신입은 좋지. 길드를 활성화시키기에는 최고 아니더냐.

◆미캉 : 저기.

미캉이 손을 들었다.

◆미캉 : 그 말투, 뭔가요?

◆루시안 : 초장부터 치고 들어가는 건 그만둬!

너, 진짜 가까운 사람 말고도 가차 없네!

화낸다고! 상대는 높은 사람이니까!

그래도 제지하려는 나와는 달리—.

◆할아버지 : 꽤 당당하게 들어오는구나! 이 게임을 시작하고 나서 한 번도 롤 플레이가 무너진 적이 없는 것이 나의 자랑이지!

쩐다. 할아버지 씨 그릇이 넓어.

이 사람 전혀 화내지 않고 있잖아.

◆할아버지 : 참고로 모티브는 도요토미 히데요시니라! 카~앗캇캇캇!

◆미캉 : 히데요시한테 사과해요.

◆루시안 : 왜 미캉이 사과하라고 하는 건데.

네가 히데요시의 뭐길래. 히데요시의 뭘 안다는 거야.

그러나 할아버지 씨는 개의치 않았다.

◆할아버지 : 인망이 있는 자였으니 말이다. 이런 말투를 보이면 분쟁을 중재하기 딱 좋더구나. 길드 마스터로서는 나쁘지 않다고?

◆애플리코트 : 과연. 나도 앞으로는 그 말투로 가는 것도 좋을지도 모르겠구먼.

◆루시안 : 그만둬.

은근히 어울리니까!

그런 이야기를 하던 중 할아버지 씨가 그럼, 하고 자세를 고쳤다.

◆할아버지 : 그런데 앨리 캣츠여. 이 서버 최대의 길드인 우리에게 무슨 용건인 게냐? 뭐든 물어보거라. 카~앗캇캇캇캇!

이크, 드디어 본론인가.

◆애플리코트 : 네, 실은.

말하려던 마스터가 멈췄다.

응? 아니 잠깐, 그런가.

나도 순간 놓쳤지만, 지금 이상하지 않아?

최대의 길드? 가장 큰 건 TMW이지 않나?

미묘한 분위기로 멈춘 우리를 눈치챘는지—.

◆할아버지 : 뭐냐, 그대들. 우리가 서버 최대의 길드를 자칭한 것이 묘했느냐?

◆애플리코트 : 아뇨, 그런 건.

마스터는 황급히 부정했지만…….

◆미캉 : 제일 센 건, TMW 아닌가요?

◆루시안 : 말투!

너무 실례잖아, 미캉! 말해도 좋은 것과 나쁜 것이 있다고요!

그러나 할아버지 씨는 그런 솔직한 말투가 좋았던 것 같다.

◆할아버지 : 카~앗캇캇캇! 솔직한 소녀로고. 기분 좋구나!

크게 웃고는 대담하게 말했다.

◆할아버지 : 그러나 미캉 아가씨, 그건 틀렸다. 왜냐하면 TMW는 추락할 테니까! 우리가 추락시킬 것이야! 이건 확정된 미래지!

망토를 확 펼친 할아버지 씨가 드높이 말했다.

◆할아버지 : 그런 이상, 우리 문벌귀족이 서버 최대 길드라는 건 이미 확정적인 셈이지! 마침내 위로 올라서게 되었구나, 나! 역시 나! 훌륭하다 나!

근거는 잘 모르겠지만 아무튼 대단한 자신감이다!

◆할아버지 : 카~앗캇캇캇캇캇캇캇캇캇캇캇캇!

◆할아버지 : 으엑후엑오엑!

기침하는 것까지 했어?! 롤플레이의 몰입도가 높아!

이, 일단 하려는 말은 알겠다. TMW에게 이길 가망이 있으니까 이미 자신들이 톱 길드라는 건가.

◆애플리코트 : 그, 그렇군요. 대단한 자부심입니다. 그렇다면 이야기가 빠르죠.

마스터는 약간 기겁한 것을 얼버무리면서 말했다.

◆애플리코트 : 저희의 용건도, 바로 거기에 있습니다.

◆애플리코트 : 그래요. 대(對)TMW 대동맹 건이죠.

검은 마술사 씨를 상대할 때와는 달리, 마스터는 직구 승부에 나섰다.

아까 미캉에게 보인 반응으로 그런 걸 좋아한다고 생각한 걸까?

이런 것도 제왕학에서 배운 것 중 하나일지도 모른다.

◆할아버지 : 그대들도 알고 있었나! 뭐? 우리만큼 규모가 큰 길드라면? 숨기기도 어렵기는 할 테니까? 안 그런고, 엘피!

◆엘피 : 기뻐할 일이 아니라고 생각합니다만…….

그래! 정보가 새어 나가고 있는데 왜 기뻐하는 거냐고, 할아버지 씨!

여기까지는 할아버지 씨도 내키는 마음이었으나…….

◆할아버지 : 그런데 말이다. 사실 그대들은 TMW파라고 보고 있었는데…….

할아버지 씨가 조금 불안한 듯이 말했다.

뭐, 기본적으로는 친하니까. 그렇게 말하는 마음도 이해한다.

그런 그에게 마스터가 설명했다.

◆애플리코트 : 그렇지는 않습니다. 저희는 TMW와 결탁한 적이 없고, 이유가 있으면 적도 됩니다.

그리고 하고 뜸을 들이고는—.

◆애플리코트 : 지금은 적이 될 이유가 있죠.

◆할아버지 : 오호라! 배신인가! 배신은 전국의 관습이지, 그럼그럼!

애초에 아군인 적도 없으니까 배신은 아닌데 말이지!

◆할아버지 : 그런데, 그 이유는 무엇인고?

◆애플리코트 : 꾸미지 않고 말씀드리자면, 저희가 수도에서 장사를 하려면 그들이 방해됩니다.

◆할아버지 : 허허, 그건 또 젊음으로 가득한 말이로구나!

할아버지 씨는 정말로 할아버지 냄새를 풍기며 말했다.

◆애플리코트 : 업데이트 후의 일그러진 경제 상황에서, 이익을 한 손에 거머쥔 TMW를 추락시키려고 하는 문벌귀족의 노림수는, 저희와도 합치하는 셈이죠.

마스터는 악수를 요구하듯이 할아버지에게 손을 내밀었다.

◆애플리코트 : 동맹 건, 한몫 거들게 해주시지 않겠습니까? 돈은 필요 없습니다. 수도를 확보했을 때, 제한 없는 판매권을 주신다면 그걸로 충분합니다.

◆할아버지 : 그럼! 오는 이는 막지 않는다! 이걸로 우리의 승리가 더욱 탄탄해졌구나! 카~앗캇캇캇!

할아버지 씨도 스윽 손을 내밀었다.

오오, 바로 정해졌네— 그렇게 생각했는데…….

◆엘피 : 할아버지, 기다리시죠.

뒤에서 대기하던 서브 마스터 엘피 씨가 말했다.

할아버지 씨가 그에게 위엄을 담아 물었다.

◆할아버지 : 오, 뭐냐 엘피. 내게 무슨 불만이라도 있는 게냐?

◆엘피 : 당연히 있죠. 이 자리의 분위기에 휩쓸려 동맹을 맺지 말아 주세요.

◆할아버지 : ……안 되나?

◆엘피 : 안 됩니다.

◆할아버지 : ……미안하구나. 안 된다는군.

약해! 할아버지 씨 약하잖아! 거기서는 버티라고!

그리고 엘피 씨는 우리를 돌아보며 말했다.

◆엘피 : 저희 할아버지는 태평하게 기뻐하셨지만. 고작 몇 명밖에 안 되는 길드가 우리에게 무슨 협력을 할 수 있다는 겁니까?

◆애플리코트 : 네. 물론 조건은 준비했습니다.

교섭 상대가 바뀌었다고 봤는지 마스터는 엘피 씨에게 말했다.

◆애플리코트 : 우리가 스파이스 생산에 힘을 들이고 있다는 건 이미 아시겠죠?

◆엘피 : 네. 저희도 신세 지고 있습니다.

좋아. 그럼 이야기가 빠르지.

마스터는 내게 눈짓을 줬다.

◆애플리코트 : 그렇다면…… 이쪽을 보시죠.

엘피 씨에게 거래 요청을 보냈다.

거래 화면에 올려서 보여준 것은, 크기 5, 색 5, 맛 5의 ALL 5. 훌륭한 5성 스파이스.

◆애플리코트 : 아직 유통에 내놓지 않은, 5성 제조에 성공했습니다.

◆할아버지 : 뭣이라!

그래. 실은 정말로 최근, TMW에게 퇴짜를 맞은 뒤 제조에 성공했다.

괴로웡 상태에 빠진 마스터가 실험 농장을 방치한 결과, 소수의 생존자가 5까지 자란 것이다.

아무래도 4, 4, 4 스파이스를 더욱 아슬아슬하게 몰아세울 필요가 있는 모양이다. 이런 걸 어떻게 알아내라는 거야. 대체 얼마나 외치게 놔둘 생각인데.

◆애플리코트 : 이걸 요리에 사용하면, 4성 스파이스를 사용했을 때와 비교해서 상승치가 2 정도 차이 납니다.

◆할아버지 : 2나! 그거 터무니없지 않느냐! 엘피! 나는 이게 갖고 싶구나!

◆엘피 : 뭐든 다 원하지 마세요.

◆할아버지 : 하지만 히데요시는 이런 법 아니냐.

◆엘피 : 히데요시에게 사과해주세요.

◆미캉 : 그거, 제가 할 말.

아아, 미캉의 태클이 도둑맞았다! 역시 어새신, 어새신 더러워!

◆할아버지 : 그걸 길드 내부에 유행시킬 생각은 아니겠지?!

◆엘피 : 할아버지의 태도에 달렸죠.

엘피 씨는 그렇게 말하면서 거래 OK 버튼을 누르려 했다.

뭐어?! 아니아니, 안 준다고!

바로 거래를 취소했다.

◆엘피 : 어라, 받을 수는 없는 겁니까?

◆루시안 : 어, 아니, 그야, 네.

불만스러워하는 거 이상하지 않아?!

남이 생산한 씨앗을 심을 수는 없는 시스템이지만 그렇다고 해서 귀중한 소재를 넘겨줄 수는 없습니다.

그보다 오히려, 왜 교섭 중에 받을 수 있다고 생각한 거야.

◆엘피 : 유감이군요…… 5성 스파이스, 매력적이기는 합니다.

◆미캉 : ……그런데 스테이터스가, 2 다른 걸로 그렇게 달라지나요?

◆엘피 : 뭐…… 아가씨는 이 레벨대의 이야기를 잘 모르겠죠.

엘피 씨는 안경을 스윽 올리는 동작을 취했다.

그야 레벨이 다르니까.

◆루시안 : 미캉의 레벨이라면 별로 실감이 안 나겠지만,

상위층은 스테이터스를 1 올리기 위해서 혈안이 되어있거든.

◆애플리코트 : STR이나 INT 같은 공격에 직결되는 스테이터스는 특히 그렇다.

◆미캉 : 돼지 선배가 열심히 하는 이유를 알겠네요.

응, 그 녀석도 마스터도 직접 사용하고 있으니까, 요리.

이 레벨까지 오게 되면 레벨을 올려서 스테이터스를 늘리는 것보다 버프로 올리는 게 간단하고 빠르단 말이지.

◆애플리코트 : 이해하셨겠지만, 이 5성 스파이스를 문벌 귀족에게 제공해드리겠습니다. 또한, 일반 판매하는 스파이스도 그란베르그에만 제공하도록 하죠.

◆엘피 : 고마운 제안이지만, 결국은 다른 사람이 수도에서 전매하겠죠. 그래도 상관없습니까?

◆애플리코트 : 네. TMW를, 수도를 따르지 않는다는 의사를 보이는 게 필요하니까요.

◆애플리코트 : 저희는 다음 공성전에서 뒤편에 서서 아이템이나 이동 지원에 전념하겠습니다. 게이트 역할도 필요하시겠죠? 어떻습니까?

◆할아버지 : 음음. 나쁘지 않구나, 나쁘지 않아! 이러면 불만 없으렷다, 엘피!

그야 나쁘지는 않겠지.

우리도 가급적 좋은 조건을 제공하려고 했으니까.

이게 안 될 일은 없을 텐데…….

그러나—.

◆엘피 : 하지만 할아버지. 다른 곳은 최저라도 20명 규모의 길드입니다. 열 명도 되지 않는 앨리 캣츠를 같은 조건으로 동맹에 가입시키면, 다른 곳에 모범이 되지 못해요.

◆애플리코트 : ……그렇습니까.

에에에에엑. 안 된다고?! 꽤 좋은 조건이라고 생각하는데?!

그냥 안 되는 건가 싶었는데 엘피 씨는 여기서 말을 이었다.

◆엘피 : 물론, 5성 스파이스는 구매하겠습니다. 현재 4성 스파이스보다도 고액이라도 상관없어요.

고액이라도 상관없어요, 좋아하시네!

만들 수 있는 사람이 없는 소재인데, 왜 대량 생산과 비슷한 가격으로, 그것도 거만하게 사주겠다는 느낌으로 말하는 건데! 이 사람 뭐야!

◆루시안 : 아아, 진짜. 이러니저러니 해도 입만으로는 안 되는 건가.

미캉과 마스터를 끼워서 파티챗으로 말했다.

◆루시안 : 역시 인원이, 힘이 부족한 걸지도.

◆애플리코트 : 부족한 것은 상대의 인간성일지도 모른다만…….

◆루시안 : 마스터, 혹시 조금 화났어?!

◆애플리코트 : 얕잡아보는 것 같아서 조금 화가 나는군.

왠지 솔직한 마스터도 귀엽긴 하지만, 진정해!

◆애플리코트 : 뭐, 좋아. 아직 숨기고 있던 카드가 있으니까.

◆루시안 : 또 있다고? 그럼 부탁해!

다행이다. 역시 마스터야!

근데 우리가 낼 수 있는 조건이 또 있었나? 인원은 적고, 귀중한 아이템은 스파이스뿐이고…….

◆애플리코트 : 그럼 어디까지나 여분입니다만.

마스터가 별것 아니라는 표정으로 이렇게 말했다.

◆애플리코트 : 저희가 TMW와 전쟁을 벌이면, 덤으로 발렌슈타인이 따라올 겁니다.

◆할아버지 : 좋아, 받아들이지. 지금 당장 동맹 맺자꾸나.

◆엘피 : 그럼 조약을 체결하죠.

◆루시안 : 에에에에에에에엑.

그래도 괜찮아?!

그보다 이미 우리와의 동맹이 아니지 않아?!

◆루시안 : 이거 괜찮아?!

◆미캉 : 치사해.

◆애플리코트 : 뭐가 치사하다는 거냐. 정식 교섭이다.

◆미캉 : 그치만 명백하게 덤이 주전력이잖아요!

◆애플리코트 : 자주 있지 않나! 만엔 과금하면 유상 포인트보다 무상 보너스 포인트가 더 많기도 해!

◆루시안 : 그야 있기는 하지만!

식완 같은 것처럼 덤이 메인이거나 하는 일도 자주 있기는 하지만!

◆루시안 : 그래도, 우리만의 힘으로 이긴다고 했잖아!

◆애플리코트 : 그렇지만…… 그들은 이미 절친한 사이라 봐도 되지 않을까.

◆루시안 : 부정할 요소가 없어.

적이 되거나 아군이 되기도 하지만 뭐 절친한 사이긴 하지!

그보다 그쪽이 먼저 『절친하다』라고 말하기도 했으니까!

◆미캉 : 덤인데도 본체를 뛰어넘다니…… 역시 사부.

◆루시안 : 기뻐할 일인가?

그야 바츠 일행은 기겁할 정도로 강하다.

우리가 파티챗으로 떠드는 사이에도 할아버지와 엘피는 기분 좋게 채팅을 이어가고 있었다.

◆엘피 : 발렌슈타인이 TMW에 붙는 일은 있을 수 없습니다. 그렇다면 배신할 걱정도 없겠죠. 참모로서도 찬성할 수 있는 조건이 되었군요.

◆할아버지 : 이야~, 그대들과 발렌슈타인이 와준다면야 그야말로 일당백인 셈이지! 나의 승리는 그야말로 확실해졌구나! 카~앗캇캇캇!

◆애플리코트 : 반드시 기대에 부응하겠습니다.

◆할아버지 : 좋다! 그렇다면 대TMW 대동맹, 그 이름도 브로큰 스타! 그대들을 환영하도록 하마!

겨우 두 사람이 악수를 나누며 교섭이 끝났다.

이렇게 우리는 문벌귀족의 동료가 되었다.

그런데도 어딘가 납득이 가지 않는, 그런 마음이 남았다.

아무튼, 교섭은 무사히 성공이다.

일단 길챗으로 보고할까.

◆루시안 : 교섭 성공했어~.

◆슈바인 : 수고.

◆아코 : 업무 수고하셨어요!

◆세테 : 수고했어~, 어떤 길드였어?

으음, 어떤 길드냐고 물어도…….

◆루시안 : 뭐랄까…… 독특한 길드였지…….

◆미캉 : 할아버지 씨는 재미있었어요.

◆루시안 : 그 사람이야 유쾌한 사람이었지만.

카~앗캇캇캇! 웃는 것이 무척 머릿속에 남았다. 잊을 수 없는 타입의 길마였지.

◆루시안 : 엘피 씨는 좀 그랬지.

◆미캉 : 성격 나쁜 사람.

그러게. 모처럼 원만하게 동맹을 맺으려고 했는데 여러 조건을 붙여댔으니까.

◆애플리코트 : 그렇게 말하지 마라. 그건 사람 좋은 길드 마스터와 눈썰미가 좋은 서브 마스터라는 역할 분담이다. 그가 악역을 떠맡은 것에 지나지 않아.

◆미캉 : 역할 분담?

역할 분담이라니, 두 사람이 당근과 채찍을 담당한다 그건가?

확실히 할아버지 씨는 좋은 사람 같았으니까, 좋은 수법일지도…….

◆애플리코트 : ……뭐, 참모님이 너무 의욕적인 탓인지 조금 평판은 안 좋은 모양이지만.

◆세테 : 으, 응. 문벌귀족, 별로 좋은 소문은 못 들었을지도…….

◆루시안 : 그랬어?!

◆세테 : 마스터는 좋은 사람이지만, 그 이외는…… 그런 느낌이어서…….

이게 무슨 소리야. 할아버지 씨는 그렇게나 골려주는 보람이 있는 사람이었는데.

엘피 씨, 조금 더 다정하게 대해달라고!

◆루시안 : 아무튼, 그렇구나. 그건 그렇게 둘이서 교섭하는 역할이었나.

◆미캉 : 귀찮네요.

◆애플리코트 : 그렇게 말하지 마라.

마스터는 훗 하고 웃었다.

◆애플리코트 : 원래부터 현실 친구와 함께 시작한 미캉은 다른 관점을 가지고 있을지도 모르지만…… 이 게임에서의

캐릭터는, 자신과는 다른 존재다.

◆미캉 : 다른 존재.

◆애플리코트 : 그래. MMORPG. 매시브 멀티 온라인 롤플레잉 게임이니까. 이기는 것이 목적인 게 아니야. 그 과정을 롤 플레이하면서 즐기는. 요컨대 역할 놀이다.

무심코 잊어버리지만 롤플레잉 게임은 역할 놀이, 흉내 게임이다.

롤에 따라서 고생을 짊어지는 마스터처럼 즐기는 것도 하나의 방법이지.

◆애플리코트 : 나는 대형 길드와 교섭하는 소규모 길드 마스터의 흉내를. 저쪽은 잔챙이들을 거두는 거물 흉내를 즐겼다. 그 과정에 의미가 있는 거다.

마스터가 이해하겠나? 하고 물었다.

◆미캉 : 이해해요.

미캉은 고개를 끄덕였다.

◆미캉 : 강한 자신 흉내, 같은 거, 즐거워요.

◆애플리코트 : 미캉은 현실에서도 하트가 강한 편이라고 생각하지만, 뭐 그렇지.

아무튼 그건 넘어가고.

신경 쓰이는 게 하나 있다.

◆루시안 : 바츠네한테 언제 원군 요청을 했어? 전혀 몰랐는데.

그것도 작전의 일부였으니까, 아마 사전에 준비해둔 거겠지.

역시 마스터, 작전에 몇 가지 옵션을 만들었다니. 믿음직하다니까, 동경해버려.

그렇게 생각하던 내게, 마스터는 씨익 웃었다.

◆애플리코트 : 원군 따위 요청하지 않았다. 당연히 지금부터 교섭하러 가야지.

◆루시안 : 사후 승낙!

작전이 아니라 그 자리의 발상이었잖아!

그렇긴 했지만 실제로 만난 바츠 일행의 반응은 이랬다.

◆애플리코트 : 다음 공성전에서 TMW와 전쟁할 거다. 어울려다오. 경비는 우리가 대지.

◆바츠 : ㅇㅋ

◆루시안 : 가볍네!

그렇게 바로 수락해도 되냐!

명색이 서버 톱 길드와 전쟁하는 거라고.

◆미캉 : 사부, 괜찮나요?

◆바츠 : 너, 내가 그 녀석들 따위한테 쫄 것 같냐.

◆미캉 : 그럴 것 같은데.

◆바츠 : 좀 더 포장하라고ㅋㅋㅋ

우리 후배의 좋은 점이니까 좀 봐주시죠.

◆바츠 : 뭐, 내가 지상전을 하는 모습을 보여주지 않았으

니까. 최강이라는 게 어떤 건지 봐두라고.

◆루시안 : 자기가 최강이라고 단언해버렸네.

◆바츠 : 그냥 사실이잖냐.

◆애플리코트 : 나는 이겼는데.

◆바츠 : 그렇게 무식한 적자를 내놓고서 이겼다고 말하지 말라고ㅋㅋㅋ

한 번의 승리를 위해 터무니없는 금액을 쏟아부어서 이겼을 뿐이니까.

그래도 이 녀석은 그 정도로 전력을 부딪치는 상대를 마음에 들어 하는 성가신 타입이란 말이지.

재미없고 평범한 플레이어를 끔찍하게 싫어하고 뜬금없는 상황을 가져오는 이상한 플레이어를 좋아한다.

이 녀석, 왜 우리랑 친한 걸까. 모르겠다. 응.

◆바츠 : 그보다 경비를 너희가 대준다는 건, 애플리코트가 저질렀던 이그물 퍼마시는 전법을 써도 되냐?

◆애플리코트 : 필요하다면 상관없다.

◆바츠 : 좋았어, 왔다! 검은 마술사한테 현실을 가르쳐주겠어ㅋ

평범하게 의욕적인 모양이다.

우리는 다른 일이 있어서 거절하지 않을까 걱정했었는데.

◆루시안 : 의뢰 같은 건 안 왔어?

◆코로 : 그게 최근 한가해.

코로도 지루한 듯이 말했다.

◆바츠 : 그 공전 이후부터 우리, 별로 재미가 없단 말이지. 용병 의뢰도 방어뿐이라서 할 맘도 없고.

◆미즈카 : ^^;

◆루시안 : 아~.

왠지 의외네.

서버가 어지러우니까, 다들 용병을 끌어들이려고 할 줄 알았는데.

◆루시안 : 영지를 받을 수 있으니까 전국시대인 거 아냐? 왜 한가해?

◆코로 : 중소는 전국시대이긴 하지만.

◆바츠 : 그래서 싸움의 규모가 작단 말이야. 이놈이고 저놈이고 방어만 하고 있어.

방어……라.

공격해서 영지를 빼앗는 것보다는 방어하며 자신의 영지를 소중히 지킨다는 건가?

◆루시안 : 왜 방어를 하지? 조금이라도 커다란 마을이 필요하지 않은 거야?

◆바츠 : 성이 한 번 함락돼버리면 발전도나 지배도 같은 게 제로로 돌아가서 수입이 폭락해버린다고.

◆코로 : 하루는 지배권 이행 시기라서 세금 설정도 하지 못하게 돼. 함락당하면 끝장이야.

아, 그런 사양인가.

그러면 한 번이라도 함락당하지 않기 위해 필사적으로 지키겠지.

◆바츠 : 방어하면서 공격하면, 어떻게 돌아가든 소규모 충돌이 되니까.

◆애플리코트 : 시시한 전국시대가 되어버렸군.

◆바츠 : 뭐, 일본의 전국시대에서도 진짜로 영토 마구 빼앗으며 돌아다니던 빡겜 다이묘는 별로 없긴 했다고.

◆루시안 : 아~, 그건 의외네.

일본사는 아직 전혀 공부하지 않았었다.

전국시대는 시험에 나올지 모르니까 다소 공부는 해둬야 하나.

◆바츠 : 뭐, 너희가 진짜로 죽이러 간다면 거짓말은 아닐 테니까, 무조건 올라타야지.

◆루시안 : 고마워. 솔직히 살았어.

◆바츠 : 그 대사, 경비를 낸 뒤에 말할 수 있을지 기대되는구만ㅋ

대체 얼마나 쓸 건데 진짜로.

그렇지만 이걸로 전력은 확보했다.

문벌귀족과 그 동맹 길드의 동료도 많다.

◆루시안 : 마스터, 이거라면!

◆애플리코트 : 그래, 제2안으로 계획을 진행할 수 있다.

마스터는 힘차게 지시를 내렸다.

◆애플리코트 : TMW가 관리하는 수도에 빌붙을 생각은 없어. TMW를 쫓아내고, 수도를 이 손아귀에 넣겠다!

††† ††† †††

공성전에 필요한 물자는 몇 가지가 있다.

우선할 것은 물론, 회복 아이템.

화살이나 탄, 스킬 촉매.

장비가 파괴되었을 때 수리하기 위한 대장장이 도구.

그리고 우리가 담당하는, 버프 아이템도 그중 하나다.

"오늘의 경영 회의, 의제는 매입에 관한 거다."

부실에서 열린, 이제 몇 번째인지 모를 경영 회의.

오늘 의제가 된 것은 아이템 공급 담당으로서 어떤 아이템을 준비하느냐다.

물론 다른 길드도 준비할 거고, 경비는 마지막에 계산하겠지만 그래도 우리의 센스를 시험받는 부분이니까.

"회복 아이템은? 직공한테 매입할 수 있어?"

"음. 이그물은 주로 발렌슈타인에게 제공할 거다. 다른 걸로 계산해다오."

"그 녀석들 얼마나 쓸까?"

이그물을 마음껏 쓸 수 있다고 하니까 엄청 좋아하더라.

최대한 모으기는 했지만 전부 사라지는 것도 각오한 바다.

"버프 아이템은 어쩔 거야? 우리 담당인데."

"음. 그게 문제다."

우리는 최고의 버프 아이템을 제공한다는 약속으로 동맹에 들어갔다.

최고 품질의 스파이스 말고 다른 소재는 그냥 시장에서 살 수 있다. 그 점은 문제없다.

단지, 어려운 것은 만들어야 한다는 부분이다.

"다들 요리 스킬이 낮으니까요……."

"그러게."

그렇다. 아코를 제외하면 우리는 다들 요리 스킬을 전혀 올리지 않았다.

블랙 농작업 때문에 농업 스킬이 더 높을 정도다.

"아코는 만들 수 없어?"

"만드는 것만이라면 모를까, 최고 품질은 어려워요. 누군가에게 부탁해봐요."

아코의 말에 마스터가 반대했다.

"아니, 5성 스파이스를 넘기는 건 위험하다. 유출되어 버리면 우리의 우위가 사라져."

"그 할아버지 씨, 가차 없이 잘라내 버릴 것 같으니까."

"음. 신뢰할 수는 없지."

발렌슈타인만 남기고 우리를 잘라내는 일 정도는 태연하

게 할 것 같은 분위기였다.

우리도 이용 가치를 확보해야겠지.

"그럼 실전 때까지 요리 스킬을 올릴까요?"

"그것도 어렵겠지. 시간도 자금도 도구도 없으니."

"그러네요."

특기 분야에서 도움이 되지 않아서 그런지 아코는 시무룩하게 어깨를 떨궜다.

"제가 좀 더 요리가 능숙했다면…… 죄송해요……."

"아니아니. 아코 탓이 아니잖아."

"물론이다. 이 내가 부하의 스킬이 부족했기 때문에 실패했다고 말하는 사장으로 보이나?"

"……보이지 않지는 않아."

"블랙이니까요."

"블랙 사장이니까."

"그러게."

"현장은 사장을 용서하지 않아요."

"그건 잊어다오!"

마스터가 필사적으로 말했다. 다소 자각은 있었던 것 같다.

근데, 그럼 어쩔 거야?

"나를 믿고 따라와라. 타개책은 준비해놨다."

찾아간 곳은 대륙에서도 상당한 오지.

맵 이름은 고블린의 최심부 마을이라는 필드다.

게임을 오래 해왔지만 이런 곳에는 온 적도 없다.

화제도 되지 않고 들어본 적이 없는 곳이다.

그리고 왜 내가 모르는 맵이냐면—.

"아아, 진짜! 아무리 타깃을 모으고 또 모아도 타깃이 다 모이지 않아!"

"고블린이 6, 지면이 4! 고블린이 6, 지면이 4야!"

"고블린들의 본거지다. 이 정도는 당연하지!"

마스터는 고블린 아처의 공격을 푹푹 맞으면서 그대로 마법을 날렸다.

주변에 공백이 생겼지만 곧장 그곳을 메우듯이 솔저 고블린이 달라붙었다.

에에잇, 끝이 없잖아!

"쿄우 선배? 여기 적, 경험치가 적고, 아이템도 전혀 안 떨어지는데?!"

"숫자가 많은 만큼, 보수 설정이 낮게 되어있는 거다."

"어째서 그런 짓을!"

"운영진 머리 좀 쓰라고!"

"바보 아닌가요!"

우리는 격렬한 전투 도중임에도 운영진 비판을 그만두지 않았다.

아무리 그래도 이 맵은 설정이 너무 안 좋아.

단지, 미캉 혼자만큼은 꽤 기분이 좋았다.

"꽤 짭짤해요."

"그거 다행이네!"

미캉의 레벨이 올라가는 건 좋은 일이지만!

"물론 이 맵에도 의미가 있다. 자, 이대로 숲 중앙까지 가자!"

이 고블린의 바닷속을 진군하는 거냐고!

"아아, 진짜! 란란란란!"

"아아아아아, 방패 내구도가! 이거 예비 방패도 쓰게 되지 않을까?!"

"열심히 해주세요오오오오."

"하이 힐은 필요 없어! 좀 더 작은 힐이면 되니까!"

어그로가 쌓이니까 타깃이 튄다고!

그렇지만 상대도 고블린이다. 명백하게 평범한 고블린보다 강하고, 그런 주제에 경험치도 낮지만, 그래도 고블린이다.

우리는 시간을 들여서 어찌어찌 고블린 마을의 중앙까지 찾아왔다.

"……여기가 중앙인가?"

"아무것도 없는데요?"

"마스터, 목적지 틀리지 않았어?"

"아니, 맞을 거다."

조작을 이어가면서 묻자, 마스터는 수수하게 놓여있는 모닥불 쪽으로 다가갔다.

"나도 어느 블로그에 적혀있는 걸 본 거지만…… 음, 역시 그렇군."

"그게 어쨌다고? 오브젝트 아냐?"

"이 조리기구가, 레전더리 에이지에서 최고의 품질을 자랑한다."

"뭐라고?"

어, 여기의 설치 조리도구라니 모닥불 위에 있는 철냄비가?!

왜 그런 게 고품질인 건데?!

"이게 게임 안의 최고 품질이다. 같은 레벨의 물건은 대도시의 성채 내부에만 존재해."

"어째서 이런 곳에 너덜너덜하게 놓여있는 건가요!"

"말도 안 되잖아! 고블린의 모닥불인데?!"

우리가 항의의 목소리를 드높이자 마스터는 무적의 한 마디로 대답했다.

"고대 제국의 마법 조리도구라더군."

"고대 제국이라면 어쩔 수 없네."

"아, 역시 고대 제국은 그런 취급이야?!"

대부분 그 녀석들이 문제야. 어쩔 수 없어.

"자, 아코. 목적을 달성하자. 여기서 버프 요리를 만들어라. 이 도구를 사용하면 최고 품질을 안정적으로 만들 수 있을 거다."

"어, 근데 잠깐만요!"

내게 힐을 날리던 아코가 새파래져서 우리를 돌아봤다.

"이 고블린의 바닷속에서 요리하라는 건가요?!"

해야, 겠지.

그러지 않으면 최고 품질이 안 나오니까.

"히, 힘내. 아코!"

"아코라면 할 수 있어 할 수 있어!"

"간단히 말하지 말아 주세요! 못해요, 못해요!"

"우리를 믿어라! 자, 조리 개시다!"

"정말로 하는 건가요?!"

아무래도 진심인 모양이다. 마스터가 연속으로 발밑 대마법을 쏘기 시작했으니까.

요컨대, 여기서 움직일 생각이 없다는 거다.

"에이잇, 알았다! 루시안은 여기에 고정하마! 전원 광역 공격 연타다!"

"드래소는 온존할게!"

"MP 포션, 안 가져왔는데……."

"앉아서 레인만 쏘면 되니까!"

"힘내라 무땅, 가라가라 무땅."

"나나코는 이제 맨몸도 강하잖아!"

필사적으로 전투를 계속하는데 뒤에서 짜잔! 하는 커다란 소리가 들렸다.

"자, 잘 구워졌어요!"

우리가 싸우는 뒤편에서, 저쪽도 필사적으로 요리하는 모양이다.

힘내, 아코. 너만 믿고 있어!

그리고 가끔 힐도 줘!

"아코 군. 우리의 회복 아이템과 장비의 내구도에는 한계가 있다. 실패하고 있을 시간은 없어!"

"서둘러서 요리하는 건 서툴다고요~!"

"힘내, 아코. 농원주 겸 요리장!"

"역시 요즘, 제가 너무 바쁘지 않나요?!"

아코가 허둥지둥 손가락을 움직이며 말했다.

"가장 일하고 싶지 않은 제가 제일 많이 일하는 것 같아요!"

"자자, 현실이 아니라 게임 안이니까."

"현실과 게임이 뭐가 다른 건가요오오오오오."

부지런히 버프 요리를 생산하면서 재주 좋게 화내고 있었다.

안정적으로 최고 품질이 나오는 모양이다. 현실도 게임도 요리는 잘하네.

▶고블린의 최심부 마을에 고블린 부처가 출현!◀

"큰일 났다. 고블린을 너무 잡아서 필드 보스가 나왔어!"

"나왔나! 게임 내에서 가장 힘든 필드 보스!"

왜 조금 기쁜 듯이 말하는 거야, 마스터! 이런 건 필요 없다고!

"여기 진짜로 쓰레기 맵이네!"

"회복, 이제 없어요."

"이그물을 써라! 경비로 돌려주마!"

"쓰면 안 돼, 후타바! 공성전에서 써야 하는 거니까!"

스파이스로 벌고 있다고는 해도 무한히 나오는 건 아니야!

"부탁이야, 아코. 서둘러줘! 그래도 가능하면 요리는 실수하지 말고! 5성 스파이스, 그렇게 많지 않으니까!"

"맞다, 아코. 결코 실패하지 말고, 서둘러 요리해다오! 그리고 어서 우리를 돕는 거다!"

"아코, 살려줘!"

"아코살려!"

"너무 압박감을 주면 으아아아아!"

쨍그랑! 하는 실패 소리가!

"모두가 조바심 내니까!"

"에에잇, 변함없이 멘탈이 약하네!"

"약해빠진 아코 멘탈이네!"

"약해빠진 잔챙이라는 듯이 말하지 말아 주세요오."

그렇게 말하며 부지런히 요리를 이어갔다.

회복이 빠르네. 시무룩해지면 돌아오지 않던 예전의 아코에게 보여주고 싶다.

그때 고블린의 바다를 가르며 덩치가 성큼성큼 이리로 다가왔다.

젠장, 왔나!

"보스가 이리로 왔어!"
"마을 안에 나오는군, 당연한가."
"에에잇, 이제 와서 고블린에게 질 것 같아! 이 녀석을 쓰러뜨리고흐억!"
"루시아~안!"
"안 되겠어. 고블린 세잖아."
뭐야 이 녀석, 딜 무지막지하게 세잖아!
자신에게 버프를 걸지 않으면 죽어!
"핫핫핫. 마을의 수호자가 침략자에게 질 수는 없지 않나!"
"우리는 요리가 하고 싶을 뿐이라고!"

"지, 지쳤어……."
"대부분 성공했어요…… 이만큼 있으면 되겠죠……?"
"나이스 워크였다, 아코. 수여식을 기대해라!"
"돈은 됐으니까 쉬게 해주세요……."
전원의 피로와 맞바꿔서 어찌어찌 버프 요리를 모두 완성했다.
그런 빌어먹을 맵, 두 번 다시 안 가.
"이걸로 준비는 끝인가?"
"그래. 이제는 실전을 기다릴 뿐이다."
"후와~, 오늘도 힘든 부활동이었어."
"일이니까."

세가와와 아키야마가 못 견디겠다는 듯 어깨를 돌렸다.

매매하거나, 제조하거나, 생산하거나, 우리가 하던 것들 전부 일이었으니까.

"긴장이 풀린 모양이지만, 조금 쉬고 나면 농원이다. 이제 물 주기와 비료 시간이니까."

"아, 그랬지."

농원 작업이 아직 남아있었다.

"파종용 교배도 하고, 좋은 게 나오면 교환도 해야 하니까."

"바쁘네, 진짜로."

"우리만으로 상회를 운영하는 거다. 바쁘긴 하지."

그래서 블랙 상회라고 했는데.

그런 말을 하면서도 마스터는 화이트보드에 적은 『최고 품질 버프 요리의 생산』이라는 항목에 줄을 그었다.

준비가 진행될 때마다 만족스럽게 플로차트를 진행하고 있다.

그 모습이 즐거워 보여서 그만 열심히 도와주게 된단 말이지.

"여기를 돌파하면 상회원을 고용해서 확대하고, 우리는 경영 측으로 나아갈 수 있게 된다. 지금이 제일 괴로운 시기지."

펜을 놓은 마스터가 화이트보드의 항목 일람을 바라봤다.

그 시선에는 어딘가 절실한 감정이 담겨있는 것 같았다.

"모두의 힘을 합치면 분명 우리는 어디까지나 날갯짓할 수 있으리라 믿고 있다. 부탁이다, 조금만 힘을 빌려다오."

“뭐, 여기까지 왔으면 이미 올라탄 배니까.”

“그러게. 맡겨두라고.”

“쿄우 선배를 위해서니까.”

“고양이공주 씨한테 이겨야죠.”

부원들은 피곤을 감추고 미소를 지었다.

그리고 아코는 조금 곤란한 표정으로—.

“일하는 건 싫지만…… 조금 도움이 되고 있다고 생각하니까 힘내고 싶어지네요.”

그러면서 에헤헤 웃었다.

“요컨대 아코, 쉽게 넘어가는 녀석이구나.”

“쉽게 넘어가고 약하네.”

“쉽넘약이네!”

“너무하지 않나요?!”

힘든 시기에도 웃음이 끊이지 않는, 가족 같은 직장입니다.

상회 앨리 캣츠, 간절히 종업원 모집 중!

“……근데, 조금 불안하단 말이지.”

“네? 뭐가요?”

“구체적인 근거는 없지만, 그게…….”

고양이공주 씨 상대로, 그렇게 잘 풀릴까? 이렇게 생각하게 되는 내가 있었다.

그리고 그 불안감은 며칠 뒤에 적중하게 되었다.

공성전을 이틀 뒤로 앞둔 금요일.

대TMW 대동맹『브로큰 스타』의 회합이 열렸다.

◆할아버지 : 잘 와주었다, 제군! 카~앗캇캇!

◆엘피 : 그 기고만장하는 TMW의 코를 납작하게 해주도록 하죠!

오~, 하고 환성이 솟구쳤다.

회의 중앙 부근에 모인 대규모 길드에는 낯익은 이름도 드문드문 있었다.

오, 청소조합도 있네. 너구리 씨도 왔나?

◆루시안 : 그리고 우리도 동료, 인가.

대TMW 대동맹 브로큰 스타, 그 일원으로 인정받은 것이다.

뭐, 소규모 길드답게 구석에 있지만…….

◆바츠 : 핫. 브로큰 스타라ㅋ

발렌슈타인 대표로 혼자서 온 바츠가 꺼림칙한 듯이 내뱉었다.

동맹을 맺는다는 말은 하지 않았으니까 기분이 상했나?

하지만 환영받기는 했고 현실적으로 우리만으로는 이길 수가 없다.

본인도 마음에 들지 않는 건 아닐 텐데…….

◆애플리코트 : 뭔가 생각하는 바가 있는 거냐?

◆바츠 : 내가 할 말은 아니야.

그러더니 문득 어깨를 으쓱했다.

◆바츠 : 뭐, 애플리코트. 실전 때까지는 이길 계산을 세우고 와라…… 정도일까.

◆루시안 : 그거, 무슨 뜻이야?

◆바츠 : 딱히 의미 같은 건 없어. 그러지 않으면 경비가 아깝잖냐ㅋ

바츠는 그러더니 바로 떠나버렸다.

이 이상 회의장에 있을 의미는 없다는 듯이…….

◆애플리코트 : 바츠가 무척 의미심장한 소리를 했군.

회합 뒤 니시무라 가에 모인 우리는 긴급 경영 회의를 진행했다.

◆미캉 : 사부, 이대로 가면 진다고 말하려던 것 같은데요.

◆루시안 : 그런 느낌이었지.

무슨 뜻일까.

뭔가 눈치채지 못한 문제라도 있나?

◆슈바인 : 계산상, 승산은…… 있지 않아?

◆애플리코트 : 아무리 TMW가 크고, 이익을 분배해서 산하를 거느리고 있다 해도 대동맹의 규모는 TMW를 넘어선다.

마스터는 손가락을 굽히는 동작을 보였다.

◆애플리코트 : 원래 전력이라면 힘들었겠지만 발렌슈타인이 가입한 것이 커. 주력으로 문벌귀족, 선봉대는 발렌슈타인, 주변을 파견 동맹으로 굳히는 거다.

◆슈바인 : 절대라고는 할 수 없지만…… 승산은 있어 보이네.

그런데도 바츠는 어째서 그런 말을……?

◆세테 : 분석해보자! 뭔가 가능성이 있을까?

◆애플리코트 : TMW의 전력이 생각한 것보다 크다.

◆슈바인 : 말이 돼? 서버의 플레이어 숫자도 무한은 아니잖아?

TMW가 그 정도의 숫자를 모을 수 있다고는 생각하기 힘들지.

◆애플리코트 : 그럼 반대로, 브로큰 스타의 전력이 상정한 것보다 적다.

◆루시안 : 이름을 봤는데, 이름이 알려진 길드가 몇 군데나 있었어.

너구리 씨의 청소조합처럼 어엿한 성 보유 길드에서도 전력을 내놓았다.

이렇게 다수가 모여있는 데도 상정한 것보다 적다는 건 좀 아닌 것 같은데.

◆애플리코트 : 으으음.

◆세테 : 다른 가능성은 있을까?

◆아코 : 저기…….

아코가 저요, 하고 손을 들었다.

◆아코 : 차라리 양쪽 다, 아닐까요.

◆애플리코트 : 흠?

마스터는 머리 위에 …… 하고 고민하는 마크를 꺼냈다.

◆애플리코트 : 아코, 어째서 그렇게 생각한 거냐?

◆아코 : 이유는 딱히 없지만…… 단지…….

아코는 불안한 듯이 눈썹을 오므렸다.

◆아코 : 고양이공주 씨가 그렇게 간단히 이길 기회를 줄까 싶어서요.

◆루시안 : ……확실히.

선생님의 굉장함은 바로 최근에 맛봤다.

그 사람이 이렇게 간단히 패배 시나리오를 내버려 둘까?

◆애플리코트 : 나도 생각하고는 있었다. 고양이공주 씨가, 아니, 그 검은 마술사가 대TMW 대동맹, 브로큰 스타라는 것을 과연 방치하고 있는 걸까?

그 말로 문득 떠올렸다.

◆루시안 : 애초에 그 사람, 브로큰 스타를 알고 있었잖아.

◆애플리코트 : 그래. 본인이 말했었다.

마스터는 고개를 몇 번 끄덕이고는 생각을 정리하듯이 채팅을 되풀이했다.

◆애플리코트 : ……확실히 그때 말했었지. 바쁘다고.

◆애플리코트 : 그 검은 마술사가, 절충하기 바쁘다고 할 정도의 작업량?

◆애플리코트 : 상회 경영 정도로?

◆애플리코트 : 그리고 시시해 보이던 그 분위기…….

마스터는 거기서 글을 멈추고 벌떡 일어섰다.

◆애플리코트 : ……위험할지도 몰라.

◆루시안 : 그건, 설마…….

◆애플리코트 : 아직 모른다. 확인할 필요가 있겠어.

승리 시나리오가 보인 직후—.

우리의 머리 위에는 또다시 암운이 드리워지고 있었다.

††† ††† †††

◆너구리 사부 : 루시안과 사냥하는 것도 오랜만이다구리. 역시 이제는 튼튼함으로는 지고 있다구리!

◆루시안 : 딜과 교환하는 거니까요. 애초에 종합력으로는 압도적으로 떨어지잖아요.

◆너구리 사부 : 구리구리구리. 뭔가 하나라도 후배가 자신을 넘어서는 것은 즐겁다구리.

그날 밤, 우리는 너구리 씨와 같이 사냥을 하러 왔다.

오늘은 길드 멤버가 총출동해서 공중대륙 지하 2F 탐색이다.

최근에 추가됐기 때문에 경험치도 높고 난이도도 높다.

성속성이 아픈 어려운 던전이라 나만으로는 불안하니까 부탁하기로 했다.

—그런 구실이었다.

◆아코 : MP가 부족해요!

◆세테 : 그럼 잠시 휴식~.

◆너구리 사부 : 힐러 1로는 힘들다구리. 장하다구리.

◆아코 : 감사합니다~.

그렇게 말한 아코가 내 옆으로 이동해서 앉았다.

어디에 앉아있어도 회복량은 변하지 않으니까 그냥 가까이 앉고 싶은 거다.

보통은 신경 쓰지 않는, 아니 당연한 일이지만 너구리 씨 앞이니까 조금 부끄럽다.

◆루시안 : 고양이공주 씨가 있었다면 더 편했을 텐데요.

◆너구리 사부 : 그 사람은 지금 TMW 아닌가구리?

◆애플리코트 : 네, 나가 있죠. 출세한 모양이라 금고지기를 자칭하고 있다더군요.

◆너구리 사부 : 본대는 적 측에 있는데구리ㅋ

너구리 씨가 구리구리 웃었다.

그 모습을 바라보면서 마스터는 힐끔 우리에게 고개를 돌렸다.

알고 있어. 이 이야기를 하기 위해서 부른 거니까.

◆애플리코트 : 그 점을 따지면, 청소조합도 별 차이 없잖습니까.

캐내는 역할인 마스터가 신중하게 말을 골라서 말했다.

◆애플리코트 : 대TMW 대동맹이라고 말하고는 있지만……

실제로는 검은 마술사의 손아귀 안이니.

그런 글이 나왔다.

마치 뭔가 알고 있다는 말투다.

그래도 사실은 추측에 지나지 않는 말.

그러나 너구리 씨는―.

◆너구리 사부 : 뭐, 그건 그렇다구리. 기분 나쁜 방식이지만, 능숙하기는 하다구리.

태연하게 인정했다.

인정하고 말았다.

무심코 전원이 굳어졌다. 나도 물론 굳었다.

우와, 진짜냐~!

바로 길드챗으로 전환했다.

◆루시안 : 역시 검은 마술사 씨의 손이 닿아있었어!

◆슈바인 : 간단하다 싶더라니, 그런 거였구나.

◆아코 : 너구리 씨네 말고도 그런 걸까요?

◆애플리코트 : 그렇게 생각해야겠지.

마스터의 채팅이 조금 늦은 것에서 동요가 느껴졌다.

그야 그렇겠지. 가장 충격을 받은 건 마스터일 테니까.

◆세테 : 잠깐 내탐을 진행해볼게. 우리는 TMW 측이라고 생각하는 것 같으니까, 어떻게든 될 거야.

◆애플리코트 : 부탁한다.

어느 정도까지 손이 뻗어있는가. 그 정보가 반드시 필요하다.

우리가 그런 이야기를 하는 사이에도—.

◆너구리 사부 : 할아버지 씨도 좋은 사람이지만, 역할이 다르다구리…… 문벌귀족도 여러모로 원한을 샀으니까구리…….

너구리 씨가 말을 이었다.

◆애플리코트 : 흐음. 문벌귀족도 역시 대형답게 상당한 어그로를?

◆너구리 사부 : 그란베르그도 많이 벌고 있고, 사냥터 매너도 안 좋다구리. 게다가…….

그러더니 우리에게 미안한 듯이 고개를 숙였다.

◆너구리 사부 : 브로큰 스타 주력 회의라는 비밀 채팅이 있다구리. 거기서 앨리 캣츠를 스파이스 주머니라고 불렀었다구리.

너구리 씨는 분노를 참지 못하고 말했다.

◆너구리 사부 : 동료를 향한 대우라고는 생각할 수 없다구리.

◆루시안 : 그 사람들, 그랬었나요.

뒷담화라니 그야 그런 말을 하는 길드도 있기는 하지만…….

◆슈바인 : 그 녀석들, 이러니까 배신당하지.

◆애플리코트 : 평판이 나쁠 만하군.

우리는 납득했으나 너구리 씨는 역시 불만스럽게 말했다.

◆너구리 사부 : 그래도 이런 방식은 좋아하지 않는다구리.

정말로 좋은 사람이다.

우리가 디스당한 것에 분개해주고 있고, 문벌귀족의 언동은 좋아하지 않아도 배신하고 싶지는 않았던 거다.

그런 복잡한 마음이 무심코 우리에게 본심을 털어놓는 원인이 된 거겠지.

그런 사람에게 거짓말을 하고 묵묵히 있는 건 정말로 거북하다.

◆루시안 : ……말해도 될까?

◆애플리코트 : 음, 사과하자.

좋아, 바로 사과하자.

늦으면 늦을수록 죄가 무거워질 뿐이다.

◆루시안 : 너구리 씨, 실은 사과해야 하는 게 있는데.

◆너구리 사부 : 왜 그러냐구리? 끄는 거냐구리?

◆루시안 : 저희, 검은 마술사 씨랑 한패가 아니거든요.

◆너구리 사부 : 구리이이이이잇?!

◆루시안 : 너구리 씨의 적 측이었어요. 속여서 죄송해요.

◆너구리 사부 : 구리이, 블러프였냐구리…… 제법이다구리…….

◆루시안 : 정말 죄송합니다.

솔직한 너구리 씨에게 파고들어서 미안한 짓을 하고 말았다.

아아, 정말. 죄책감이. 좋지 않은 일은 하는 게 아니야.

◆너구리 사부 : 가, 가능하면 가만히 있어 줬으면 좋겠다구리. 혼난다구리.

◆루시안 : 그건, 네. 누설하지는 않아요.

◆애플리코트 : 약속드리죠.

◆너구리 사부 : 구리~.

거듭거듭 미안하다.

그래도 그런 너구리 씨니까 묻고 싶었다.

◆루시안 : 그런데, 일단 여쭤볼 게 있는데요.

◆너구리 사부 : 구리?

◆루시안 : 만약, 역시 이대로 TMW를 쓰러뜨리자고 하면…… 어쩌실 건데요?

◆너구리 사부 : 마음은 이해하지만…… 길드 사람들에게 미안하다구리.

너구리 씨는 어렵다고 말했다.

게다가—.

◆너구리 사부 : 문벌귀족, 미움받고 있으니까구리…….

◆루시안 : 어그로를 모으고 있는 TMW 이상인가요…….

그렇겠지. TMW는 미움받는다는 분위기가 없으니까.

너무 강하니까 가상의 적이 되고 있을 뿐 정말로 적이 된 건 아니다.

그리고 문벌귀족은…… 아니, 굳이 말하지는 말자.

◆너구리 사부 : 배신하고 싶지 않았지만, 이것도 너구리의 숙명일지도 모른다구리…….

◆루시안 : 아니, 길드의 지시잖아요. 딱히 자기 탓으로 하지 않으셔도 돼요.

이렇게 좋은 사람인 너구리 씨도, 브로큰 스타에 머물 생각은 없는 건가.

◆루시안 : ……어쩌지? 마스터.

◆애플리코트 : 괴로웡.

◆루시안 : 정신 차려, 마스터!

◆아코 : 상처는 깊어요! 실망해주세요!

이건 진짜로 위험하다.

상황도, 마스터의 멘탈도, 외통수 직전이다.

3장

“이렇게 귀여운 나도, 자유로워져도 되지 않을까?”

And you thought there is Never a girl online?

"초! 긴급! 경영 회의를 진행한다!"

일부러 토요일인데도 부실까지 모일 정도의 초긴급 회의다.

그 정도로 긴급하고 위기적인, 외통수 직전의 안건이다.

"먼저 마케팅, 리서치부의 세테. 검은 마술사의 손은 어느 정도까지 뻗어있지?"

"대부분, 일까?"

아키야마의 보고.

"친한 길드 사람한테만 확인해봤는데, 전원이 배신이 전제인 것 같아."

"……그렇다면."

"어느 길드도 전부 배신한다고 봐도 될 거야."

"형해화(形骸化) 정도가 아니네. 적이잖아."

"응. 작전을 세울 여지도 없어."

아키야마가 일어나서 화이트보드를 빙글 회전시켰다.

뒤에 로드스톤, 그란베르그라 적고 동그라미를 쳤다.

"사실은 TMW가 목표였을 텐데, 브로큰 스타를 통째로 배신하게 해서 카운터를 먹이면…… 이렇게 돼."

로드스톤, 그란베르그 양쪽에 TMW의 이름을 적었다.

"제1, 제2 양쪽을 모두 제압한다는 건가. 거의 독재잖아."
"아니, 그게 아니라."
아키야마는 그란베르그의 TMW에 사선을 그었다.
"한번 함락되면 여러 수치가 내려가서 수익이 너덜너덜해지잖아? 그거면 충분하지 않을까?"
"……그렇겠지. 그러면 이제 재기할 수 없을 거다."
마스터는 TMW 글자를 빤히 바라봤다.
"애초에 이번 동맹 자체가 커다란 도박이었다. 그게 곧장 뒤집히고, 거기다 역습까지 당한다면……."
"TMW의 천하는 영원해진다는 거네. 참 재미없는 생각이나 한단 말이야."
세가와가 시시하다는 듯이 말했다.
그 분위기가 왠지 그날의 검은 마술사 씨와 닮아있었다.
"실제로 이 게임이 전국시대인 건 틀림없을 거다. 뭐니 뭐니 해도 제2위 길드가 성에서 쫓겨날 테니 말이지."
단지, 그걸 주도하는 건 톱 길드다.
"마스터, 배신하지 않도록 교섭할 수는 없겠어?"
"해보기는 했다. 개인적인 친교가 있는 길드 마스터에게 TMW보다 좋은 조건을 내놓겠다고 했지."
말한 뒤에 한숨을 쉬는 그 모습을 보니 결과는 뻔해 보였다.
"안 됐, 나."
"그렇게나 배신하고 싶지 않은 거야?"

"그런 분위기는 아니더군. 배신하고 싶지 않은 것도, TMW의 독재를 허용하고 싶은 것도 아닐 거다."

그러나, 하고 오히려 감탄한 듯이 말했다.

"검은 마술사에게는 은혜가 있다더군. 두 사람과 교섭했는데 양쪽 다 그렇게 말했다. 정말이지, 대단한 카리스마야."

"그 사람의 카리스마 무지막지하네."

"이대로 가면 지는 건가요?"

"앨리 캣츠의 천하는 무리일 것 같네."

"큭."

마스터가 괴로운 듯 신음했다.

"그 밖에도 생각은 있었다. 몇 가지 루트를 검토하고는 있었지."

이마에 손을 댄 마스터가 내뱉듯이 말했다.

"그러나 그쪽의 책략대로 진행되면, 이제 TMW는 검은 마술사는 반석이 될 거다. 아무리 올라가려고 해도, 결국 TMW를 넘어설 수단은 없어."

"그럼 우리의 승산은—."

"내 방법으로는, 불가능하겠지."

설마, 그렇게나 현실이 험난할 줄이야.

"수도와 상관없이 톱을 얻을 수는, 없는 거야?"

"이 인원으로는 힘들겠지. 100배는 필요하다."

100배라니, 자릿수가 너무 다르잖아.

"수도 상회는 역시 수입이 크니까."

"그렇다면."

"비행선으로 나르는 교역품을 매매할 때, 생산 아이템을 팔 때, 도시 근처에서 노점을 열 때, 세금을 얻게 되겠지? 그것도 상회에 흘러들어오는 거다."

"그 수입도 매상에 들어가?"

"들어가지는 않지만, 구입에 사용한다면 똑같은 셈이지."

그건 그런가. 마음껏 쓸 수 있는 자금원이니까.

"게다가, 팔게 되었을 때 관세를 내지 않는다는 이점도 있어."

"수도에서 세금이 들지 않는다면, 그야 수입이 크겠네."

다른 길드와 같은 액수로 설정해도 압도적으로 많이 벌 수 있다.

"그러면 수도를 확보한 길드가 톱이 될 수밖에 없잖아."

무리 같은데. 파고들 빈틈이 없다는 게 문제라고…….

"포기, 할까요?"

아코가 조심조심 물어보자 마스터는 아직 거부할 힘이 남아있었다.

"아니, 아직이다. 앨리 캣츠 상회는 충분한 힘을 가졌어. 이 규모를 유지하면 천하를 얻는 건 불가능하지 않을 거다."

마스터는 아직 포기할 때가 아니라며 되풀이했다.

그러나 말은 그렇지만 뭔가 승산이 있는 것처럼 보이지는 않았다.

굳이 따지자면 그저 무언가에서 도망치듯이 말한 것 같다.

으으음…… 좋아. 이상하다고 생각할 때는 물어보자.

“왠지 텐션이 이상한데, 무슨 일 있어? 마스터.”

“음…… 알 수 있는 거냐?”

그야 알 수 있지.

말없이 재촉하자 마스터는 가방을 뒤적뒤적거렸다.

“아니, 그게…… 이건 나의 개인적인 일이지만…….”

그리고는 살며시 책상에 몇 개의 봉투를 놓았다.

“쿄우 선배, 이게 뭐야?”

“사이토 교사에게 받은 『편지』다.”

“편지, 인가요?”

아코가 의아한 듯이 물어보니 마스터는 그중 하나를 보여줬다.

“그래. 반 담임, 교장, 교감, 그리고 학년주임이 손수 쓴 메시지를 보내준 거다.”

“네?!”

“너의 가능성을 더욱 넓혀줬으면 좋겠다. 젊은 열정을 중시하면서도 현실과 절충할 수 있는 능력이 있을 거다. 부탁이니까 진학 신청을…… 등등, 나보다 두 배는 나이 많은 어른들이 진지하게 호소하고 있는, 그런 편지지.”

치사해! 마스터 상대로 인정에 호소하다니!

약점 속성을 핀포인트로 찌르고 있잖아!

"게다가 타카이시 회장도, 말이지. 일부러 나한테 찾아와서는 꼭 같은 대학에 진학하고 싶다고…… 2년간 책상을 함께하는 걸 기대하고 있다고……."

"사이토 선생님의 공작이네…… 그 사람 귀신인가……."

"가차 없네요."

인정사정없는 잔혹 파이트. 이게 교사가 할 일인가.

"그래서 고민하는 거구나, 마스터."

"음…… 다른 이들에게 폐를 끼치고 있는 게 아닌가 싶어서 말이다."

봉투를 모아서 파일에 넣은 뒤—.

"나도 상식을 모르는 건 아니야. 사이토 교사를 위시한 이들이 뭘 걱정하는지는 알고 있다."

그러나, 하고 가슴에 손을 댔다.

"내게는 어느 정도 비범한 재능이 있다. 그건 객관적인 사실일 거다."

"있기야 하겠지."

그 과금액을 직접 벌고 있으니까, 재능이 없을 리가 없다.

사장의 재능인지는 잘 모르겠지만…….

"그러나 이 상황에서 조금 자신감을 잃었다. 어느 정도 비범한 정도로는 사회에서 통하지 않는 게 아닐까."

"그렇지는 않을 것 같은데……."

"그렇다고 해서 책임은 질 수 없으니까요……."

어디까지나 타인의 일이니까.

분명 괜찮을 거야! 무슨 일이 생겨도 책임질 테니까 해! 라고 말할 수 있는 건, 그야말로 상대가 아코일 때 정도다.

"……후우……."

한숨을 내쉰 건 누구였을까.

이건 역시 무리가 아닐까 하는 분위기가 부실을 메웠다.

체념하게 되자 약간 분위기가 느슨해졌다.

"뭐, 무리할 건 없잖아. 원래부터 무모한 조건이었으니까."

"배신하거나 배신당하거나, 귀찮으니까~."

"배신하거나 배신하지 않거나로 하자고요!"

느긋하게 말하는 세가와, 아키야마에 아코.

그러나 마스터만큼은 아직 굳건하게 말했다.

"아니…… 그래도 포기할 수는 없어. 그러면 나는 무엇을 목표로 삼아야 하는 거냐……."

"……응?"

어째서 그렇게 몰려있는 거야? 마스터.

"일단 제대로 대학에 가서 꿈을 좇다가, 상황에 따라서는 역시 가문을 잇는다. 그런 건 안 되는 거야?"

"너다운 우유부단한 인생 플랜이네."

"고도의 유연성이라고 해."

마스터는 내게 고개를 돌렸다.

"아니, 가문을 잇는다는 선택지는 사라졌다."

그러더니 태연하게 말했다.

사라졌어?

어, 사라졌다고?! 사라지는 거야?!

"설마, 집이 망했어?!"

"마스터, 온라인 게임을 너무 많이 해서 의절이라든가!"

"아, 그게 아니야."

살짝 웃으면서.

"자세한 사정을 말하지는 않았었지. 정말로 너희와는 관련이 없는 가정 사정이라서."

마스터는 휴대전화를 꺼내더니 대기화면을 우리에게 보여줬다.

그곳에는 명백하게 이 녀석 장래에는 엄청난 꽃미남이 될 것 같은 잘생긴 아기 사진이.

"실은 저번 주, 내게 동생이 태어나서 말이야."

도…… 동생?!

진짜로 마스터의 동생?!

인터넷에서 주워온 사진이 아니라, 리얼로?!

"그러니 가정에 대한 건 걱정할 것 없어. 핫핫핫."

웃을 때냐고!

동생이 태어났다니 대사건이잖아!

그걸! 처음부터! 말하라고!

"왜 말하지 않았던 거야, 마스터!"

전원의 의문을 대표해서 세가와가 물었다.

"임신, 출산은 여러모로 조심스러우니까. 상황이 진정될 때까지는 알리지 않는 게 스마트하잖나?"

"그럴지도 모르지만!"

세가와는 그래도 알고 싶었어! 라며 솔직하게 말했다.

그 올곧은 눈을 보자 역시 마스터도 고개를 숙이게 되었다.

"숨길 생각이었던 건 아니지만…… 미안하다."

정말로 미안하다고 해야지, 나 원 참.

"그럼 한시라도 빨리 그걸 해야겠네."

"그러게요!"

"장소 정하는 건 나나코, 부탁해."

"너무 거창한 곳보다는 학생다운 곳이 좋겠네."

"뭐냐? 뭘 할 생각이냐?"

그거야 당연한 거잖아!

"지금 당장 축하해야지! 축하 파티를 하자!"

길원의 동생이 태어났다는 대사건, 축하하지 않을 수 없잖아!

††† ††† †††

미즈키나 후타바, 선생님도 부르고 싶었지만 붙잡지를 못했다.

그래서 그냥 평소의 다섯 명이서 가게에 가기로 했다.

"마스터의 동생 탄생, 축하해~!"

건배~!

잔을 짠 부딪쳤다.

축하 파티라고는 해도, 패밀리 레스토랑 책상에서 드링크바 음료수로 건배한 거지만.

괜히 거창한 가게에서 하는 것보다는 신선한지, 마스터는 드링크바에서 크게 들떴다.

"그나저나 동생이라. 왠지 수험생인 것치고는 공부에 전념하지 않는다~ 싶었는데, 그것 때문이었구나."

세가와가 젤라토를 입에 넣으면서 말했다.

"하하하. 아무리 그래도 입시 공부를 할 경황이 아니었지."

"그랬구나. 내 걱정, 쓸데없었어?"

"아니아니, 그렇지는 않아. 공부에 전념하는 건 학생의 의무. 힘을 빼고 있던 내 잘못이다."

"아~아~ 안 들려요~."

의무를 다하지 못한 아코는 안 들려 안 들려 상태다.

"요전에 휴대전화를 계~속 보고 있던 것도 그거였구나."

"그래. 병원에서 연락을 기다리고 있었거든. 침착하지 못한 모습을 보였구나."

과연, 이걸로 수수께끼가 풀렸다.

"그리고 또 하나."

턱을 괴고 있던 세가와가 아키야마에게 시선을 보냈다.

"나나코가 마스터한테 묘하게 무른 게 이상하다 싶었어. 이거 알고 있었지?"

"아, 아하하하하~."

뭐라고?!

"자세히 듣지는 않았지만, 연락은 받았으니까……."

아키야마는 얼버무리듯이 웃었다.

"쿄우 선배가 말하지 않는데 내가 말할 수는 없잖아! 즐거워 보이니까 응원은 하고 있었긴 해도?"

에잇, 이 녀석. 혼자 사정을 알고 있다니 비겁하기는…….

그러나 나쁜 사정이 아니라 좋은 일이라서 안심했다.

"봐라. 이게 내 동생, 세이쥬로다. 어떠냐, 사람으로 보이지 않을 만큼 사랑스럽지!"

"아까도 봤지만, 정말로 귀엽네."

"사진은 또 있다! 이걸 봐라! 내 손가락을! 손가락을 잡고! 놓지를 않더군!"

"귀엽네요~. 동영상으로 보면 더 대단할 것 같아요."

"완전히 브라콘이 됐어……."

자기 자식인가 싶을 정도로 자랑하고 있다.

"이렇게 되니, 겨우 루시안의 심정을 이해할 수 있게 되더군."

"넌지시 사람을 시스콘 취급하지 마."

마스터처럼 나이 차이가 심한 여동생이 아니니까 평범하

다고.

그리고, 조금 늦게 나도 사진을 제대로 보니— 우와, 이 꽃미남은 대체 뭐야.

아니, 꽃유아다.

분명 장래에는 멋있어질 것 같다. 유전자는 잔혹하구나.

"고쇼인 세이쥬로라. 이름까지 멋있네."

"강해 보이네요~. 인술 정도는 여유롭게 쓸 것 같아요."

"발도술 같은 것도 할 것 같네."

"유술이라면 나도 가르쳐줄 수 있는데?"

과연 우리는 세이쥬로를 어떤 방향으로 이끌려고 하는 걸까.

"핫핫핫. 고쇼인 가를 이을 자로서 이름에도 품격이 있어야 하니까."

한참 실랑이를 벌였다며 명랑하게 말했다.

"고쇼인 가를 잇는다라……"

그렇구나. 장남이니까.

우리 같은 집은 상관없지만 마스터처럼 역사 있는 가문은 무시할 수 없을지도 모른다.

"지금까지는 마스터가 뒤를 잇는다는 이야기였는데, 그렇게 흘러간 건가……."

"그러게요. 마스터가 억지로 가문을 이을 생각을 하지 않더라도……."

그래서 진학하지 않아도, 대학에 가지 않아도 된다는 이야기가 나온 건가.

후계자에서 벗어났으니까, 자유로워져서 폭주 중……?

이거, 정말로 축하해도 되는, 건가……?

"……(혹시 지뢰였나?)"

"…………(그런 느낌은 아니었는데요)."

"………………(마스터라면 거짓말을 하지는 않았겠지만…… 확인해볼까)."

눈과 눈으로 대화하고 슬쩍 마스터를 돌아봤다.

"저기, 마스터. 제왕학 같은 걸 배웠지?"

"그래. 후계자로서 필요한 건 얼추 배웠으니까."

"그런데 장남이 태어났다고 해서 이제 됐다니, 너무하지 않아?"

"불합리하네요!"

"그, 그런가?"

"그야 뭐, 자기가 회사를 일으켜보자는 기분도 들겠지. 마스터는 나쁘지 않아!"

나는 커버해줄 생각으로 한 말이었지만 마스터는 어딘가 거북한 듯이 뺨을 긁적였다.

"아아, 음…… 세이쥬로는 이유 중 하나이기는 하지만……."

"하나?"

"그것만이 아닌 거야?"

"아니, 그게 말이지."

사진을 다시 몇 장 표시하고 그걸 보여줬다.

"세이쥬로, 귀엽지?"

"네, 무척이나!"

그게 마스터랑 어떻게 이어지는데?

"나는 말이지. 이런 세이쥬로에게 무거운 짐을 맡기고 싶지 않은 거다."

마스터는 진심으로 괴로운 듯 휴대전화 화면을 어루만졌다.

"누구도 세이쥬로의 인생을 속박해서는 안 돼. 가문을 잇기를 바란다면야 그래도 상관없겠지. 하지만 그게 아니라면, 그 날개는 자유롭게 날갯짓해야 해."

그, 그러십니까.

동생을 사랑하시네요.

"마스터…… 동생이 이어야 한다든가, 자기가 이어야 한다든가, 그런 거 없어?"

세가와가 조심조심 물었다.

"세이쥬로의 뜻대로 하면 되겠지."

"그럼 마스터가 자유롭지 않잖아!"

옆자리를 조심하면서 그럼에도 세가와는 거칠게 외쳤다.

그래. 무슨 예비처럼 그렇게 가만히 있을 셈이야?!

그런 인생은 너무하잖아!

무심코 화를 내려던 내게 마스터는 어딘가 한심한 표정으로 말했다.

"그게 문제라서 말이지……."

살며시 사진을 손가락으로 매만졌다.

"이렇게 귀여운 세이쥬로는, 꼭 자유로워지기를 바라거든."

"그건 이해해."

누나다운 마음 씀씀이, 근사하다고 생각합니다.

"그렇다면."

이번에는 자기 얼굴을 손가락으로 가리키더니—.

"이렇게 귀여운 나도, 자유로워져도 되지 않을까?"

"……뭐?"

"이렇게 귀여운 나도, 자유로워져도 되지 않을까?"

두 번 말했다!

게다가 이 사람, 엄청 진지한 얼굴로 말했어!

"푸흡케흑어흑!"

아아앗! 세가와가 숨이 막혔어! 괜찮아!

"그런 발상은 없었어요…… 자신이 안타까워진 건가요……."

"쿄우 선배. 머리가 너무 좋아서 가끔은 영문 모를 생각을 하네……."

"하지만 그렇잖나! 귀엽고도 귀여운 동생을 속박하고 싶지는 않아! 그렇다면, 근사하고 근사한 쿄우도 속박당할 필요는 없다고!"

자기 입으로 쿄우라고 말하고 있고!

"확실히 쿄우도 자유로워져도 되긴 하겠지만요!"

“설마 그렇게까지 의식이 변했을 줄은 몰랐어 쿄우!”
“아아, 정말. 정말 유감스러운 미녀라니까 쿄우!”
“선배인데 정말 사랑스럽네, 쿄우.”
“……내가 말해놓고서 좀 그렇지만, 쑥스럽군.”
얼굴이 새빨개서 귀여워 쿄우!
“그게 진짜 이유였나…… 대체 뭔지…….”
“영문 모를 각성이네.”
“쿄우 선배. 이런 조금 어린애 같은 구석, 있긴 해.”
온라인 게임에서 개안하기도 했으니까.
친구는 골라서 사귀라는 말을 얌전히 따르다가 온라인 게임에서 이것저것 알게 되어 자유로워지기도 했고.
그걸 생각하면 이상하지는 않나.
“나는 틀림없이, 그런 단계는 벌써 지나서 각오하고 가문을 잇는 거라고 생각했었는데.”
“나도 틀림없이 정리한 줄 알았어.”
“마스터, 외모랑 달리 어린애 같으니까요.”
“부분적으로는 아코가 더 어른일지도 몰라~.”
“에에잇, 본인 앞에서 너무 제멋대로 말하는구나.”
“………….”
불만스러워하는 마스터와, 왠지 부러운 표정으로 이쪽을 바라보는 아키야마.
어, 뭐야, 아코랑 둘이서 마구마구 험담을 들은 마스터가 부러웠다거나, 그런 거야? 설마 그런 초M 같은 말을 하지는 않겠지?

"그래도 상관없잖아. 자유로워져서 진짜 꿈을 노릴 수 있게 된 거 아냐?"

"그러게. 마스터가 겨우 노릴 수 있게 된, 진짜 꿈이니까."

"마스터의 진짜 꿈이니까요!"

다들 등을 밀어주자, 마스터는—.

"으, 음…… 그래. 노력해야지……."

어라~?

이 사람, 별로 기뻐 보이지 않는데?

왠지 죄책감이 있달까, 켕기는 마음이 있달까.

까놓고 말해서 거짓말하는 얼굴이다.

그러고 보니 마스터는 목표라고는 몇 번씩 말해왔지만 꿈이라고는 한마디도 하지 않았었다.

문득 고양이공주 씨가 떠올랐다.

『그게 정말로 고쇼인의 꿈이라면, 선생님도 응원해줬을 거야.』

묻는다면 지금밖에 없다, 그런 느낌이 들었다.

"일단 물어보겠는데."

"왜 그러나?"

심호흡하고, 물었다.

"마스터의 꿈은, 사장이 맞아?"

"……무슨 소리냐? 루시안."

“자신의 힘을 시험해보고 싶다는 건 사실이고, 마스터의 목표이기도 하겠지만.”

가급적 가볍게 들리도록 태연하게 말해봤다.

“그게 정말로 마스터의 꿈이야?”

“…………”

무언의 시간이 생겨났다.

마스터는 물론이다, 라고 말하지 않았다.

“무슨 소리야? 어째서 그런 걸 묻는 거야? 니시무라.”

“실은 사이토 선생님이…… 어어, 뭐였더라? 아코.”

“드릴을 머리에 붙이는 이야기 아니었나요?”

“아아, 그래그래. 아니, 그게 아니라.”

기계 장비는 안 할 거니까. 버그 내지 말라고.

“드릴을 사는 사람은 구멍을 원한다는, 그런 이야기를 하셨었거든.”

“『드릴을 사러 온 사람이 원하는 것은 드릴이 아니라 구멍이다』…… 시어도어 레빗 씨의 명언이군.”

역시 마스터, 아는 것 같다.

“드릴이 어쨌다는 거야? 내 드릴로 하늘을 뚫으면 되는 거야?”

“그게 아니다.”

쓴웃음을 지은 마스터가 오랜만에 해설을 맡았다.

“상품을 원하는 사람은 반드시 상품 자체를 원하는 게 아니야. 상품에 따라 얻어지는 결과를 원하는 경우가 있지. 그걸 잊어버리면 언젠가 쇠퇴를 면할 수 없다. 그런 이론인 거다."

"조금 더 구체적으로 부탁드려요."

"으음."

잠시 고민한 뒤.

"예를 들어 FPS로 따지면, RPG를 원하는 사람은 전차를 부수고 싶을 뿐이다. 폭격 지원이 있다면 필요 없어질지도 모르지. 그런 개념인데."

"과연 그렇군요!"

FPS뇌 아코는 바로 이해해버렸다.

"고양이공주 선생님, 왜 그런 말을 한 걸까?"

"마스터는 회사를 만들어서 일본의 천하를 거머쥐겠다고 했지만…… 선생님은, 그게 진짜 꿈이라고는 생각할 수 없댔어."

거기서 드릴 이야기를 했다는 건—.

"회사를 만드는 걸 통해서 본래의, 다른 꿈으로 향하고 있다. 선생님은 그렇게 생각하시는 걸지도."

"……정말이야? 쿄우 선배."

"……으으음."

천천히 수긍했다.

"혜안이라고 해야 할까. 역시 사이토 교사로군."

역시나. 일본의 천하를 거머쥐는 건 마스터의 꿈이 아니었나.

그렇다면…….

"다른 꿈이 있다는 거?"
"음. 맞다."
"왜 말하지 않는 거야. 무슨 꿈인데? 회사가 성공하면 안 돼?"
"그런 건 아니지만…… 그게……."
어울리지 않게 말을 흐린 뒤.
"무슨 말을 해도 환멸하지 않을 거냐? 어이없다고 화내지도 않을 거고?"
"그럴 리가 없잖아."
"없어 없어."
왜 꿈을 듣고 환멸해야 하는 건데.
"내 꿈은……."
정말로 얼굴을 붉힌 마스터가 조그맣게 말했다.
"지금이 계속 이어지는…… 거다."
"……뭐?"
"무슨 소리야?"
이해가 갈 듯도 하고, 말 듯도 하고…….
"시간을 멈추고 싶다거나, 그런 특수 능력 이야기는 아니지?"
"물론 아니다."
그게 아니라는 전제를 두고—.
"이렇게 동료와 모여서 바보처럼 소란을 부리고, 같은 목표를 향해 노력하고, 때로는 실패하고, 때로는 성공하고……

그런 나날을 계속 이어가고 싶다는…… 그런 의미다."

과연, 그거라면 이해한다.

"어른이 되고 싶지 않아."

"어린애로 있고 싶어."

"언제나 키즈."

"좋아하는 온라인 게임에 둘러싸여서~."

아코와 둘이서 옛날 명곡을 열창했다.

"거기 둘, 그만두지 못하겠나."

안 돼?

낡긴 했지만 명곡인데?

"그래서, 마스터는 왜 부끄럽다고 생각했어? 딱히 상관없잖아."

"모두에게는 어엿한 꿈이 있지 않나? 슈바인은 최첨단 VR 기술자가 되는 것이고, 세테는 반대로 예로부터 이어져 온 기술을 전수해주고 싶다고 했지."

"두 사람은 어엿하지만 나는 아무것도 없잖아."

"루시안과 아코는 행복한 가정을 꾸린다는, 누구보다도 근사한 꿈이 있지 않나."

"어째서 알고 있는 거야~!"

"데헷."

"지금 데헷낼름 했구나! 너냐, 아코! 네가 말한 거냐!"

다른 사람들한텐 말하지 말라고 했는데!

"그런 꿈과 비교하면 나는, 아무런 발전성도 없어. 그저 현재에 얽매인 어리석은 소망이다."

그렇게까지 말할 건 없잖아.

우리보다 훨씬 멀쩡하다고.

"언제나 이대로 있고 싶다는 건, 무엇보다도 현실성 없는 꿈일지도."

아키야마는 결코 바보 취급하는 말투가 아니라, 마치 마스터의 마음을 대변하듯이 말했다.

"그래도, 그게 꿈이었던 거지?"

"그래. 바라게 된 거다. 이런 나날을 잃고 싶지 않다고…… 너희를 잃는 게 무서웠다. 언제나 영원히 함께 있고 싶었지. 그게 내 꿈이었다."

"약간 얀데레 느낌이 되었네요."

"자각은 있다."

"있는 건가요?!"

얀데레 마스터라니 감금 현장이 속출할 것 같아서 진짜로 무섭다고.

그리고 감금되어도 기분 좋게 온라인 게임을 하는 아코가 상상돼서 그것도 무섭다.

"그런 어리석은 나이기에, 생각하고 만 거다. 모두가 계속 있을 수 있는 곳을 내가 만들면 되지 않을까 하고……."

"그래서 회사를 세운다고……."

"그래."

마스터는 자신의 죄를 털어놓듯이, 안타까운 목소리로 말했다.

"사이토 교사의 말이 옳아. 나는 그저, 자신의 힘을 시험해보고 싶다는 말을 구실 삼아서 모두와 함께 있을 수 있는 곳을 만들고 싶었을 뿐이니까."

마스터는 고개를 숙이며 조그맣게 말했다.

"웃어도, 상관없어."

"……."

"…………."

우리는 마스터의 진지한 말을 진지하게 받아들였다.

도저히 웃을 수가 없었다. 그런 요소는 없었다.

"……풉!"

아니, 세가와가 웃었잖아!

"잠깐, 너. 진짜로 여기서 웃는 거야?!"

"그치만! 저렇게 진지하게, 친구랑 계속 있을 수 있을지 불안하다든가, 있을 곳을 만들어야겠다고 말하니까!"

세가와는 마스터의 뺨을 쭈욱 꼬집었다.

"므어냐, 슈브아인?!"

"저기 말이야. 오히려 생각이 물러터졌어. 떨어지는 게 불안? 무섭다? 반대잖아."

손을 탁 놓고는—.

"이 질긴 인연에서, 이제 와서 도망칠 수 있을 줄 알았어? 아무리 싫다고 해도 죽을 때까지 따라다닐 거야. 그쪽을 걱정해야지."

"……슈바인."

"싫다, 꽃미남."

"반할 것 같아요."

"아카네 멋있어~."

"장난치지 말라고!"

미안미안.

지당한 이야기야. 세가와의 말이 옳아.

"그렇다니까. 여기까지 와서 어딘가에서 이별이라니, 그럴 리가 없잖아. 평범한 부활동 동료와는 다르다고?"

"아니, 라니…… 뭐가 말이냐?"

"우리는 길원이잖아?"

인터넷의 관계는 현실보다는 얕다. 얼굴을 마주하지 않고, 마음의 거리는 가까워지지 않는다.

그렇게 말하는 기분도 이해한다. 부정할 생각은 없다.

그러나 현실의 연결보다 명확하게 강한 점도 있다.

"이런 말을 하는 건 이상할지도 모르지만…… 온라인 게임의 연결은, 서로가 바라는 한 영원히 끊어지지 않는 인연이라고 생각해."

"서로가 바라는 한…… 영원히?"

“그야 학교가 바빠지고, 일이 힘들고, 매일매일 쫓기며 살더라도. 그래도 그저 로그인만 하면 거기서 만날 수 있잖아?”

현실에서는 만나기 위한 시간을 만들지 못하더라도 그저 컴퓨터 앞에 앉으면, 휴대폰 화면만 보면 거기서 언제나 만날 수 있다.

그게 온라인 게임의 연결이다.

사람에 따라서는 얄팍하다고 말할지도 모른다.

그러나, 결코 그것뿐인 건 아니다.

“설령 아무리 나이를 먹어도, 어떻게 변하더라도, 나는 모두와 만나기 위해 로그인할 거야. 모두가 그렇게 생각한다면, 언제나 함께라고.”

얄팍하지만 그래서 더 끊어지지 않는 인연이 있다고, 나는 생각한다.

“그러게요. 언제나 만날 수 있는 게 온라인 게임의 좋은 점이니까요.”

“나도 온라인 게임은 계속할 거야.”

“……그런, 건가.”

마스터는 우리를 가만히 돌아봤다.

“정말로 언제나, 나를 만나러 와줄 거냐.”

“당연하지.”

“그럼요.”

“있을 곳이 없더라도, 내게 가치가 없어지더라도, 영원히 나와 어울려주는 거냐."

"물론이지."

"앞으로도 잘 부탁해!"

"…………."

마스터는 이쪽을 바라본 채 움직임을 멈췄다.

어어…… 어라? 왜 그래? 뭔가 이상한 말 했나?

"왜, 왜 그래? 마스터. 괜찮아?"

조심조심 묻자, 갑자기 마스터의 눈에서 눈물이 확 쏟아졌다.

"너희가…… 너희가 내 날개다아아아아아!"

우와아아아! 울잖아!

"날개인지 뭔지는 모르겠지만! 진정해 마스터!"

"우, 울지 마세요~!"

"누가 가슴 좀 빌려줘! 아카네!"

"빌려줄 정도는 아니라고! 장난쳐?!"

마스터가 오열한다는 설마 하던 사태가 벌어지자 우리는 대혼란에 빠졌다.

아아, 손수건도 없잖아!

"티슈, 티슈라면 있으니까! 자!"

"괘, 괜찮다. 미안하다."

마스터는 그러면서 티슈를 받아 눈가를 닦았다.

"그래…… 그저 내가 모두를 믿지 못했을 뿐인가……."

"뭐, 마스터는 혼자만 학년이 다르니까. 그렇게 불안해지는 마음은 이해해."

"루시안과 같은 반이 아니었을 때, 저도 무서웠어요."

게임에서는 느끼지 못했던 소외감이 현실에서 이어진 것으로 생겨나고 말았다.

그렇게 싹튼 불안감이 점점 커지다가, 동생이 탄생한 쇼크로 폭발해서— 어느새 회사를 세워서 모두를 끌어들이자는 결론에 이른 거겠지.

그럴 수 있다, 아니 그렇게 하고 싶다고 생각하는 부분이 마스터의 파워겠지만…….

"그나저나 마스터. 어른이 되어도 함께하고 싶다면, 대학을 졸업하고 나서 회사를 만들어도 됐잖아."

"무슨 소리냐. 그래서는 늦어. 내가 졸업하고 나서는 너희의 취직에 맞추지 못하잖나."

"그럼 재학 중에는 어때, 여대생 사장!"

"면학과 병행해서 사장 일을 하기는 힘들겠지. 아무리 나라도 한계가 있다."

"……그래서 졸업 후 바로 한다고 했던 건가."

"2~3년 있으면 궤도에 오를 것 같았으니까……."

쓸데없는 생각만 진지하게 한다니까!

"하아…… 왠지 안심했어."

"나도 그렇다. 미안하구나. 소란을 부려서."

"쿄우 선배, 초조했구나~."
"음. 졸업이 다가오니까 아무래도."
"졸업해도 함께할 테니까요. 마스터!"
"그렇게 말해준다면, 처음부터 말할 걸 그랬군."
마스터는 조금 쑥스러워하며 중얼거렸다.
"마스터, 그럼 그냥 대학에 가도 되지 않아? 초조해할 것 없잖아?"
"……그럴지도 모르지."
마스터는 세가와의 말을 듣고는 쑥스러움을 감추듯 컵 안의 얼음을 빨대로 찔렀다.
"무슨 일이 있더라도, 모두가 나와 함께 있을 거라고, 떨어지지 않는다고 말해준다면—."
얼음이 땡그랑 깨졌다.
그 소리의 잔향이 사라질 무렵, 마스터가 천천히 다음 말을 입에 담았다.
"같은 학교를 다니고, 같은 서클에 들어가고, 같은 강의를 받는…… 그런 생활을 하고 싶다."
마스터는 아래를 보고 어린애처럼 컵을 찌르면서 빨간 얼굴로 말했다.
"실은 모두와 함께 강의를 듣는 것을 계속 동경해왔거든."
거기까지 말하자, 부끄러움이 한도를 넘었는지 마스터는 양손으로 얼굴을 누르고 말았다.

그런 그녀를 보고 우리는 무심코 얼굴을 마주 본 뒤—.

"……저기, 아코."

"……그러게요, 루시안."

"……그렇지? 아키야마."

"……응. 틀림없어."

우리는 입을 모아 말했다.

귀~여~워~!

"뭐가 말이냐?!"

"마스터가 왠지 귀여워! 후배 같아!"

"저희한테 뭔가 조르는 마스터라니, 신선해요!"

"귀엽네~, 쿄우!"

"그만두지 못할까!"

새빨개진 마스터가 얼굴을 더 한껏 가렸다.

싫다~, 더더욱 귀엽네.

"아, 그러고 보니 말하지 않았었는데. 아코도 지망 학교, 나랑 같은 데로 하기로 했어."

"했어요!"

선생님에게 설득당해서 제대로 진학할 곳을 적었다.

"정말로 모두와 같은 학교, 갈 수 있을지도."

"기대되네요."

우리는 그렇게 태평하게 말했지만—.

"나 지금, 말도 안 되는 소리를 들은 것 같은데…… 아코,

너 죽을 셈이야?!"

"에에엑?!"

"아코의 말도 안 되는 진로를 듣고만 아카네는 SAN치 체크합니다. 성공하면 1d10, 실패하면 1d100 감소입니다."

"감소 크지 않나요?!"

"뭐, 그런 리액션이 나오겠지!"

응, 이해한다. 제정신을 의심하겠지.

나도 죽을 각오를 하고 정한 진로니까!

"그래도 잘 풀리면 최고잖아. 뭐, 노력해보면 괜찮지 않을까 해서."

"그게 이루어진다면, 그보다 기쁜 일은 없겠군."

"어쩔 수 없네…… 그럼 모두 함께 같은 대학, 갈까?"

"가버릴까!"

아니, 아키야마는 다른 대학이잖아!

여학교로 간다면서!

"……그러면, 이제 공성전 같은 것에 얽히지 않아도 되지 않아?"

"딱히 의미가 없으니까."

결과는 변하지 않으니 딱히 할 필요는 없지.

"선생님이 의기양양하게 웃으면서 끝나는 것도 마음에 안 들긴 한데."

"그건 틀림없지."

뛰어넘어봐라냐! 라고 말했으니까. 가능하면 다시 보게 해 주고 싶다.

"그래도 이대로 가면 무리잖아요. 스파이스 만드는 것도 괴롭고요. 로그인하는 게 조금 싫어지고 있어요."

"그러게. 로그인할 때 조금 우울할지도."

"그거 이해해. 오랜만에 온라인 게임을 하고 싶지 않다는 생각이……."

응?

내가 로그인하고 싶지 않다고 말하는 건, 뭐 이해할 수 있다. 세가와도 일단 이해할 수 있다.

그런데 아코가, 로그인하고 싶지 않다고 했어?

"뭣, 너. 가짜냐!"

"어째서인가요?!"

"생산을 좋아하는 아코가, 온라인 게임을 하고 싶지 않다고 했잖아?!"

"그치마아아아안! 저도 질렸다고요!"

아코가 질렸다니!

온라인 게임에 질렸다고 말했어!

"행복한 부부 생활을 위해서라지만, 지금이 너무 괴로운 건 무리에요!"

아코는 내 팔에 매달려서 말했다.

"계속 의무처럼 게임을 하고, 필사적으로 작업하는 거, 지쳤어요! 좀 더 재미있고 즐거운 걸 하고 싶어요!"

"엄청 동의."

"크으, 이해해."

나도 세가와도 즉시 동의할 만큼 같은 마음이었다.

그야 그렇지. 매일매일 잡초를 클릭, 물을 주고 비료를 주고 수확하고.

우리는 RPG를 하고 싶단 말이야! 농장 경영 시뮬레이션은 따로 할 테니까! 이런 마음이다.

"우리는 물론이고, 내성이 있는 아코도 한계. 이제 끝이네."

"이제 와서 다른 작물을 만들어도 더더욱 괴로울 뿐이야."

어느 의미로 앨리 캣츠에도 가동 한계가 온 건가.

고양이공주 씨도 우리를 질리기 쉽다고 했었는데 똑같은 것만 하고 있으면 당연히 질린다.

그 안에서 나라면 탱커를 하고 아코라면 세세한 가사 스킬을 하면서 이어가는 것이 온라인 게임이다.

무리인 건 무리다.

결국, 여기가 우리의 성장 곡선 제일 위.

이 지점에서 톱에 서지 못한다면 우리는 천하를 거머쥘 수 없다. 그런 뜻이다.

"……그런가."

문득, 마스터가 혼잣말처럼 중얼거렸다.

"그런 생각도 있었군. 내게는 없는 발상이야."

점점 마스터의 눈에 빛이 돌아왔다.

"누구나 목표를 위해 노력할 수 있는 게 아니다. 부과된 역할에 보람을 느끼는 게 아니다. 그래. 다들 즐거운 일을 하고 싶을 거다."

중얼거리는 사이에 점점 말에 확신이 담기기 시작했다.

이건, 이 느낌은—.

"마스터, 혹시."

"쿄우 선배, 새로운 작전?"

두근두근 바라보던 우리에게 강하게 끄덕인 마스터가 말했다.

"져도 상관없다면, 마지막 도박 같은 방법이 있다."

"생각난 건가!"

"할 수 있는 게 있다면 당연히 해야지."

"고양이공주 씨에게 냐앗~ 하고 말하게 해줘요!"

"응, 지기만 하다가 끝날 수는 없잖아."

"……다들 그렇게 생각하나."

마스터가 도전적으로 웃었다.

그래. 우리는 이 얼굴을 기다렸다고.

"말해두지만, 승산은 없다. 앞으로 곤란해질 가능성도 있지. 게다가 패배하는 싸움이다. 그래도 상관없나?"

"그럼, 대표로 일단 물어보겠는데……."

마스터에게 묻고 싶은 건 하나뿐이다.

“그 플랜이라면, 재미있을 것 같아?”

내 질문에 마스터는 최고의 웃음으로 답했다.

“최고로 불타오르는 시간을 약속하마.”

“……오케이.”

그럼 문제없다.

지금을 이어간다면 지금이 즐겁지 않으면 거짓말이 되니까.

“좋았어. 다들 해보자!”

우리는 오~! 하고, 가게 안에 퍼지지 않는 작은 목소리로 말했다.

이판사판이 될 때 강한 것이 우리다.

우리의 저력을 지켜보라고. 고양이공주 씨!

††† ††† †††

드디어 찾아온 일요일, 결전의 날.

대TMW 대동맹『브로큰 스타』는 집합 장소인 그란베르그 마을에 모였다.

각 길드에서 파견된 부대, 우리처럼 길드가 통째로 온 부대.

그리고 주력인 문벌귀족 사람들이 모였다.

◆할아버지 : 이렇게나 많은 길드, 많은 플레이어가 모여준 것, 무척 기쁘게 생각한다. 반드시 TMW의 독재를 타파한다! 그게 우리의 사명이니라!

전원 앞에서 연설하는 할아버지 씨와는 상관없이, 이곳저곳에서 채팅이 날아다녔다.

◆재블린 : 저거 발렌슈타인? 진짜로 왔어?

◆이가스 : 바츠 씨, 이야기해보면 좋은 사람이에요.

◆너구리 사부 : 전원, 준비는 됐나구리? 지금부터 청소조합 파견 부대, 성 청소에 들어간다구리!

◆그로넨코 : 스파이스 주머니 진짜로 왔잖아.

◆청순 여우소녀☆사쿠라☆ : 스파이스 주머니, 용병 일까지ㅋ

◆엘피 : 뭐, 전력이 된다면 상관없지 않습니까.

그중에는 문벌귀족으로 보이는 플레이어도 섞여 있었다.

우와, 진짜로 우리를 스파이스 주머니라고 부르고 있어?

할아버지 씨 본인은 재미있는 사람이라고 생각하지만…….

◆슈바인 : 울컥☆

◆세테 : 스파이스 주머니라니 너무해~.

◆미캉 : 절대 용서못함.

◆아코 : 스파이스 주머니가 되기 위해 얼마나 고생했다고 생각하는 건가요!

아코는 분노의 방향이 이상해!

응, 모두가 화내는 마음은 잘 안다.

그러나 상황을 생각하면 조금 다른 견해도 있거든.

◆루시안 : 지금부터 우리가 할 일을 생각하면, 저 정도의 험담은 오히려 부족한 기분이 들어.

◆애플리코트 : 핫핫핫. 그렇지. 그들에게 스파이스 주머니의 무서움을 맛보여줄 뿐이다.

마스터가 즐겁게 말했다.

그 뒤에서 마스터는 이곳저곳에 채팅을 나누고 있을 거다.

이럴 때 열심히 하는 모습이 보이지 않는 건 왠지 답답하다.

저번 공성전과 달리, 이번에는 집에서 참가한다.

심야까지 할 일이 있으니까 어쩔 수 없지만…… 역시 옆에 모두가 없으면 왠지 불안한 마음이 든단 말이지.

◆바츠 : 오, 상태는 어때? 스파이스 주머니.

◆루시안 : 나의 모든 것을 걸고 뭉개버린다, 너.

◆바츠 : 해보라고, 어떻게 뭉개버릴 건데? 응?

◆루시안 : 미캉에게 엄청 귀여운 복장을 입히고, 너한테만 안 보여줄 거야.

◆바츠 : 수수하지만 짜증나잖아ㅋㅋㅋ

이 자식 뭘 웃고 있는 거야. 우리 후배는 네가 생각하는 것보다 여덟 배는 더 귀엽다고.

◆미캉 : 선배, 뭐 입을까요?

◆루시안 : 농담이니까 분위기 타지 마.

바츠는 애초에 누가 상대라도 이런 식이니까.

◆바츠 : 그래서, 이쪽은 진심으로 할 생각으로 준비했다고. 받은 이그물은 전부 쓸 거니까.

◆애플리코트 : 음, 오히려 남기면 용서하지 않을 거다.

◆바츠 : 넌 변함이 없구만ㅋ

우리가 채팅을 치는 사이에도, 너구리 씨나 재블린 씨가 우리에게 시선을 보냈다. 응, 일단 예정대로 진행하려는 것 같다.

◆할아버지 : 그럼 지금부터 각 길드에 동맹 초대를 보내겠다! 아군 공격 방지를 위해 모든 길드가 가입하도록! 부탁하마!

▶【문벌귀족】과 동맹을 맺었습니다.◀

시스템 메시지가 흘렀다.

이걸로 우리는 정식으로 브로큰 스타의 일원이 되었다.

◆애플리코트 : 전에 동맹을 맺었던 건 고양이공주 친위대였던가.

그 길드도 해체됐으니까, 현재 유일한 동맹이 된다.

◆루시안 : 슈슈의 길드와도 맺지 않았으니까.

◆슈바인 : 어라? 그러고 보니 오늘 여동생은?

◆루시안 : 어? 부실에 있지 않을까?

◆슈바인 : 부르라고, 전력이잖아.

◆루시안 : 아니, 그 녀석 대인전의 대 자도 모른다고.

애초에 근본적으로—.

◆루시안 : 오빠로서, GvG 같은 야만스러운 짓에 끌어들이고 싶지 않아!

◆슈바인 : 걔는 벌써 해적이잖아.

◆루시안 : 시끄러워! 그건 젊은 혈기 때문이라고!

곧바로 파란 네임으로 돌아왔거든! 해적을 하던 것도 한 때거든!

지금도 위키 해적 일람에 적혀있지만 오빠는 믿고 있어!

◆애플리코트 : 그래! 오빠로서 여동생을 지키는 건 당연한 거다.

◆슈바인 : 그렇지, 마스터!

◆슈바인 : 아아, 진짜. 이 시스콘 브라콘 동맹.

마스터와 새로운 동맹을 맺으면서 개전 시간을 기다렸다.

◆루시안 : 자, 그럼…….

◆애플리코트 : 결전의 시간, 이로군.

▶지금부터 공성전을 시작합니다.◀

운명을 가르는 공성전이 시작됐다.

그렇긴 하지만, 이번에 우리는 주전력이 아니라 후방지원.

싸우러 나가는 전투반을 지원하고 아이템을 나눠주고, 게이트를 열어서 보내주는 게 일이다.

◆아코 : 게이트, 로드스톤 성 근처로 해놨어요~.

◆엘피 : 프리 씨, 새크러만 걸어줘요!

◆아코 : 아, 네!

지원의 진가를 발휘해야 하니까, 아코는 꽤 바빠 보인다.

아니 뭐, 평범하게 생각하면 전장에 있는 힐러보다는 훨씬 편하다고?

어디까지나 아코 기준으로 하는 말이다. 응.

게다가 이쪽도 이쪽대로 편하지는 않다.

◆루시안 : 요리 아직 있습니다~! 팔면 다른 사람이 살 수 있으니까, 즉시 거래 부탁합니다~.

◆세테 : 5성 요리, 게임 안에서 최대 버프가 걸립니다~! 강한 사람만 가지러 와줘~.

◆오이와이 : 수리 OK에요.

◆슈바인 : 포션 소비 생각보다 많은데. 재고 있냐?

이곳저곳에서 전투 준비가 진행됐다.

이런 대규모 길드 후방 지원은 처음이지만 이거 의외로 즐겁네.

자신의 지원으로 모두가 싸울 수 있다는 느낌, 나쁘지 않다.

자, 그럼. 동맹 채팅으로 보이는 전황은 어떨까?

◆할아버지 : 밀어내지 못하는 게냐. 성에 도착하지도 못하고 있지 않느냐.

◆너구리 사부 : 우리가 이기고는 있다구리. 단지 저쪽의 증원이 빠르다구리.

◆재블린 : 이기고 있다고 해도, 저쪽은 방어 전력을 남기고 있으니까…….

좀처럼 돌파하지 못하고 있는지, 꽤 엉망진창인 것 같다.

◆바츠 : 이봐~, 요리 줘~.

◆루시안 : 아직 효과 남아있잖아.

◆바츠 : 예비예비. 조금은 상관없잖냐.

오, 바츠가 돌아왔다.

돌아온 주력에게 할아버지 씨가 위압하듯이 말을 던졌다.

◆할아버지 : 발렌슈타인, 전황은 어떠냐?

◆바츠 : 이거~, 못 이기겠는데ㅋ

◆할아버지 : 끄으응. 그대들도 안 되는 게냐.

◆바츠 : 무리인 건 무리라고. 너희도 알잖냐.

◆할아버지 : 크으, 나의 완벽한 적전이……!

할아버지 씨가 분한 듯이 말했다. 아니, 저기, 왠지 미안하네?

◆엘피 : 의지하던 최강 길드도 이 정도인가.

◆청순 여우 소녀 ☆사쿠라☆ : 뭐가 최강?

◆그로넨코 : 역시 그냥 소문이겠지. 다섯 명이서 100명을 죽인다니 말도 안 되잖아.

◆바츠 : 미안미안ㅋ

◆루시안 : 바츠…….

바츠의 연기가 너무 허접해서 웃었다. 아니, 웃지는 않았다.

이 엉망진창 같은 느낌도 필요하긴 하지만 아무리 그래도 너무 지나치잖아!

◆할아버지 : 틀렸어. 전력이 부족해. 어중간하게 쳐들어가 봤자 어쩔 수 없지 않느냐!

오, 브로큰 스타 본부가 움직이는 건가?

◆할아버지 : 이렇게 되면 주전력으로 공격할 수밖에 없겠지. 지원하는 길드도 가자!

◆루시안 : 어, 우리는 지원뿐이었던 게.

◆할아버지 : 성을 얻은 적도 있지 않더냐! 비행선으로도 이름을 떨친 무투파 길드, 썩혀둘 여유는 없지! 어쩔 수 없어!

그럼 처음부터 말하라고. 싸울 생각이 없었으니까 준비 안 했단 말이야.

……그런 일은, 물론 없지만.

◆애플리코트 : 이것도 포함해서 예정대로다.

◆루시안 : 그러게. 좋은 건지 나쁜 건지.

문벌귀족이 이런 길드니까, 이런 꼴이 났다고 할 수 있겠지.

◆애플리코트 : 그럼 우리는.

◆아코 : 다녀오겠습니다~.

◆할아버지 : 낭보를 기대하고 있으마! 자, 전군! 저 녀석들의 성으로 돌격하자!

지시대로 공격을 위해 그란베르그 마을에 모인 우리들.

그 표정은 조금 전까지의 맥빠진 것과는 달리, 힘으로 넘쳐났다.

◆바츠 : 자~, 그럼. 때가 왔구만ㅋ

◆이가스 : 문벌귀족의 공격부대는 먼저 갔어요.

◆너구리 사부 : 원망할 거면 길원을 제대로 다스리지 못한

길마를 원망하라구리…….

◆재블린 : 이제 해제해도 돼?

◆애플리코트 : 테코츠는? 와 있나? 좋아, 그럼 OK다.

마스터가 동맹 채팅으로 말했다.

◆애플리코트 : 전군에 고한다. 혁명의 때다.

◆애플리코트 : 반복한다. 혁명의 때다.

문자가 나온 직후.

▶【발렌슈타인】과의 동맹이 해제되었습니다.◀

▶【청소조합 파견사원】과의 동맹이 해제되었습니다.◀

▶【엠퍼러 소드 파견부대】와의 동맹이 해제되었습니다.◀

▶【래빗 혼】과의 동맹이 해제되었습니다.◀

▶【테코츠사부츠】와의 동맹이 해제되었습니다.◀

▶【라스트 데이즈】와의 동맹이 해제되었습니다.◀

▶【알파카 목장 아사히카와 지부】와의 동맹이 해제되었습니다.◀

각 길드와의 동맹이 점점 해제되었다.

이야~, 보고 있으니 장관이네.

◆할아버지 : 이게 뭐냐, 어떻게 된 게야?!

할아버지 씨가 동맹챗에서 당황했다.

미안해요, 미안해요. 이해해주세요.

◆애플리코트 : 바츠 일행이 우리와의 동맹을 해제했을 때, 이런 기분이었나.

◆루시안 : 아니, 그 녀석은 분명 웃고 있었잖아.

◆미캉 : 당당하게 배신하는 타입.

◆아코 : 용서할 수 없어요!

◆세테 : 이제 와서 그런……ㅋ

가슴 아파하지도 않았지.

그건 그것대로 게임 플레이. 그게 그 녀석들의 스타일이다.

그리고, 이것도 이것대로 게임 플레이니까.

◆애플리코트 : 미안하군, 할아버지. 배신은 전국의 관습이다!

▶【문벌귀족】과의 동맹을 해제했습니다.◀

그런 표시가—.

◆바츠 : 좋았어, 다시 짜자고! 앨리 캣츠 기점으로 전 길드 재동맹! 서둘러!

◆애플리코트 : 초대, 초대, 초대다.

동맹을 맺었다는 보고가 수없이 표시됐다.

◆애플리코트 : 일단 동맹명이라는 걸 붙일 수 있는데.

◆너구리 사부 : 대충 붙여도 된다구리.

◆애플리코트 : 그럼 대충 붙이도록 하지.

자, 그럼. 이걸로 준비가 갖춰졌다.

중앙에 선 바츠가 울분을 풀려는 듯이 검을 들었다.

◆바츠 : 조금 늦어졌지만, 지시대로 가보자고.

◆애플리코트 : 그래. 가볼까.

◆바츠 : 저 녀석들의 성으로— 돌격이다!

◆바츠 : 이걸로 마지막, 이구만!

마지막까지 저항하던— 아니, 그저 살아남아 있던 드래곤 나이트를 꺾은 바츠가 쌍검을 칼집에 넣었다.

◆바츠 : 아~, 소화불량. 왕창 썼어야 하는 이그물 하나도 못 썼잖아.

◆코로 : 이걸로 2위라니 웃기는군.

◆미즈카 : ^^;

◆할아버지 : 말도 안 돼…… 있을 수 없어…… 나의 꿈이 이……!

◆슈바인 : 속여서 미안하지만, 일이거든.

◆바츠 : 보수 같은 건 없잖냐ㅋ

그란베르그 성, 옥좌의 방.

거기에 대기하던 방위대는 전부 격파됐다.

◆할아버지 : TMW의 유격부대조차 이기지 못했는데, 어째서 우리의 방위선을…….

◆바츠 : 그야 당연히 힘을 빼고 있었으니까? 그것조차 모르니까 이렇게 되는 거야.

바츠는 답이 없다면서 진심으로 어이없다는 듯 말했다.

뭐, 뭐어, 그렇지. 솔직히 그건 좀 알아채 줬으면 했다.

게다가 기습이 아니었다면 이렇게까지 간단히 점령할 수 없었겠지.

마침 그때, 몇 명의 플레이어가 옥좌의 방에 들어왔다.

시간에 딱 맞췄나.

공성전의 남은 시간 30분. 약속의 시간에 그가 찾아왔다.

◆†검은 마술사† : 기다렸지?

◆할아버지 : 검은 놈……! 네놈의 꿍꿍이였나!

◆†검은 마술사† : 정답……이라고 하기에는 너무나도 늦었어.

이거야 원, 하고 어깨를 으쓱했다.

◆†검은 마술사† : 긴 대립 관계도 있으니, 여기서는 경쾌한 토크 하나라도 하고 싶었지만…… 끝나 보니 그럴 만한 상대도 아니었군.

검은 마술사 씨는 당당히 옥좌의 방 중앙을 지나 크리스털로 나아갔다.

그리고 TMW 멤버 몇 명이 뒤따라서 나아갔다.

그중에는 고양이공주 씨의 모습도 보였다.

◆†검은 마술사† : 이렇게 되니 허망하네.

검은 마술사 씨의 마법이 크리스털에 꽂혔다.

오랫동안 지켜오던 문벌귀족의 성이 여기서 함락됐다.

그 대신, TMW의 크리스털이 설치되었고.

▶【대요새 그란베르그】를 【TMW】가 점령했습니다.◀

◆할아버지 : 있을 수 없어! 이런 TMW의 독재가 계속될 뿐인 결과를 누가 바란다는 게야!

◆†검은 마술사† : 브로큰 스타라는 것에는 독재를 막을 힘이 없었을 뿐이야.

정말로 재미없어 보이는, 내뱉는 듯한 채팅이었다.

◆†검은 마술사† : 그럼.

그리고 이쪽을 돌아본 후—.

◆†검은 마술사† : 맹약대로, 아니, 그 이상의 결과였어. 감사할게.

검은 마술사 씨는 거기서 잠시 움직임을 멈췄다.

아마 배신 동맹의 중심에 있는 것이, 인원이 많은 청소조합도, 실력이 있는 발렌슈타인도 아닌 앨리 캣츠의 마스터라는 걸 눈치챈 거겠지.

◆†검은 마술사† : ……애플리코트. 너와의 교섭은 결렬됐다고 생각했었는데.

◆고양이공주 : 맞다냐! 이런 짓을 해도 상회에는 넣어줄 수 없다냐!

선생님도 뒤에서 끼어들었다.

◆†검은 마술사† : 뭐, 그렇게 나쁘게 말할 건 없겠지. 그들의 노력은 인정해야 하니까.

준비라도 했다는 듯한 유창한 말이지만, 그런 건 아무래도 좋다.

◆†검은 마술사† : 상회에 넣어주는 건 문제가 있으니까. 다른 형태로 보답해주고 싶은데…….

◆애플리코트 : 검은 마술사여, 하나 묻고 싶은데.

검은 마술사 씨의 채팅을 가로막은 마스터가 말을 시작했다.

바츠가 히죽히죽 웃고 있는 게 시야 끝에서 보였다.

내 손이 긴장감에 떨렸다.

화면 너머에서, 앨리 캣츠 모두의 심장 고동이 들려오는 것 같다.

그래. 떨어져도 알 수 있어.

마스터가 말하고 있다. 루시안, 네가 기점이라고.

알고 있어. 할 수 있다고. 나도 앨리 캣츠의 서브 마스터야.

말을 멈춘 검은 마술사 씨는 조금 불쾌한 듯 보였다.

◆†검은 마술사† : 뭐지?

◆애플리코트 : 그 거들먹거리는 롤 플레이 말인데…… 생각대로 이루어질 때는 볼만하지만, 그렇지 않으면 우스꽝스럽다고?

◆†검은 마술사† : 뭐?! 갑자기 무슨 소리야?!

◆애플리코트 : 다시 말해서.

마스터는 일부러 눈길을 끌듯이 큼지막한 동작으로 말했다.

◆애플리코트 : 그 깔끔 떠는 아바타를 날려버리겠다, 그렇게 말하는 거다!

그 채팅이 흘렀을 때 나는 적 한가운데로 돌진했다.

노리는 건 검은 마술사 씨가 아니다.

한가운데에서 눈을 부릅뜨고 있는 저 고양이귀 캐릭터!

◆루시안 : 스턴 들어갔어! ←여기!

◆아코 : 엑스트라 대미지!

◆슈바인 : 죽어라아아아아아아아.

◆애플리코트 : 플레어 볼케이노!

단일 공격이 연속해서 꽂히자 방심해서 대인전 장비가 아닌 정장 같은 걸 입고 온 고양이공주 씨는 허망하게 격침됐다.

◆고양이공주 : 어, 어떻게 된, 건가냐.

이 멤버 중에 힐러는 고양이공주 씨뿐.

이제는 소생도 회복도 없는 그들을 몰아세울 뿐이다.

◆바츠 : 영~차!

◆코로 : 안녕안녕.

◆미즈카 : ^^

싸우려는 사람은 발렌슈타인이 정리했다.

도망치려는 이들은―.

◆세테 : 무땅, 고!

무땅이 물어뜯어서 발을 묶었다.

◆미캉 : 목표를 다리에 넣고 스위치. 목표를 다리에 넣고 스위치.

승리에 전념하는 여자, 미캉의 스나이핑 레그 샷이 둔화를 뿌려댔다.

◆미캉 : 무릎에 화살을 박아줬어요.

◆루시안 : 잘했어.

엎어져서 차례차례 HP를 잃어가는 TMW 멤버.

개중에는 아는 이름도 있지만 여기서는 마음을 독하게 먹었다.

그리고 마침내, 남은 건 검은 마술사 씨 혼자가 되었다.

◆애플리코트 : 좋아. 가라. 상태 이상 부대!

얼음이, 석화가, 스턴이, 이동 불능, 스킬 사용 불능, 공격 불능 등등의 온갖 상태 이상이 덮쳐왔다.

검은 마술사 씨가 아무리 사기급 장비를 입고 있어도, 아무리 내성이 높더라도 이 모든 종류에 견딜 수는 없다.

◆†검은 마술사† : 이건 대체 무슨 속셈이야?! 뭘 하는 거냐?!

◆애플리코트 : 뭔가 뜻밖의 일이라도 벌어졌나?

살며시 웃은 마스터가 뒤쪽 동맹원에게 고개를 돌렸다.

◆애플리코트 : 이 동맹의 목적은 변함이 없어. 대TMW 동맹이다.

◆†검은 마술사† : 뭣…… 그런, 설마?!

◆애플리코트 : 자, 너희들. 가자! 기고만장한 톱 길드에게 한 방 먹여줘라!

◆명태 불릿 : 하극상이다!

◆재블린 : 고양이 구제(驅除)다아아아아! 뭉~개~버~려~!

동맹원들이 두두두두두, 성채에서 나갔다.

그러는 사이에도 검은 마술사 씨에게는 상태 이상을 계속 걸어서 이 자리에 강제로 묶어놓고 있다.

◆할아버지 : 무슨 일이, 벌어진 게야……?

◆애플리코트 : 말했잖습니까. 우리는 TMW를 뭉개버리겠다고. 이 동맹의 목적도 그랬을 텐데요.

마스터가 만족스럽게 말했다.

이 상황을 만들기 위해 우리는 꼬박 하루를 돌아다녔다.

돈으로는 움직이지 않는다. 이익으로는 움직이지 않는다. 배신할 생각은 있지만 내디딜 마음이 부족하다.

그런 동맹 길드에게 우리가 제시할 수 있는 조건은 하나뿐이었다.

◆애플리코트 : 자, 지금부터 최고로 재미있을 거다.

함께 오면 엄청 재미있을 거다. 그저 그뿐.

하나거나, 아니면 둘, 조금이라도 반응하는 길드가 있으면 된다. 그 정도의 교섭이었는데— 정신이 들자, 이렇게 됐다.

◆†검은 마술사† : 배신에서, 또 배신……! 이건 너의 공작이냐, 애플리코트!

◆애플리코트 : 훗. 나는 네가 인정한 남자잖나? 바보 취급을 당했는데도 물러설 줄 알았나?

물러서기 직전까지 갔는데도 조금도 드러내지 않는다.

이런 연기는 능숙하단 말이지.

◆애플리코트 : 자, 뭘 하는 거냐. 문벌귀족 제군.

마스터는 살며시 미소를 지으며 그란베르그의 바닥을 탁탁 두드렸다.

◆애플리코트 : 문벌귀족은 자신의 성을 잃고, 발전도, 지배도가 제로로 돌아갔다. 이미 할 수 있는 건 TMW에게 한 방 먹여주는 것뿐!

전부 의도적으로 꾸며놓은 것인데도 마스터는 당연한 듯 말했다.

◆애플리코트 : 자, 함께 로드스톤을 함락해보지 않겠습니까!

◆할아버지 : 이 망할 놈이이이이! 네놈 진짜냐!

오오오, 할아버지 씨의 RP가! 게임 로그인부터 한 번도 무너지지 않았다는 RP가!

◆할아버지 : 이제 됐다! 난 몰라! 전군, 로드스톤으로 돌격이다아아아아.

◆애플리코트 : 그렇게 나오셔야죠. 자, 전원. 로드스톤으로 가자!

이번에야말로 진심으로, 진군 개시다.

††† ††† †††

포털 게이트에서 나오자 이미 전장이 보이는 거리였다.

앞서간 동맹원이 싸우고 있는지, 로드스톤 성에서는 격렬한 번갯불, 커다란 폭발음, 거대한 화염이 솟구치는 게 보였다.

◆루시안 : 서둘러 합류하자! 전선은?!

◆애플리코트 : 밀어붙이고 있군. 이미 정문까지 도착했다!

◆슈바인 : 서두르지 않으면 활약할 자리가 없어지잖아! 달려!

우리도 서둘러 전선으로 가야겠지.

그 도중에, 이 동맹을 듣고 참가한 길드, 일반 플레이어가 점점 모였다.

그중에는—.

◆디 : 오, 루시안 있네! 나도 좀 주워줘ㅋ

◆루시안 : 디 씨?! 지금 TMW 아니었어?!

◆디 : 몇 명 권유해서 나왔지ㅋ 디 씨는 빌어먹을 니트니까 할당량 같은 건 무리라구ㅋ

◆루시안 : 진짜 최고로 빌어먹을 놈이잖아ㅋ 너구리 씨 쪽에 주워달라고 해.

◆디 : 오케이ㅋ

무거운 할당량과 지루함을 견디다 못한 TMW의 배신자까지 더해져서 우리는 최전선에 도착했다.

로드스톤 성문에는 굉장히 두꺼운 방어선이 깔려있었다.

이곳을 돌파하는 건 좀 성가시겠네.

◆루시안 : 상황은!

◆바츠 : 선행부대의 자이가 정문을 깼어. 상대가 혼란에 빠진 사이에 빠져나오긴 했는데.

◆너구리 사부 : 탄막이 너무 두껍다구리!

◆코로 : 성문은 비교적 좁아. 이 인원으로 강행돌파는 힘들어.

탱커로는 톱클래스인 너구리 씨와 코로가 이렇게 말한다면 간단히 빠져나가지는 못하겠네.

예정보다 빨리 진군이 멈췄다. 이러면 안 되는데.

◆루시안 : 원래는 상대가 혼란에 빠진 사이에 정문을 돌파할 예정이었지?

◆명태 불릿 : 그럴 예정이었는데, 저걸 봐.

가리킨 곳을 보자 그곳에는—.

◆고양이공주 : 검은 마술사는 바로 돌아올 거다냐! 그때까지 방어에 전력을 다하라냐!

◆고양이공주 : 적이 빈틈을 보여도 돌격은 엄금이다냐! 발렌슈타인에게 대처하기 위해서 전위부대는 성문 안에서 대기!

◆고양이공주 : 냐앗! 적이 멀리 있어도 탄막을 줄이면 안 된다냐! 좌익! 탄막이 얇다냐! 뭐 하고 있는 건가냐!

고양이공주 씨가! 진두지휘를 하고 있잖아!

저 사람 대체 어디까지 우리의 방해를 하려는 거야!

◆바츠 : 저 녀석 진짜로 적으로 돌아서면 짜증나네. 잔챙이 쓰는 법을 잘 알아.

◆코로 : 지시대로 필사적으로 탄막을 펴라는 게 제일 짜증나.

◆아코 : 고양이공주 씨가 괴로워요.

◆애플리코트 : 괴로웡.

◆할아버지 : 그런 소리나 할 때냐!

오, 문벌귀족도 쫓아왔네.

할아버지 씨는 어찌어찌 RP를 재개한 모양이었다.

◆할아버지 : 우리는 그란베르그 확보를 포기하고 전력을 기울이고 있느니라! 뒤가 없어!

◆너구리 사부 : 그건 나이스 판단이다구리. 그란베르그를 얻은 TMW는 분명 전력이 분산될 거다구리.

◆할아버지 : 발전도 제로의 성을 이제 와서 소중히 지켜봤자 별수 없지! 어쩔 수 없는 게야! 지금밖에 없다고?! 나는 무일푼은 싫단 말이다!

할아버지 씨는 완전히 각오를 다진 모양이다.

◆할아버지 : 이제는 녀석들도 똑같은 꼴을 당하게 해주지 않으면 직성이 풀리지 않아!

괜찮아. 알고 있어 알고 있어.

지금 이야기한 것도 딱히 시간 낭비를 한 건 아니다.

◆루시안 : 연락은 됐어. 이제 곧 원군이 와줄 거야.

◆바츠 : 앙? 원군? 또 추가가 있어?

◆루시안 : 그럼. 그것도 꽤 도움이 될걸.

자신감을 가지고 말할 수 있는 강력한 원군이다.

오, 말하는 사이에— 온 것 같네.

◆†클라우드† : ………….

◆유윤 : …….

◆리미트 : …….

◆카보땅 : ………….

땅을 짓밟듯이 걷고 있는 역전의 맹자(猛者)들.

익숙한 네 명 말고도 풀 멤버가 아닌가 싶을 만큼의 대인원이 이리로 다가오고 있었다.

나나 앨리 캣츠와도 인연이 깊은 그들.

그렇다. 그 이름 높은 옛 고양이공주 친위대다.

◆고양이공주 : 냐, 냐낫? 다들 와준 건가냐?!

친위대 멤버가 모인 걸 알아챘는지 고양이공주 씨가 기뻐하며 외쳤다.

◆고양이공주 : 그 문 앞에 몰려있는 건 적이다냐! 다들 그 녀석들의 배후를 찌르라냐! 그러면 대승리다냐!

고양이공주 씨는 의기양양하게 지시를 내렸지만…….

◆†클라우드† : ……그럴 수는 없습니다.

클라우드 씨는 무겁게 고개를 내젓고는 우리에게 얼굴을 돌리고 말했다.

◆†클라우드† : 우리 옛…… 아니, 지금은 그 이름을 자칭하마! 우리 고양이공주 친위대!

그는 지켜야 하는 검을 그 상대에게 겨누고 말했다.

◆†클라우드† : 까닭이 있어! 대TMW 연합군에 조력한다!

◆고양이공주 : 어째선가냐아아아아아?!

설마 하던 사태에 선생님이 비명을 질렀다.

훗훗훗. 놀라는군 놀라는군! 그 얼굴을 보고 싶었어!

◆아코 : 어, 어떻게 부른 건가요?! 고양이공주 씨의 친위대인데 저희를 도와준다니.

◆바츠 : 무슨 수작을 부린 거야. 너 마법 쓰냐ㅋ

◆루시안 : 마법 같은 게 아니야. 그냥 이야기를 나눴을 뿐이라고.

그래. 그들이 움직이는 데 필요한 건 돈이 아니다.

말도 아니고, 행동도 아니다.

◆고양이공주 : 고양이공주 씨의 친위대인데, 적으로 돌아서다니 있을 수 없다냐! 까닭이 있다니, 무슨 까닭이 있는 건가냐! 절대로 이상하다냐아아아아!

질문을 받은 고양이공주 친위대 사람들은 거리낄 것은 전혀 없다는 듯이 가슴을 펴고 말했다.

◆†클라우드† : 당연한 말씀을. 그 까닭이란—.

◆유윤 : 고양이공주 씨의, 귀여운 『냐아아아아!』를 듣기 위해서죠!

————.

전장에, 몇 초간의 공백이 찾아왔다.

그리고 처음 외친 것은—.

◆고양이공주 : 냐아아아아아아아아?!

◆리미트 : 너~무~ 귀여→워.

◆카보땅 : 와카루맨~.

◆고양이공주 : 어떻게 된 건가냐아아아아아아!

이해하셨습니까.

그들을 움직이기 위해서 필요한 건 단 하나.

고양이공주 씨의 무척 귀여운 모습, 바로 그거다.

그리고 고양이공주 씨는 울부짖을 때가 제일 귀여우니까.

◆루시안 : 고양이공주 씨는 한껏 분위기 타고 있을 때 뒤집혀버리면 엄청 귀엽게 우는데, 들으러 오지 않을래? 그렇게 말하니까, 전원 바로 받아들이더라고.

◆고양이공주 : 어째서인가냐아아아아아아!

◆†클라우드† : 여기 좋아.

◆유윤 : 좋아.

◆고양이공주 : 말이 안 통한다냐아아아!

선생님은 설마 하던 배신과 성벽에 절망했다.

그리고 그들은 그 타이밍을 놓치지 않았다.

◆할아버지 : 지금이다! 전군 돌격!

◆애플리코트 : 너희들, 가자!

◆바츠 : 축~제~다아아아아아아아아.

전원의 의식이 쏠린 타이밍을 찔러서 공격력 높은 캐릭터들이 돌진했다.

그 선두에 선 것은 당연히—.

◆바츠 : 방해돼 잔챙이. 집에서 잠이나 자!

◆코로 : 탄막은 들어가 버리면 여유롭지.

◆미즈카 : ^^

치고 들어간 발렌슈타인 일행들이다.

마치 달군 나이프로 버터 자르듯이 선두가 성큼성큼 적진으로 파고들었다.

또한, 입은 대미지를 회복시키는 이그물의 이펙트가 우리의 지갑에 다이렉트 어택을 가했다.

◆미캉 : 사부, 세네요!

◆애플리코트 : 영창 완료! 그리고 릴리스!

앨리 캣츠도 마스터의 무식한 딜과 미캉의 숨겨진 딜로 그들의 돌격을 지원했다.

◆명태 불릿 : 레이서의 돌파력을 얕보지 말라고!

◆샤이몬 : 넵, 잔챙이.

거기에, 평소에는 공성전의 마지막 중 마지막, 종료 직전에만 적을 쓰러뜨려서 방어하지 않고 성을 노리는 레이서 길드가 구멍을 넓혔다.

방어를 버리고 공격에만 몰빵한 그들의 딜은 굉장하다.

그 TMW의 방어선이 우르르 무너져갔다.

◆할아버지 : 무리할 것 없다! 이대로 착실하게 뭉개버려라! 적과의 사거리를 유지하는 게야!

그리고 무너진 방어선을 밀어붙이는 서버 제2의 길드, 문벌귀족의 안정된 전력.

이렇게 되자 재정비를 노리고 일부 유격부대가 우리를 요격하러 왔지만—.

◆너구리 사부 : 구리!

◆재블린 : 오키!

◆루시안 : 스턴 들어갔어요! ←여기.

◆슈바인 : 좋았어, 잘게 썰어버리자고!

◆세테 : 인간 상대라도 러시러시!

다른 멤버도 초보자는 아니다.

오히려 너구리 씨는 성을 가진 길드인 청소조합에서 본 파견부대고, 재블린 씨도 엠퍼러 소드의 마스터다.

이곳저곳의 성이 아까워서 방어밖에 생각하지 않게 된 길드에서 튕겨나온 공격이 엄청 강한 플레이어들. 그 모임이 여기에 있는 전사다.

이게 약할 리가 없다.

우리는 파죽지세로 돌진했다.

◆†검은 마술사† : ……마침내, 여기까지 왔나.

로드스톤 성, 최심부.

옥좌에서 우리를 기다리고 있던 건, 당연히 그였다.

그야 상태 이상을 겹치는 정도로 막을 수 있다면 고생하지 않는다.

도움이 온 건지, 강제 로그아웃한 건지, 아니면 반대로 쓰러뜨린 건지는 모르겠지만, 그는 이 국면에서 옥좌에 앉는 남자였다.

◆바츠 : 핫, 잔챙이뿐이었다고ㅋ

◆†검은 마술사† : 그건 미안하게 됐어.

어깨를 으쓱한 그는—.

◆†검은 마술사† : 그러나, 너희의 분투도 여기까지야. 항복하라는 말은 하지 않겠어. 마음대로 덤비고, 옥쇄하라고.

자신감으로 가득한 말.

고양이공주 씨처럼 구체적인 지시도 없는데, 그저 그것만으로도 길드 멤버의 기백이 다르다.

이게 서버의 정점에 선 남자의 힘인가.

카리스마 C 정도는 되지 않을까?

◆엘피 : 으스대고 있는데, 이 인원수를 이길 수 있을 것 같습니까?

문벌귀족의 서브 마스터가 몇 발짝 앞으로 나왔다.

그 직후, 활과 총탄과 마법이 그에게 꽂혔다.

◆할아버지 : 엘피! 큭……! 내 오른팔이……!

◆아코 : 즈, 즉사네요…….

◆애플리코트 : 그보다, 몇 발짝 앞은 킬존인가…….

◆†검은 마술사† : 그냥 두더지 잡기지.

검은 마술사 씨가 여유롭게 웃었다.

젠장, 여기까지 밀어붙였는데 역시 최종 진지는 단단한가.

◆세테 : 다들 속지 마.

그때, 세테 씨가 길드챗으로 말했다.

◆세테 : 이 성에서 제일 단단한 건 좁은 성문 방어. 그곳을 빠져나왔으니까 여기서 질 리가 없어.

◆슈바인 : 그렇다면…… 블러프인가. 저 자식.

◆아코 : 압박감을 걸어서 발을 묶으려는 건가요?

◆세테 : 맞아! 종합적인 힘은 우리가 훨씬 위니까, 제대로 부딪친다면…….

◆미캉 : 사부가 쓰러뜨려 주겠네요.

◆루시안 : 뭐, 난전이 벌어지면 바츠가 어떻게든 해줄 것 같지만.

문제는 어떻게 난전으로 끌고 들어가느냐다.

발렌슈타인은 강하긴 해도 개개인은 우리와 고양이공주 친위대라도 쓰러뜨릴 수 있을 정도다. TMW 상대로 무모하게 돌진하면 아무리 발버둥을 쳐도 못 이긴다.

그들에게 기회를 만들어줘야 한다.

◆루시안 : 좋아, 플랜 C로 가자.

◆아코 : 그런 게 있었던가요?

◆슈바인 : 어차피 지금 생각한 거잖아.

◆세테 : 타이밍만 만들면 되니까, 무땅 빅으로 앞으로 나가서.

◆루시안 : 그 후에 내가, 그럼 나도 방패를 큰 걸로 들고 시선을 빼앗겠어.

◆아코 : 저도 루시안 뒤에서 갈게요.

◆슈바인 : 그 틈에 내가 블링크로 옆을 가로질러서 전부 한꺼번에 드래소로.

우리는 작전을 상의했다.

그러나, 생각지 못한 제지가 들어왔다.

◆애플리코트 : 너희들, 기다려라.

◆루시안 : 마스터?

◆슈바인 : 왜 그래? 다른 작전 떠올렸어?

◆애플리코트 : 아니, 반대다. 이 싸움은 학대받아온 이들의 반역. 질려버린 자들의 심심풀이, 그리고 무엇보다 엔터테인먼트다.

마스터는 한 발짝, 킬존 아슬아슬한 곳까지 발을 내디디며 말했다.

◆애플리코트 : 개인의 무위로, 어느 길드의 작전으로 이겨서는 안 돼. 전원이, 마음껏 즐겨야지.

즐기라니, 어떻게?

생각할 새도 없이, 앞으로 나간 마스터에게 말이 날아왔다.

◆†검은 마술사† : 하아, 나 참…… 뭔가 저지른다면 너희일 것 같기는 했지만.

검은 마술사 씨는 짜증났다기보다는 재미있다는 듯이 말했다.

◆†검은 마술사† : 어중간하고 미움받는 문벌귀족에, 강하기만 한 발렌슈타인. 그들을 연결시킨 건 조금 예상 밖이

었어. 문벌귀족만 없었다면 뭐가 오든 걷어낼 수 있었을 텐데 말이지.

◆애플리코트 : 내가 연결시킨 게 아니다. 더 커다란 힘이 움직인 거지.

마스터의 말에 검은 마술사 씨는 크게 팔을 벌렸다.

◆†검은 마술사† : 커다란 힘이라. 그럼 물어볼까. 그 힘의 이름을…… 너희 동맹의 이름을!

◆†검은 마술사† : 많은 길드의 힘을 결집하여, 이 TMW를 역대 최고로 몰아붙인, 너희의 이름은 뭐냐!

연극하듯이 외친 그 질문에 마스터는 우뚝 선 채로 움직이지도 않고 말했다.

◆애플리코트 : 아아아아아, 다.

◆†검은 마술사† : ……뭐?

◆애플리코트 : 아아아아아, 다. 방금 붙였지. 이게 끝나면 해산할 거다.

정말로 그랬다.

모두 함께 문벌귀족을 배신하고 거기에 TMW도 배신했을 때, 이동 중 대충 만든 동맹 『아아아아아』가 대TMW 대동맹의 최종형이다.

◆†검은 마술사† : 그런 말도 안 되는. 해산? 아아아아아? 있을 수 없어. 문벌귀족도 TMW도 배신한, 미래조차 없는 동맹에 도박을 걸었다고?!

검은 마술사 씨는 어안이 벙벙해졌다.

마스터는 더욱 앞으로 나갔다. 킬존에 들어갔는데도 공격은 날아오지 않았다.

◆애플리코트 : 친구로서, 내가 가르쳐주지.

아까 검은 마술사 씨와 마찬가지로 팔을 벌려서—.

◆애플리코트 : 롤 플레이는 진심으로 하는 거다. 게임의 승리를 위해 힘을 쏟는 것도 좋겠지. 하지만!

뒤에 대기한 우리를 보며 말했다.

◆애플리코트 : 누구나 장래를 위해, 지금의 즐거움을 버리고 가혹한 할당량을 견디는 사람만 있는 게 아닌 거다! 그렇지? 루시안!

어, 나?!

대본 같은 건 아무것도 없는데?! 아아, 정말. 난 몰라!

◆루시안 : 어, 아, 응. 돈을 벌 수 있다고는 해도, 솔직히 이제 농업은 하고 싶지 않아!

◆애플리코트 : 복잡한 경제를, 귀찮은 외교를, 형태뿐인 조약을, 누구나 즐길 수는 없는 거다! 그렇지? 아코!

◆아코 : 그런 건 현실만으로도 배가 빵빵해요!

우리의 말에, 검은 마술사 씨는 황급히 손을 내밀었다.

◆†검은 마술사† : 기다려, 애플리코트 넌 즐기는 편일 텐데?!

◆애플리코트 : 음, 나는 은근히 좋아하지. 하지만, 그렇지 않은 사람도 많다는 거다!

마스터는 끄덕이는 동작을 도중에 캔슬하고 크게 고개를 흔들었다.

◆애플리코트 : 그리고 인간은 누구나, 눈앞의 재미난 걸 즐기고 싶지! 누구나 나중의 돈이나 보수 같은 걸로 마지못해 일할 거라고 생각하지 마라!

◆†검은 마술사† : 정말로 어리광쟁이구나, 일반 플레이어는!

◆애플리코트 : 완전히 동의한다!

마스터는 핫핫핫, 하고 웃었다!

◆애플리코트 : 유감이지만 여기 있는 이들에게 대의 따윈 없다! TMW를 싫어하고, 할당량이 괴롭고, 재미있는 일이 없는― 그래서 즐거운 일을 하고 싶다! 그것만으로 모인 바보들이다!

◆바츠 : 너무하네ㅋ

◆슈바인 : 부정할 여지가 없잖냐ㅋ

◆너구리 사부 : 오늘 엄청 즐거웠다구리!

◆†클라우드† : 고양이공주 씨를 귀여워해주고 싶다는 것도 추가로.

◆할아버지 : 너희가 엉망진창 수단으로 나서니까, 이럴 수밖에 없었던 것 아니냐!

◆†검은 마술사† : 이런, 이런 자들한테 여기까지 당했다는 건가.

바보들이 웃고 TMW 측의 분위기가 굳어지는 걸 알 수 있었다.

아까까지 앞에 나가는 것을 무서워하던 동맹『아아아아아』의 동료들에게 될 대로 되라는 만용이 돌아왔다.

◆애플리코트 : 그리고, 그건 너도 그럴 거다. 검은 마술사.

◆†검은 마술사† : 무슨, 소리냐.

◆애플리코트 : 그저 수도를 유지하는 것만을 고수하는 것, 지루했겠지. 시종일관 시시한 외교만 하는 것도 지긋지긋했을 거다.

검은 마술사 씨가 아무런 말도 못하고 굳어졌다.

부정하지도 않고 긍정하지도 않는, 말이 없는 그에게 마스터가 말했다.

◆애플리코트 : TMW를 배신해달라고 설득할 때, 내가 뭐라고 말한 줄 아나? 검은 마술사가 지루해하고 있다고 말했다.

◆†검은 마술사† : ……그들이 그걸 믿은 건가?

◆애플리코트 : 믿은 게 아니라, 원래부터 알고 있었던 거다. 다들 말했다고? 어쩔 수 없지, 검은 마술사를 도와줄까, 라고 말이지. 정말이지, 사랑받고 있구나.

다들 검은 마술사 씨가 울적해하는 것을 알고 있었다.

자신들과 마찬가지로 그도 지루해하는 걸 알고 있었다.

그래서 받아들였다. 최고로 즐겁게 해주고 우리도 즐기자는, 기세밖에 없는 결의를 다지고.

◆애플리코트 : TMW 제군. 자네들도 무척 지루했겠지? 시

시한 할당량에 쫓기는 게 지긋지긋했겠지?

말을 던지자 전투태세였던 TMW 멤버들이 미묘하게 흔들렸다.

◆애플리코트 : 안심해라. 오늘부터는 다를 거다. 형태뿐인 퍼니 워 따위는 없어. 성을 잃은 TMW와 문벌귀족, 그들과 대립한 길드 연합의 삼파전이다.

마스터는 지팡이를 내밀고 지옥으로 유혹하는 악마처럼 말했다.

◆애플리코트 : 진정한 전국시대. 최고로 익사이팅한 매일을 너희에게 약속하지.

TMW 멤버가 동요하는 걸 눈에 띄게 알 수 있었다.

톱 길드에서 최전선을 달려온 그들에게, 그런 뜨거운 매일은 지금의 지루한 일상보다도 훨씬 매력적일 거다.

그리고 길드 멤버의 마음이 빼앗겼다는 것을 그들의 길드 마스터도 깨달았다.

◆†검은 마술사† : ……이건, 좀 버거운가.

앞으로 나서는 우리와 뒤로 물러나는 TMW.

검은 마술사 씨의 카리스마도 지금은 역효과다.

그리고 킬존으로 들어온 마스터가 더욱 앞으로 나왔다.

◆애플리코트 : 자, 가자. 바보들아! 지루한 일상에 작별을 고하고, 지금을 즐겨라!

◆애플리코트 : 죽는다면 모두 함께! 뭉개버려라아아아아!

사실, 시간이 꽤 아슬아슬했다.

TMW의 크리스털이 깨진 건 공성전 종료 5분 전.

정문에서 발을 묶인 시간, 대화하는 시간도 있어서 꽤 위험했었다.

◆바츠 : 마무리, 내가 먹었다!

◆슈바인 : 아, 치사해!

◆바츠 : 공헌도순으로 따지면 나잖냐ㅋ

크리스털은 마지막까지 훌륭하게 싸운 바츠가 깨부쉈다.

아무리 발렌슈타인이라도 바츠 이외는 전원이 쓰러졌다.

그래도 서버 최대의 길드를 소인원 무쌍 길드로 쓰러뜨리다니. 이건 굉장한 쾌감이었겠네. 바츠 일행.

◆†검은 마술사† : 아아, 깨졌나…… 여기까지 기르느라 고생했는데…….

바닥에 쓰러진 채 세이브 포인트로 돌아가지 않은 검은 마술사 씨가 한숨을 내쉬었다.

◆애플리코트 : 굳이 말하도록 할까. 알 바 아니야. 진 건 너희니까.

그야 그렇지. 정면에서 싸워서 이겼으니까, 불평 들을 여지는 없다.

게다가, 굳이 더 말하자면—.

◆루시안 : 아마도 내부 공작 같은 이상한 짓을 하지 않았

다면 다들 배신하지 않았을 거야.

◆†검은 마술사† : 어쩔 수 없었다고. 재미없었으니까.

◆아코 : 재미없어서 내부 공작을 한 건가요…….

◆†검은 마술사† : 그 응보가 성 하나라는 건, 꽤 무거운데.

힘없이 말하기는 했지만 그래도 검은 마술사 씨는 약간 즐거워 보였다.

◆바츠 : 그래서, 이 성은 어디가 가져갈 건데? 우리가 가져가도 돼?

◆할아버지 : ……그럴 리가 없지 않느냐.

문벌귀족의 길드 마스터가 말했다.

첫 전투부터 계속 전력을 온존해둔 모양이라, 결전이 끝난 지금, 제일 일원이 많은 건 그들이었다.

응, 우리도 이렇게 될 것 같았어.

◆할아버지 : 무사히 수도를 얻기는 했지만…… 몇 번이나 했던 회의도, 맺었던 조약도 전부 배신해서 엉망으로 만들다니! 네놈들 뭐 하자는 거냐! 나도 화를 낸단 말이다!

◆애플리코트 : 아~, 그게, 말이지.

화를 내는 할아버지 씨에게 마스터가 대표로 말했다.

◆애플리코트 : ……데헷.

◆할아버지 : 이 바보들을 쫓아내라아아아아.

하, 하긴 그렇겠죠~!

††† ††† †††

◆루시안 : 이야~, 마지막에는 날아가버렸네ㅋ

◆아코 : 그렇게 화내지 않아도 될 텐데 말이죠.

◆슈바인 : 바로 당하지 말라고. 이 몸은 세 명 베고 뒈졌거든?

◆미캉 : 돼지라서 뒈졌나요.

◆슈바인 : 이 자식 내일 두고 봐.

◆미캉 : 리얼 파이트 금지!

문벌귀족에게 쫓겨난 우리는 도시의 세이브 포인트로 돌아왔다.

자랑은 아니지만, 충분히 애썼다.

그 결과가 이제 곧 나올 것이다.

◆루시안 : 슬슬 끝날 시간이지?

◆세테 : 앞으로 10초, 바로 공지가 나올 거야.

세테 씨가 말한 직후, 안내문이 흐르기 시작했다.

▶【제성 로드스톤】의 영주로 【문벌귀족】이 취임했습니다.◀

▶【대요새 그란베르그】의 영주로 【TMW】가 취임했습니다.◀

▶【사이레인 신성왕성】의 영주로 【라스트 데이즈】가 취임했습니다.◀

▶【모코모코 해상성채】의 영주로 【비밀결사 알파카 목장】

이 취임했습니다.◀

▶【스펠런너 공중회랑】의 영주로 【너의 구미를 세어라】가 취임했습니다.◀

▶【가이오니스 산성】의 영주로 【SoS】가 취임했습니다.◀

▶【라이소드 성당요새】의 영주로 【청소조합】이 취임했습니다.◀

▶【칸토르 소성】의 영주로 【엠퍼러 소드】가 취임했습니다.◀

결과가 나왔다.

TMW의 성은 하나뿐, 물론 문벌귀족도 하나뿐.

—다시 말해.

◆애플리코트 : 동맹 『아아아아아』의 대승리다!

◆루시안 : 좋았어~!

◆아코 : 해냈어요오오오오!

◆슈바인 : 봤느냐 고양이공주! 꼴좋다!

◆세테 : 자이 나갑니다!

댁은 이제 자이가 없어도 싸울 수 있잖아!

◆미캉 : 이걸로 남은 건 두 명.

그건 누구와 누구인 거야, 미캉?!

기뻐하는 우리와 함께, 돌아온 동맹 『아아아아아』 멤버도 기쁨을 폭발시켰다.

◆†클라우드† : 떨어졌다, TMW가!

◆너구리 사부 : 해냈다구리!

◆재블린 : 여유.

◆바츠 : 검은 마술사의 얼굴 보고 싶어ㅋ 지금부터 보러 갈까ㅋ

◆미캉 : 사부, 성격 나빠.

◆코로 : 이제 와서?

◆리미트 : 절친한 사이가 봐도 알 수 있는 이 성격.

◆유윤 : 성격 일그러진 건 최고.

◆명태 불릿 : 이거 길드 돌아가면 혼날까…… 뭐, 상관없나ㅋ

◆디 : 아~, 이제 무리. 지쳤어ㅋ 목욕탕 들어가고 맥주나 마실까.

나도 진짜 지쳤지만 이겨서 여러모로 후련하니까! 핫핫핫!

◆너구리 사부 : 그나저나 완전히 뒤바뀌었다구리.

◆루시안 : 이야~, 난세 난세.

◆바츠 : 네놈들이 원흉이잖아ㅋ

◆애플리코트 : 실례로군. 우리는 기껏해야 교사범일 텐데.

◆유윤 : 명백하게 실행범이잖아.

그렇게 활기 넘치는 가운데, 성에서 한 소녀가 휘청휘청 걸어오는 게 보였다.

◆고양이공주 : 너희들…… 잘도 저질렀다냐…….

너덜너덜한 옷을 입고 힘들게 걸어오는 고양이공주 씨.

대미지로 옷의 모습이 변하는 사양은 아니니까 틀림없이

본인이 준비한 의상이다.

그런 그녀에게 친위대가 달려갔다.

◆†클라우드† : 고양이공주 님?! 대체 누가 이런 심한 짓을!

◆유윤 : 누구한테 당한 건가요 고양이공주 씨!

◆리미트 : 크, 용서할 수 없어!

◆고양이공주 : 주로 너희들이다냐아아아아아!

이 자작극은 심하네.

엄청 즐겁게 고양이공주 씨를 몰아붙였던 주제에 끝나고 나니까 이거라니.

◆고양이공주 : 어흠. 먼저 훌륭하다고 말해두겠다냐, 애플리코트.

◆애플리코트 : 모두의 울분이 저의 힘이 되었을 뿐입니다. 대단한 건 아니에요.

◆고양이공주 : 말은 잘한다냐…… 가혹한 할당량을 부과한 고양이공주 씨의 탓이라는 것 아닌가냐.

너덜너덜한 모습으로도 다부진 미소를 지은 고양이공주 씨가 말했다.

◆고양이공주 : 하지만, 이 정도로 이겼다고 생각하면 큰 오산이다냐.

◆고양이공주 : 문벌귀족은 배신한 너희를 용서하지 않을 거다냐. TMW와도 적대했으니, 앨리 캣츠에 미래는 없다냐.

◆애플리코트 : 흐음? 그래서 우리가 망할 거다?

◆고양이공주 : 지배권을 얻으면 TMW는 앨리 캣츠에 경제 제재를 가할 거다냐. 그란베르그에서 물건 같은 건 팔 수 없게 될 거다냐! 문벌귀족도 분명 그럴 거다냐!

◆애플리코트 : 우리는 수도에서도, 제2도시에서도 장사를 할 수 없게 된다는 거군요.

◆고양이공주 : 그렇다냐! 확실히 이 전쟁은 고양이공주 씨의 패배지만, 시합에 이긴 건 나다냐! 꼴좋다냐!

냐하하핫! 하고 크게 웃은 고양이공주 씨가 도망치듯이 떠나갔다.

저 사람은 뭘 하러 온 거지. 어드바이스해주러 왔나?

그래. 마지막까지 악역을 완수하러 온 건가.

◆루시안 : 일을 참 열심히 하는 사람이라니까.

◆아코 : 저 너덜너덜한 옷, 간단히 만들 수 있는 게 아니니까 분명 사전에 준비한 거예요.

패배할 가능성을 고려해서 옷을 만들다니 얼마나 서비스 정신이 왕성한 건지.

◆바츠 : 너희들, 고양이공주랑 뭐 있었냐?

전투 중부터 신경이 쓰였는지 바츠가 새삼스레 그걸 물었다.

뭐 있었다고 한다면, 으~음.

◆루시안 : 뭐, 사이좋게 다툰 느낌.

◆바츠 : 너희는 언제나 그거구만ㅋ

바츠는 웃은 뒤에 동맹 전원을 보며 말했다.

◆바츠 : 좋았어, 2차 가자고! 공중대륙 최하층까지 쳐들어 가자!

◆†클라우드† : 진짜냐.

◆너구리 사부 : 탱커는 맡겨둬라구리!

◆미즈카 : ^^

아아, 2차인가.

이런 커다란 이벤트 뒤에는 2차로 어딘가 돌진하는 게 정석이었던가.

우리도 가고 싶기는 하지만—.

◆애플리코트 : 미안하군. 우리는 불참이다.

◆바츠 : 앙? 또 뭐 있어?

◆슈바인 : 뭐가 있고 자시고…….

◆세테 : 우리의 싸움은 지금부터가 진짜니까!

◆아코 : 그럼 예정대로, 전원이 분담해서…….

◆루시안 : 좋아, 바로 움직이자.

잘 보라고, 고양이공주 씨. 우리의, 마스터의 저력을 보여주겠어!

앨리 캣츠 상회, 마지막 도전이 조용히 조용히 진행됐다.

††† ††† †††

공성전 다음 날, 월요일은 공휴일이었다.

다음에 부실에 모인 것은 화요일 방과 후.

의기양양했던 고양이공주 씨는 흐리멍덩한 얼굴로 어깨를 떨구고 있었다.

“동생이 태어났다면 말해줬어야지…… 그래도 막기는 했겠지만…….”

“뭐, 가정 사정인지라. 너무 대대적으로 말하는 것도 좀 그래서요.”

“이유도 모른 채 진학하지 않는다고 말해서 정말로 걱정했거든.”

못 말리겠다는 듯이 한숨을 내쉰 선생님은 마음을 다잡았다.

“하지만, 그래도 진학하지 않겠다는 건.”

“아아, 잠시만요.”

마스터는 이야기를 시작하려던 선생님 앞에서 손을 쫙 펼쳤다.

그리고 그 손을 슬쩍 모니터로 돌렸다.

“이야기 전에 이걸 보시죠.”

“……응? 뭐 있니?”

표시된 모니터에는, 미리 준비해둔 레전더리 에이지 윈도우.

그것도 랭킹 화면, 상회 매상 랭킹이 표시되어 있었다.

가장 커다란 글로 적혀있는 1위 상회. 봐줬으면 하는 건 이름이다.

"……냐?"

선생님은 딱딱해진 얼굴로, 떨리는 목소리로, 부들부들 떨면서 말했다.

"어제 1위가…… 앨리 캣츠 상회……?"

"잘, 보셨습니까."

마스터는 거들먹거리는 동작으로 이마에 손을 대고는 무척이나 미안한 목소리로 말했다.

"레전더리 에이지의 천하를 거머쥔다…… 그렇게 말씀드리고 나서 2주일 가까운 시간이 걸렸군요. 기다리게 한 것에 사과의 말씀을 드리겠습니다."

"어, 하지만, 2주일에…… 에에엑……?"

선생님은 아직 상황을 받아들이지 못하고 있었었다.

어쩔 수 없지. 알기 쉽게 말씀드리죠.

"요컨대 선생님— 마스터의 승리에요."

그렇다. 우리는 천하를 거머쥔 것이다.

TMW도, 문벌귀족도 아니다.

어제 레전더리 에이지에서 가장 빛난 상회는 우리 앨리 캣츠다!

"앨리 캣츠 상회, 대승리다! 핫핫핫핫핫!"

"농원주 아코 덕분이네요!"

"상회의 꽃은 영업이잖아!"

"마케팅의 영향도 잊지 말아줘!"

"현장이야말로 힘."

에에잇, 시끄러워. 생산 관리부를 더 칭찬하라고.

아니, 모두의 힘이 있었기 때문이지만.

"어, 어떻게 된 거야?! 그런, 패배한 쪽인데도 단번에 매상이 늘어날 리가……."

화면을 뚫어져라 쳐다보던 선생님이 문득 어떤 걸 깨달았다.

"이거…… 매상 숫자, 높지는 않, 네? 딱히 늘어난 게 아닌데."

"역시 알아채는 게 빠르시군요. 그게 맞습니다."

우리의 매상 수치를 체크하고 있었던 거겠지. 선생님은 바로 눈치챈 것 같다.

그렇다. 우리의 매상은 늘어나지 않았다.

원래부터 생산량의 한계도 있어서 지금 이상을 바라지 못하고 있었다.

그래서 그 수치 그대로 천하를 거머쥐었다.

"어째선가냐? 어째서 다른 상회의 매상이 이렇게 내려갔어? TMW 상회는 랭킹에도 없다니."

"당연한 거 아닙니까. 성을 빼앗겼으니까요."

"성을 빼앗겼어도 매상에는 아무 관계도 없잖니?!"

선생님은 말도 안 된다고 항변했다.

보통은 그렇겠지. 플레이하는 건 성의 유무와는 상관없다.

그러나 이 빌어먹게 귀찮은 『상회』라는 시스템상에서는 커다란 관계가 있다.

"TMW와 문벌귀족, 2대 길드가 성을 잃었다는 이례적인 사태가 벌어졌습니다. 어제는 로드스톤도 그란베르그도 지배권 이행 기간이라 어느 길드도 권력을 행사할 수 없죠."

공성전에서 성이 함락될 경우, 발전도나 지배도가 내려가는 데다 하루는 지배권 이행 기간이 설정된다고 전에 들었다.

즉, 공성전 다음 날인 월요일만큼은 앨리 캣츠에게 경제 제재를 할 수가 없고, 반대로 그들은 세금 면제 특권을 사용할 수 없다.

"하루 기다리면 세금 면제로 상품을 팔 수 있죠. 그런데 일부러 쓸데없이 장사를 할 필요는 없습니다. TMW도 문벌귀족도 어제는 장사를 안 한 겁니다."

"앗…… 그러게. 세금도 아까우니까, 다들 아무것도 팔지 않은 거구나……."

빡겜러는 돈을 낭비하지 않는다.

결과적으로 월요일은 톱 길드가 장사를 하지 않았다.

"하지만 그 밖에도 앨리 캣츠보다 매상이 많은 상회가 많았잖니. 그런데 왜 다들 이렇게 매상이 떨어졌어?"

"이유는 간단하죠."

마스터는 웃으면서 단순한 트릭을 밝히듯이 말했다.

"다들 알게 된 겁니다. 할당량이 지긋지긋하고, 경제 활동에 귀찮음을 느끼고, 평소처럼 게임을 하고 싶어 하는 플레이어가 많다는 것을.”

“평소처럼, 게임…….”

“뭐니 뭐니 해도 톱2 길드가 성을 잃을 정도로 울분이 쌓여있던 겁니다. 그 여파는 결코 작지 않았죠.”

마스터가 아키야마에게 힐끔 시선을 보냈다.

그러자 아키야마도 살짝 끄덕이며 말했다.

“친구한테 물어봤는데, 월요일은 모든 길드가 레크리에이션을 하거나, 이벤트를 하면서 탈퇴자가 나오지 않도록 움직였던 것 같아. 생산 할당량도 꽤 느슨해졌고.”

“그렇게 영향이 파급되다니…….”

“이걸 계기로 나서게 된 길드도 많았겠죠. 결국은, 모두 귀찮은 게 싫었던 겁니다.”

아코조차도 농작업에 혐오감을 드러냈었다.

평범한 길드도 생산 할당량이라고 하면 귀찮아하겠지.

거기에 무거운 할당량을 부과해서까지 경제에 힘을 주던 TMW의 몰락이 전해졌다. 마침 잘됐다면서 생산을 버린 길드도 많았을 거다.

“공성전이 성황리에 끝나서, 직후에 모험이나 레벨링을 하고 싶다는 기운도 높았죠. 결과적으로 버프 요리와 그 소재는 수요가 크게 늘었습니다.”

“그럼 너희는, 그 타이밍을 노려서…….”

“네! 전부 팔았어요!”

아코가 기운차게 말했다.

"전부라니, 전부? 앨리 캣츠가 가지고 있던 스파이스 전부?!"

"그뿐만 아니라, 아코가 만든 고품질 요리도 전부 팔았어요."

"재고 처리 세일이잖아!"

바로 그거다. 그야말로 재고를 다 비울 기세로 전부 팔아치웠다.

분명 다른 길드는 장사를 멀리할 거다. 평범한 모험으로 돌아갈 거다.

우리를 끌어올리는 게 아니라 주변이 내려가는 걸 기대한 올인 도박이었다.

"참으로 불리한 도박이었습니다. 성공해도 하루뿐인 천하에 지나지 않죠. 그러나 우리는 이겼습니다. 정당하게 생산하고, 장사해서, 가슴을 펴고 정점에 선 겁니다."

"……레전더리 에이지의, 천하를 거머쥔 거네."

"네. 자신감을 가지고 말하도록 하죠. 그날 레전더리 에이지는, 우리의 천하였습니다."

마스터는 정말로 천하를 거머쥐었다.

숫자상으로도 그렇고, 거대 길드를 상대로 마구 날뛰어서 게임에 질렸던 플레이어가 뜨거워지는 시간을 만들어냈다.

그야 즐거웠고말고.

"이 타이밍밖에 없었으니까. 이야~, 어제 1위 따내서 다행이야."

"오늘의 순위는 상상하고 싶지도 않군…… 참담한 꼴이겠지."
이러고도 1위를 따내지 못했다면 완전히 노 찬스였다.
앨리 캣츠는 1위와 2위 길드를 적으로 돌렸으니까. 앞으로는 가혹한 경제 제재를 받겠지. 그것도 동맹『아아아아아』의 대표로서 가장 무거운 제재를…….
"한동안 찬밥 신세겠네요."
"즉석팟에서 쫓겨나지 않으면 좋을 텐데."
"그렇게까지 미움받지는 않아~."
당당히 정면에서 싸웠으니까, 괜찮을 것 같기는 한데 말이지.
그렇게 느긋하게 이야기하던 우리에게—.
"어, 어째서 그렇게까지 한 거니?"
선생님이 절망한 모습으로 말했다.
"그렇게까지 진학이 싫어?! 선생님의 말을 도저히 믿을 수 없니?!"
"아, 아뇨. 진학은 합니다."
"……냐?"
아, 아직 그 이야기를 안 했었나.
"괜찮아요. 마스터는 알아서 냉정을 찾았으니까."
"제대로 대학에 가겠다고 했으니까. 안심해. 고양이공주 선생님."
"냐아아아아아아아아?!"

우와! 선생님이 뭉크의 절규 같은 얼굴이 됐어!

조금 더 빨리 말할 걸 그랬나?!

"어째서인 건가냐 정마아아아아알! 어제의 싸움은 대체 뭐였던 건가냐!"

"뭐랄까, 모두의 덕분에 조금 초조함이 사라져서요. 목표는— 꿈은 변하지 않았지만, 조금 시간을 두게 되었습니다."

어딘가 쑥스러운 듯이 말한 마스터는 책상에서 진로 희망 용지를 꺼냈다.

가는 곳은, 그날 마스터가 가르쳐줬던 모두와 함께 갈 수 있을지도 모르는 학교.

"진로는, 이걸로 괜찮니? 학부도 변했고…… 좀 더 위를 노릴 수 있지 않을까?"

"괜찮습니다. 실적이 있는, 배우고 싶은 교수님도 있으니까요."

마스터는 게다가, 하고 장난스레 웃었다.

"모두가 장래를 위해 지금의 고행을 견딜 수 있는 건 아닙니다. 세 사람이 입학한다는 희망이 없다면, 공부 같은 것에 몰두할 수 없어요."

"무척 멘탈 약한 소리를 하네, 고쇼인."

"어라, 의외였습니까? 이래 봬도 저는 상당히 약해빠진 아코 멘탈인데요."

"저는 상관없잖아요?!"

맥락도 없는 디스가 아코를 덮친다!

선생님은 곤란한 듯이, 그래도 조금 기뻐하며 말했다.

"그래도, 그래. 고쇼인의 꿈은 그거였구나."

"네. 그게 제 꿈입니다."

행복한 지금을 끝내고 싶지 않다.

마스터의 조그만, 반드시 이루어질 꿈을 위한 진로는 받아들여졌다.

"그럼 이걸로 전원의 몫이 모였네. 선생님으로서는 교감 선생님에게 혼나지 않을 결과가 되었을까?"

선생님은 하아, 이거야 원, 하고 어깨의 힘을 뺐다.

이러니저러니 해도 계속 걱정해준 세가와도 말했다.

"니시무라의 진로도 마스터의 진로도, 덤으로 아코의 진로도 엉망진창이었지만…… 뭐, 어떻게든 됐네."

"제대로 정해져서 안심이에요."

"누가 봐도 부끄럽지 않을, 어엿한 진로니까."

높은 목표라도 선배를 쫓아가기 위해 노력하겠습니다.

나도 아코도, 이보다 더할 수 없을 만큼 제대로 된 진로를 골랐다.

이런저런 일이 있었지만 불만 없는 결론이 나왔다.

"이야~ 다행이군 다행이야."

"힘들었어요."

나와 아코는 서로 웃었다.

그러나 그 어깨를 툭 두드리는 두 개의 손이 있었다.

“아코…… 루시안…… 편하게 웃고 있는 모양인데…….”

“너희들. 편차치가 전~혀 근접하지 않은 것 아닌가냐……?”

“……아.”

“아, 아하하하하~.”

그, 그랬었죠~. 목표를 세우기만 해서는 아무것도 변하지 않으니까요~.

“그래도 말이죠. 마스터가 말했다고요! 이기느냐 지느냐보다는, 그 과정을 즐기는 게 MMORPG라고! 그러니까 설령 떨어지더라도…….”

“현실과 게임은 다르다냐! 결과가 나오지 않으면 의미 없다냐!”

“맞다! 너희가 진학하지 않으면 나는 뭘 위해 대학에 가는 거냐!”

“후에에에엥, 압박감을 주면 무리라고요오오오오오!”

“……우리, 괜찮을까…….”

개그 장면처럼 말하고는 있지만 이번만큼은 농담이 아니라 진짜로…….

우리의 싸움은 지금부터였다.

에필로그

“블랙 기업은 무리!”

And you thought there is Never a girl online?

MMORPG는 승패가 아니라 과정을 즐기는 거다.

그렇게 말한 건 마스터지만 실제로 승패는 별로 상관없었다.

대동맹『아아아아아』와 함께 성으로 돌입한 시점에서 마스터는 자기 마음을 정했다.

어느 의미로는 이미 고양이공주 씨의 승리였으니까, 마스터 본인은 누구보다도 개운한 얼굴로 싸움에 임했다. 결과가 어떻게 되든 기분만 좀 달라졌을 것이다.

그래도 조금은 결과가 변한 것도 있다.

"보고. 그란베르그 세금, 내려갔어요."

도시로 돌아온 후타바가 그런 보고를 했다.

"오~, 생각보다 빨랐네."

"검은 마술사 씨, 마지막에는 즐거워 보였으니까요."

너희를 쓰러뜨린다. 반드시 이긴다. 딱히 의미는 없지만 전력으로 날려버린다.

완전히 무의미한 전력 돌격을 받아낸 검은 마술사 씨는 이보다 더할 수 없을 만큼 활기가 넘쳐서, 경제 제재가 조기에 끝난 것은 아마 끝까지 해냈다는 충실감이 얽혀있을 거다.

이건 전력을 낸 결과 좋아진 일이다.

“그란베르그는 딱히 쓰지 않잖아, 수도의 세금은 어때?”
“무식하게 높아요.”
“문벌귀족, 정말 성격 안 좋네…… 누구 덕분에 성을 얻었는데…….”
“용서할 수 없어요.”
“우리 덕분인 것도 아닌 것 같은데…….”
분노를 쌓아가는 세가와와 후타바에게 아키야마가 태평하게 말했다.
일단 우리도 협력해서 수도를 빼앗긴 했지만 문벌귀족은 배신한 데다 제2도시를 포기하게 만든 우리에게 무척 차가웠다.
수도를 얻었으니까 조금은 다정하게 봐줘도 될 텐데.
이러니까 귀족은…….
“이래서는 스파이스를 팔아도 미묘하네.”
“다른 곳도 품질이 올라갔으니까요…….”
가혹한 할당량과 소극적인 전략이 원인이 되어 TMW가 추락했다. 그걸 보고 놀란 많은 길드가 생산 할당량을 줄이고 길드 이벤트를 추진했다.
그 결과, 방치된 농원이 늘어났다. 그리고 그렇게 방치된 식물이 와~와~ 외친 결과, 성능이 올라간 것이 들키고 말았다.
게다가 앨리 캣츠 상회는 높은 관세에 출품 제한이라는

경제 제재가 한창이다.

수도와 제2도시에서 출금을 먹은 사이, 향신료 시장은 바로 제압당하고 말았다.

아니, 알고는 있었거든? 딱히 특수한 기술로 독점하고 있던 게 아니니까 공급이 줄고 가격이 올라가면 곧장 다른 사람도 진입하겠지.

하지만 이렇게 되면, 차라리 TMW에 졌다면 좀 더 향신료로 벌 수 있지 않았을까 하는 생각이 들게 된다.

"참고로 마스터, 상회의 수익은 어땠어?"

질문을 받은 마스터는 데이터를 보지도 않고 단호하게 말했다.

"대부분 『아아아아아』의 경비를 지불하는 걸로 사라졌지."

"고생한 보람이 없네."

세가와가 질색하며 말하자 마스터는 오히려 밝게 답했다.

"그러나 토지는 그대로 남아있다고? 스파이스 생산을 재개하거나 새로운 작물을 심는 등등의 방법을 쓰면 다시 버는 것도 가능할 거다."

"으음."

세가와는 잠시 고민했지만—.

"농업은 한동안 됐어. 나는 역시 전투 플레이가 직성에 맞으니까."

"어쩔 수 없지."

예상했는지, 마스터도 웃기만 할 뿐이었다.

나도 이제 생산은 됐다. 돈은 늘어나지만 레벨이 안 올라가고, 레어도 안 나오고, 늘어나는 상회 자금 말고는 보람이 없어서 솔직히 버거웠으니까.

나는 고맙다는 말만 들으며 싸울 수 있는 전사는 아니었던 것 같습니다.

"그럼 뜰은 꽃밭으로 만들까요."

"대체 얼마나 광대한 꽃밭으로 만들 건데."

"상관없지 않나. 벚나무도 심어서 봄에는 거기서 꽃구경을 하자."

"벚꽃 필 때 합격한 기념, 뭐 그런 거야?"

"나는 당연히 합격할 테지만 말이지."

"말 한번 잘하네, 마스터."

"그 학력, 절반이라도 좋으니까 나눠줬으면 좋겠어요……."

"중요한 건 평소의 노력이다, 정진하도록!"

마스터는 핫핫핫, 하고 자신만만하게 말했다.

여유로운 학교를 지망교로 선택했다고 해서 놀고 있다간 떨어진다고?

"너희들~."

그때 부실 한쪽에서 다정한 목소리가 들렸다.

"이야기하는 건 좋은데, 과제는 끝났니? 그게 끝나지 않으면 컴퓨터 전원 코드, 꽂아주지 않는다?"

두 개의 전원 코드를 든 사이토 선생님이 방긋 웃었다.

빌어먹을. 모처럼 잊고 있었는데.

“알았어요, 하면 되잖아요! 젠장, 왜 선생님이 일본사 과제를 만드는 거냐고요.”

“이에야스, 히데타다, 이에미츠…… 왜 이렇게 비슷한 이름이 많은 건가요! 이에야스, 이에야라, 이에야가 같은 걸로 해도 되잖아요!”

“공격마법이 돼버렸는데.”

이에야자라든가 이에그랑데 같은 건 세 보인다.

“이상해요. 고양이공주 씨한테는 이겼는데, 왜 이렇게 공부를 하는 거죠.”

“그야 우리가 무모한 곳을 지망 학교로 선택했으니까.”

“그때는 고양이공주 씨에게 세뇌당해서 어쩌다 보니.”

“자자, 입보다 손을 움직여야지~.”

“아우우우우우.”

“내일은 입시 학원 체험 수업이니까 잊지 말라고.”

“끄아아아아아아.”

그리고 이것도 결과다.

무모한 목표를 세운 나와 아코에게는 그야말로 스파르타 육성 계획이 세워졌다.

아직 좀 나중 일이라고 생각해서 솔직히 조금 우쭐하며 적었을 뿐인데! 설마 이렇게 빨리 진지한 특훈이 시작되다니!

"그만둘 걸 그랬어……."

"실패했어요……."

"선배, 힘내요."

"젠장, 거기 1학년! 너도 내년에는 이렇게 될 거거든!"

"착각, 하지 마세요."

후타바는 진지한 표정으로 나를 바라봤다.

"저는, 공부 같은 건 거북해서, 안 해요."

"성적이 나쁘다고 해서 도망칠 수 있는 게 아니거든요!"

나쁜 성적에 한해서는 2학년에서도 톱클래스인 아코가 말했지만…….

"어째서인지 다들 성적 걱정을 하지 않아서."

"넌 엄청 성적 좋아 보이는 얼굴인데 조금도 의욕이 없네!"

에에잇, 외모와 알맹이가 전혀 다른 녀석은 이러니까!

그래도 외모가 성실해 보이는 걸로는 고양이공주 씨에게서 벗어날 수 없거든! 각오하라고!

"저기, 빨리 끝내고 로그인하자? 메가드래 간다며?"

"알았어, 한다고!"

"일단 프린트만 다 적으면 그걸로……."

"프린트가 끝나면 확인 시험이야."

"자유를 다오~!"

"부활동 시간을 돌려주세요~!"

"타마키도 니시무라도, 장래 행복한 가정을 꾸리기 위해 지금은 열심히 하자."

나도 아코도 머나먼 미래를 위해 노력하는 건 서툴다.

그렇기에 이렇게 억지로 시키는 건 고맙다…… 고맙긴 하지만…… 괴로워……!

"왠지 니시무라와 아코가 애쓰는 걸 보니까 약간 초조해지네."

"그러게. 한가한 시간에 숙어라도 외울까."

아아아, 부에 좋은 영향이 생기고 있어!

더더욱 도망칠 수 없게 되고 있잖아!

"음, 좋은 경향이다. 매일의 노력은 배신하지 않지."

장래를 향해 조금씩 움직이기 시작한 현대통신전자 유희부.

OG인 마스터는 만족스럽게 끄덕였다.

"나도 장래를 위해 노력을 계속하고 있다. 대학 졸업 후에는 반드시 근사한 회사를 만들어 보일 거다."

우리에게 시선을 돌린 마스터가 진심 어린 신뢰를 담아서 말했다.

"다들, 내 회사에 모여주겠지?"

"……."

"…………."

잠시 얼굴을 마주한 우리는 입을 모아 말했다.

『블랙 기업은 무리!』

"어째서냐아아아아아아아!"

무슨 일이 생기더라도 끊으려 하지 않는 한 끊어지지 않는 인연.

서로가 서로를 생각하는 한 영원한 동료지만 블랙 기업만큼은 좀 봐주세요.

■작가 후기

외부 채팅방, 입실합니다.

오랜만입니다, 라고 인사하려고 했습니다만 여기까지 왔는데도 처음이신 분이 계실 가능성은 버릴 수 없습니다. 그래서 그만 말하게 됩니다. 처음 뵙겠습니다.

키네코 시바이입니다.

이번 권으로 『온라인 게임의 신부는 여자아이가 아니라고 생각한 거야?』 시리즈는 Lv.18. 18권이 되었습니다. 발매할 때마다 정말로 오래 이어가고 있구나……라는 마음이 드는 건 분명 읽어주시는 분들도 동감하시지 않을까 생각합니다.

그래서 조금 작가다운 시점의 감상을 해보자면 말이죠. 실은 발매일보다도 「오래 이어가고 있구나……」라고 생각하는 순간이 있습니다.

그건, 온라인 게임의 신부 시리즈의 폴더에 새로운 폴더를 만들 때입니다.

책을 쓰기 위해 필요한 데이터는 무척 많기에 모든 것을 한 곳에 넣어둘 수는 없습니다. 그래서 저는 1권마다 폴더를 나눠서 관리하고 있습니다.

그러면 새로운 권을 쓰기 시작할 때『○○권』, 이번에는『18권』이라는 폴더를 만들게 되는데, 그게『18권』이라는 글자를 처음 치는 타이밍입니다.

거기서「아아, 이제 18권이 되는구나……」라고 실감하게 됩니다. 이 순간은 매번매번 정말로 감회가 깊어집니다.

이건 글을 쓰는 저만의 감정이라고 생각하니까, 조금 신기하지 않을까 싶어 적어봤습니다.

자, 그럼 여담은 이쯤 해두고, 레벨 18이 되었을 때의 에피소드를— 우와아아아악, 분량이 없어! 이번에는 패스로!

외부 채팅방, 퇴실합니다.

일러스트의 Hisasi 씨. 이번에도 근사한 일러스트 감사합니다. 분량이 많았던 마스터를 위시한 모두가 무척 귀여워서, 언제나 이걸 위해 쓰고 있다! 고 생각하고 있습니다!

최근 쓰러지신 담당님. 무리는 하지 마세요! 주무세요! 집에서 주무세요!

코미컬라이즈의 이시가미 카즈이 씨. 마침내 최종회, 수고하셨습니다! 매번 근사한 완성도를 가진, 최고로 행복한 코미컬라이즈였습니다! 정말로 감사합니다!

그리고 독자 여러분의 힘으로 새로운 폴더를 만들고 있습니다! 진심으로 감사드립니다!

그럼 기회가 되면 다시 뵙도록 하죠.

키네코 시바이였습니다.

■역자 후기

안녕하세요. 불초 역자입니다.

올해도 후반기에 접어들었는데 뭔가 기억에 남는 일이 별로 없네요. 아무래도 나가서 뭔가 한 적이 거의 없어서 그렇겠지만…… 나갈 땐 언제나 마스크를 써야 한다는 답답한 생각만이 앞서는 걸 보면 올해는 그냥 내내 이럴 것 같습니다. 빨리 코로나가 끝나야 할 텐데 말이죠.

이번 권은 마스터 중심의 이야기였습니다. 그동안 언제나 다부지고 믿음직스러운 모습을 보여주던 마스터였지만, 사실 은근히 어린애 같은 면모가 있기는 했었죠. 이번에는 그런 어린애, 떼쟁이 같은 모습이 더 부각됐네요. 그러면서도 능력은 있다 보니 사태가 커지고……. 가만 보면 아코를 제외한다면 최고의 트러블메이커 아닌가 싶어요. 온라인에서건 현실에서건 저지르는 일의 규모가 굵직굵직하다 보니 더 그렇고요. 그래도 이번 일로 마음의 안정도 다시 찾았으니 앞으로도 믿음직한 마스터로 있어 줄 것 같습니다.

그럼 후기는 이쯤 하고, 다음 권에서 뵙겠습니다.

온라인 게임의 신부는 여자아이가 아니라고 생각한 거야? 18

초판 1쇄 발행 2020년 12월 10일

지은이_ Kineko Shibai
일러스트_ Hisasi
옮긴이_ 이경인
일본판 오리지널 디자인_ AFTERGROW

발행인_ 신현호
편집부장_ 윤영천
편집진행_ 김기준 · 김승신 · 원현선 · 권세라 · 유재슬
편집디자인_ 양우연
국제업무_ 정아라 · 전은지
관리 · 영업_ 김민원 · 조은걸 · 조인희

펴낸곳_ (주)디앤씨미디어
등록_ 2002년 4월 25일 제20-260호
주소_ 서울시 구로구 디지털로 26길 111 JnK디지털타워 503호
전화_ 02-333-2513(대표)
팩시밀리_ 02-333-2514
이메일_ lnovelpiya@naver.com
L노벨 공식 카페_ http://cafe.naver.com/lnovel11

ISBN 979-11-278-5766-0 04830
ISBN 979-11-278-4218-5 (세트)

값 7,800원